새들 날아오르다

새들 날아오르다

김경희 소설집

문학들

거기 길이 있을까

거기 길이 있을까

말 달리며 사냥질하는 것은 사람들의 마음을 발광케 하는 것이
다. 성인은 본능인 배를 채우기 위한 행동은 하지만 욕망인 눈과 귀
와 입을 즐겁게 하는 행동은 하지 않는다. 즉 욕망은 버리고 본성만
을 따라야 하는 것이다.　　　　　　　　　　　　　　　　　－ 노자

어떤 소설가가 『느림』이라는 소설을 썼더군요. 이 시대에 느림이라
뇨. 잠깐만 방심하면 제 밥그릇 채가는 세상에 초원이나 숲 속의 빈터에
서 신의 창들을 관조하던 옛날의 그 한량들 운운하며, 느림의 즐거움이
사라진 것에 대해 탄식까지 했더군요. 관능적 분위기가 바로 템포의 느
림에서 생겨난다니 할 말 다 했지 뭐예요. 좀더 친절하게 설명해 드릴까
요? 마차의 움직임에 흔들려, 두 육체가 처음에는 그들 몰래 접촉하다
가, 곧 그들이 알게 접촉하며, 그리하여 이야기가 엮인답니다. 알 듯 모
를 듯 애매한 그 이야기가 내겐 왜 그리 낭만적인 구미로 다가올까요?

원나잇 스탠드 시대에, 호랑이 담배 피던 시절의 이야기가 가당키나 할까 조바심까지 나면서요.

　마침내 몸을 움직이기 시작했어요. 뜨거운 피가 스며들자 사지가 소란스레 깨어나는군요. 쌓인 피로가 풀리지 않은 부위는 아직 뻐근했지만 새벽길을 나서는 기분은 그리 나쁘지 않았지요. 전날, 인간들이 쏟아 놓은 오물이 말끔히 치워진 새벽 거리를 달리는 이 삽상한 기분은 뭐라 말 할 수 없을 지경입니다. 불빛에 빨려드는 물방울 입자들이 내 몸체에 부딪혀 비명조차 지르지 못하고 실개천이 되어 흘러내립니다. 실개천이란 얼마나 작습니까. 바다는 치지도외하고 강이나 호수에 비한다 해도 말예요. 그런데도 내 몸체에 작은 물길이 만들어지는 것을 보면 미미하긴 하지만 흥분을 느낍니다. 달리는 것이 본능인 내게는 실개천보다 외려 시원스레 달릴 수 있는 강이나 바닷길이 더 잘 어울릴 것 같은데도 말입니다.

　아, 강이라고 했지요. 오늘은 그 황룡강 가를 한 번 달려보고 싶습니다. 소소한 바람에도 자지러지듯 몸을 눕히는 억새와 갈대가 여린 몸을 부비며 뒤엉켜 있는 아름다운 곳이지요. 많지도 적지도 않은 강물 위에는 물오리들이 무리 지어, 폭음을 내며 달리는 차들은 안중에도 없이 유희를 즐기는 평화로운 곳입니다. 강 건너편에는 허름한 집들이 몇 채 모여 작은 마을을 이루고 있고요. 해질녘이면 무청 엮어 든 허리 굽은 할아버지가 배꽃 같은 기저귀들이 널려있는 집으로 들어서는 광경도 볼 수 있답니다. 비록 직선의 고속도로를 질주하길 좋아하지만, 내 고단해진 몸을 눕혀 쉬고 싶은 곳은 저 마을 같은 곳일 거에요. 그러고 보면 나는 어디로든 내달리고 싶어하는 인간들을 보면서 그들을 거부하고자 내 본능을 퇴화시키고 있었나 봅니다. 나의 본능, 달리고자 하는 본능이 퇴화했음은 나를 만들어낸 그들에 대한 반역입니다. 왜 그래야 했냐고요?

저기, 오늘의 첫 손님이 손을 들어 신호를 보내고 있습니다. 내 몸에서 쏟아지는 빛이 작은 저항물체를 만난 것으로 보아 상대는 안경을 쓰고 있군요. 그래요. 세상의 많은 것들이 그렇듯, 상대에게 스며들지 못하고 거부당한다는 것은 그리 달가운 일은 아닐 것입니다. 나는 본능적으로 내 친구를 보았어요. 제기랄, 재수 옴 붙은 날이네, 하더니 손님 앞에 나를 세웁디다. 나는 잠시 어리둥절했지요. 여태껏 그래왔던 것처럼 속력을 내서 그냥 지나치면 될 텐데 굳이 내키지 않는 손님을 왜 태우려는지 그 속내를 모르겠더라고요. 하지만 나는 내 친구의 표정을 보면서 그의 꽁수를 알아챘습니다.

"손님, 죄송합니다. 몸이 좋지 않아 집에 들어가는 길입니다. 다른……."

순간 나는 어딘가에 내 몸을 확 부딪쳐 버리고 싶은 충동에 사로잡혔어요. 그래서 저 파렴치한 인간의 양심이 바로 설 수 있다면 기꺼이 내 몸뚱이를 아끼지 않았을 겁니다. 양심 불감증에 걸린 인간의, 저 느물느물한 쌍판대기를 보고 있자니 속이 다 울렁거리는군요. 라디에이터에서 냉각수를 펑펑 쏟아버리고 싶은 충동을 겨우 참아냈어요. 그러고 보니 내 친구나 그 여자 손님이나 피차간에 상대의 의도를 읽었다는 건데요. 정작 당사자들은 묵계된 위선으로 상황을 여유 있게 지나쳤는데,

어리석은 나만 열 받아서 수명을 단축시켰군요. 하지만 그깟 것이 문제 겠어요?

나는 내 친구가 정중함을 가장한 교활함을 보인 까닭을 잘 알아요. 언젠가 지금과 똑같은 상황에서 손님을 거부하고 줄행랑을 쳤다가 시청으로 불려가 '승차거부'라는 죄목으로 즉심을 받았는데 과태료를 내고도 한 달 영업정지를 당해야 했거든요. 까불지 말라고 법이 그를 한 번 친 셈이지요. 그런 어처구니없는 실수는 한 번으로 족할 일입니다. 이 친구가 어떤 인간인데 같은 실수를 반복하겠어요? 그는 문제의 여지를 남기지 않고 승차거부를 하기 위해 완벽한 연기를 한 것입니다. 이런 경우 법률 따위가 끼어들 틈이 있겠어요?. 인간을 위해, 그들 스스로 만들어낸 법이라는 것도 따지고 보면 그들의 손아귀에서 놀고 있는 거지요. 그러니 그들이 어떤 일이든 필요성을 느끼면 안 되는 일이 어디 있겠어요. 제 아무리 촘촘한 그물망도 바람 앞에서는 속수무책인 것처럼요. 사소한 양심 따위는 이미 그들과 거리가 멀어져 있지요. 진실이란 소리 내어 말하기가 얼마나 두려운 어휘던가요. 세상 사람들은 가끔씩 소리 내어 진실을 공표하지만, 발화되는 순간 그것의 가치는 왜곡되거나 날아가 버리던 걸요.

재수가 없는 날인지 매상이 영 신통치 않았습니다. 내 친구의 수입이 나와 직접적인 연관은 없지만 나는 일하는 동안 내 역할을 잘해내고 싶어요. 실은 나를 부리는 내 친구들의 기분과 연결되니까요. 그들이 좋아야 나도 좋을 수 있으니까요. 일진이 좋은 날은 한 방향으로 가는 손님들을 세 명이나 태우는 경우도 종종 있었거든요. 내 친구에게는 그 한 방향이라는 거, 동향이라는 것처럼 반가운 말이 없을 겁니다. 내 친구뿐만 아니라 사람들은 같은 정당이나 같은 학교, 같은 고향 출신에게 자부심이나 동지애를 각별히 드러냅디다.

선거 한 번 치러보면 모든 걸 알 수 있죠. 아무튼 그 동향이라는 것에는 사람을 끌어들이는 묘한 마력이 있습니다. 이해관계가 없는 사람들도 그러한데 생업과 직결되는 내 친구의 경우 손님들이 동향이라는 것은 그의 엔돌핀을 증가시키지요. 따라서 평수가 넓은 그의 코는 자동으로 벌름거릴 수밖에요. 그의 기분을 내가 어떻게 다 표현하겠습니까? 흔히 말하는 관상으로 그의 코를 보면 그는 분명히 부자가 될 겁니다. 코끝이 두툼하고 평수가 넓은 것에 근거하면 말입니다. 그런 사람들은 성격이 너그러워서 이해심이 많다고 합디다만 그의 어머니가 태교를 잘못 했는지, 살다보니 세상 물살에 닳아 그리 되었는지 비굴성까지 나아가는 지나친 이해심은 종종 위험 수위를 넘나들 때가 많더라고요.

그가 기사 식당에 들러 점심을 먹고 나오자 오후 두 시가 되었습니다. 두 시간 후면 교대를 해야 하는데 내 친구도 좀 초조해 하고 있는 눈치였어요. 그의 발이 제동기와 가속기 사이를, 생선 놓인 시렁 위를 들락거리는 고양이처럼 불안하게 오갔거든요. 최소한 사납금을 채우고 소주 값 정도는 나와야 하니 그렇지 않겠어요? 나 역시 힘차게 한 번 달려보지 못하고 시내에서 종종걸음치고 있자니 피돌기가 제대로 되지 않아 팔 다리 근육들이 반란이라도 일으킬 듯 야단이에요. 찜찜한 기분이 좀 나아질까 싶어 하늘을 올려다보며 심호흡을 해 봤어요. 소실점 너머로 제트기 한 대가 사라지더군요. 소멸한다는 것, 또는 누군가의 시야에서 사라진다는 것은 서글픈 일이지요. 하지만 영원한 것이 어디 존재한답니까. 그 유한성 때문에 생명 있는 모든 것들은 앙바툼하며 살아가는지도 모르겠습니다.

내 정신 좀 보세요. 이렇게 깜빡깜빡 제 분수를 잊을 때가 있다니까요. 주제파악만 잘 해도 일은 생기지 않을 텐데요. 주변을 둘러보니 길가의 은행잎이 노란물을 들여가고 있었습니다. 이 때쯤이면 병아리 같은 유치원 아이들이 소풍을 가기도 하고요. 그리고 얼마 안 있어 사람들은 삼삼오오 짝을 지어 산으로 단풍놀이를 떠날 것입니다. 가을인 것이지요. 남자들은 그들대로 가을 햇살에 자신을 곧추세우느라 속앓이를 해대고 여자들은 단풍색의 몸과 마음을 과감하게 드러내고 어디론가 떠나곤 합니다. 나는 나들이라도 가는 듯한 착각에 빠져 있다가 급브레이크를 밟는 바람에 정신이 번쩍 들었습니다. 휴대폰을 막 접고 있는 남자 손님이었어요. 내 친구가 오른손으로 핸들을 가볍게 툭툭 치는군요. 그에게 기분 좋은 일이 생기려나 봅니다.

오십 초반의 남자, 그들이 대체로 그렇듯 중후함까지는 아니어도 그 비슷한 분위기가 느껴지는 손님입니다. 격조 있는 여유는 아니지만 생활의 안정에서 오는 편안함이 있는 남자였어요. 그렇겠지요. 열심히 살다가도 가끔은 가을 햇살에 몸을 뒤척이는 고추처럼 건조해 가는 자신에 망연할 때가 있을 겁니다. 그럴 땐 사는 것이, 이렇게 살아야 하는가, 이 길이 최선인가를 반추해 볼테고요. 그 순간엔 자신의 감정대로 풀어헤쳐 보고 싶은 욕구를 느낄 것입니다.

그도 그런 남자가 아닐까요. 이제 인생의 중턱에서 숨가쁘게 달려온

길을 뒤돌아보며 한 숨 쉬어가고 싶어하는 그 부류의 남자 말예요. 그러나 외모로 전달받는 이미지와는 달리 그 내면은 또 다를지도 모릅니다. 그가 아무리 중후함을 흉내내려 했다한들 내면까지 그럴 수 있겠어요? 나는 이미 손님이 무얼 생각하고 있는지, 무슨 일을 하려고 어딜 가려는지 알아챘지요. 내 친구의 관록도 무시하지 못해요. 그는 이미 서당개 3년의 수준을 몇 곱절 넘겨서 최소한 손님이 지금 어떤 분위기를 원하는지까지 파악할 줄 안답니다. 톨게이트로 가자는 것으로 보아 장거리 손님에다 정확한 장소를 말하지 않았잖아요. 그건 변수가 생길 수도 있다는 뜻 아니겠어요.

"손님, 어디로 모실까요?"

"장성이요. 정확한 위치는 톨게이트에 가서 말하겠소."

"아, 예. 그러시죠."

그가 테잎을 바꿔 넣는군요. 조금 전까지 콧소리 진한 목소리를 들으며 불에 구워지는 오징어가 제 몸을 비트는 장면을 연상했는데 이제는 시원스런 노래를 들을 수 있겠군요. 아, 오래 전에 유행했던 통기타 가수의 노래입니다. 물론 내 친구가 이렇게 사려 깊은 배려를 하는 손님은 한정되어 있죠. 모두에게 다 친절하지는 않아요. 그는 항상 반대급부를 생각하는 사람이니까요. 내 친구의 얼굴을 보니 희색이 만면해졌습니다. 상대의 기분을 맞출 자신이 있다는 의미지요. 네가 무슨 일로 어디를 가는지 알겠다는 거 말입니다. 아니나 다를까. 전주가 끝나자 가수의 우렁찬 목소리가 들려오는군요. '토함산에 올랐어라. 해를 품고 앉았어라…….' 그 가수의 노래는 마치 토함산에 올라 발 아래의 경주를 내려다보는 한 마리 곰의 외침처럼 들리더군요. 내 친구도 비슷한 연배의 저 손님도 젊었을 때에는 저런 목소리를 가졌을 거예요. 그들의, 최소한 내 친구의 꿈도 그 시절엔 저 목소리처럼 웅대했을지도 모르지요. 그랬을 거에요. 누구든 내 친구 같은 삶을 살기 위해 청춘을 바쳐 노력하진 않았을 테니까요.

가슴을 탁 틔게 하는 힘을 실은 노래가, 손님이 젊었을 때에 즐겨 들었을 노래가 그에게 아련한 감정을 일게 하나 봅니다. 등받이에 등을 기대고 눈을 감았다 떴다 하는 품이 그래 보였어요. 그렇다고 졸고 있는 것은 아니었으니까요. 손님이 눈을 감았다 떴다 하면서 시선을 주는 곳이 어디였는지를 알게 되자 나는 오장이 꼬이는 기분이었습니다. 그래서 심호흡을 한 번 하고 나서 카세트 부분에 힘을 쏟아 부었지요. '토·토·토함산에~ 오·올라·랐어라…….' 앞 유리에 기대 세워 둔 달력에 있는 반라의 여자를 보고 있던 손님이 헛기침을 하며 자세를 바로잡는군요. 그때서야 약삭빠른 내 주인도 상황을 판단하고 한마디 덧붙였어요.

"손님, 참 화끈하게 생겼지요? 이런 여자하고 하룻밤만 즐길 수 있다면 원이 없을 텐데요 허헛."

손님은 야릇한 상상을 하다가 들킨 양 좀 객쩍어 하더라고요. 정말 그런 상상을 하고 있었는지 누가 알아요. 열길 물속은 알아도 한길 사람 마음속은 알 수 없다 하잖아요. 내 친구가 좀 계면쩍은지 헤헤거린, 소리뿐인 그 웃음 뒤끝에 묻어 나온 비굴성이 공기에 섞여 손님과 내 친구 사이를 가로막고 말았어요. 잠시 어색한 침묵이 우리를 지배했습니다. 아부성 발언이 오히려 역효과를 가져온 셈이지요. 차라리 입 다물고 있었으면 얼마나 좋았겠어요. 손님은 손님대로 몽상 속에서 즐거웠을 것이고 내 친구는 이런저런 신경 쓰지 않아도 됐을 거 아녜요. 뭐든지 과하면 부족함만 못하다니까요. 가만히 있으면 될 일을 괜히 촐싹거려서 긁어 부스럼을 만든 꼴이 되었지 뭐에요.

그래도 역시 내 친굽니다. 그 상황에서도 무인 카메라가 설치된 지점에 오니까 반사적으로 속도를 줄이는군요. 흥, 지가 그래봤자죠. 이미 오장이 뒤틀려버린 나를 지 맘대로 조종할 순 없을 걸요. 나는 심호흡을 하고 기름을 한 모금 더 들이키고는 기분을 내며 힘껏 내달렸습니다. 카메라와 내 번호판의 각도가 정확하게 맞았을 때 불빛이 번쩍 하더군요. 얼마나 통쾌했는지요. 이놈의 똥차는 브레이크도 안 들어. 제 멋대로 말을 들어주지 않는 내게 쌍시옷의 욕을 몇 차례 내뱉더니 곤혹스런 낯빛이 조금 완화되더군요. 나는 시침을 뚝 떼고 고소해하며 그대로 달렸어요. 흥, 인생과 저 카메라 앞을 지나치는 내 주제와 다를 게 뭐 있나요? 오히려 이 순간 나는 주제넘게 그를 경멸하고 있는 걸요. 그런 인간에게 부림을 받으며, 무인 카메라 앞에서 잠시 주춤했다가 더 속력을 내야하는 내 자신이 한심해지기 싫어 맞짱을 좀 떠보았고요. 내 몸뚱이조차 내 의지대로 하지 못하고 기계만도 못한 저 인간에게 조종당해야 하는 것이 좀 서글퍼서였을 겁니다. 나는 내 사지의 기관들을 성실히 작동시켜 소임만 충실히 하고 싶은데 자꾸 그들이 나에게 자신의 욕망을 부가하여 조작하고 있습니다.

조금 전에 속도를 줄였던 것을 보상이라도 받으려는 듯 내 친구가 가속기 위의 발에 지긋이 힘을 가하는군요. 그런데도 내 뒤차에서는 끊임

없이 조바심의 전파를 보내고 있고요. 마치 소리개가 병아리를 채가듯 나를 추월할 기회를 노리고 있는 거죠. 잠시도 제 앞에 서는 대상들을 그대로 두지 못하는 것이 사람들의 생리인가 봐요. 아니 자신의 눈앞에 있는 모든 대상은 걸리적거리는 존재로 보이나 봐요. 혹시 그들은 달리면서도 천상천하 유아독존을 꿈꾸고 있는 건 아닐까요? 천상천하의 존귀한 존재, 천상천하의 유일한 존재. 그 의미가 무엇이든 혼자라는 것에는 변함이 없군요.

우리는 장성 번화가로 들어가지 않고 외곽을 따라 돌았지요. 조금 가다가 손님이 가리키는 곳에 도착했습니다. 현란스런 간판을 올려다보니 '모텔 유토피아' 라고 써 있군요. 모텔 이름치고는 뭔가 불균형한 느낌이긴 하지만 주인의 취향이 좀 고상해서 그런가보다 했습니다. 그래도 그렇지요. 기껏 모텔 업자 주제에 천지분간 못하고 이런 단어를 쓰면 됩니까? No-where, 그러나 이상향으로 번역되는 묘한 단어입니다. 이 모순된 현상을 뭐라고 할까요. 돌아가고 싶지만 현실 어디에도 존재하지 않는 곳이라니요.

아니지요. 유토피아는 영원히 유토피아일 수밖에 없는 까닭이 있지요. 인간의 욕망이 멈추어선 지점이 생기지 않는 한 이상향은 실현될 수 없습니다. 꿈꾸던 시공간이 있어 그곳에 이르렀다고 칩시다. 그곳에 당도한 사람들에게 어느 것이든 불만족이 생기면 그곳은 더 이상 이상향이 될 수 없지요. 그래서 인간의 욕망이 정지되지 않는 한 이상향은 늘 이상으로 남을 수밖에 없는 것입니다. 욕망이 커지면 커질수록 이곳을 향한 인간들의 기대감은 더 증폭되고 다양해지겠지요. 그래서 이상향이라 했겠죠. 이상향이라, 좋지요. 그 의미를 해석하는 방법도 가지가지일 테니 멋대로 받아들이라 하죠 뭐. 지금 이 손님도 이상향을 좇아 이곳에 온 거 아닙니까. 플라톤에게는 좀 미안하지만 쾌락이 이상향일 수도 있지 않겠어요. 쾌락주의의 아킬레스건은 절망적일 만큼 유토피아적인 것이 특성 아닙니까. 하긴 기쁘고 즐거운 일이 많으면 좋겠죠. 그들이 행복해야 내 삶도 편안할 수 있으니까요.

아, 지갑을 꺼내는 손님의 동작이 바빠졌습니다. 손끝이 미세하게 떨리는데요. 한시라도 빨리 내려서 쾌락을 향해 달려가고 싶은가 봅니다. 너무 열이 차면 묘미가 덜한 법인데 어쩌죠? 서두르면 진짜 감미로움이 무엇인지 놓치게 될 텐데. 느긋함의 지혜를 지닌 자만이, 감속의 기법을 훌륭히 다룰 줄 아는 자만이 쾌락의 이상이 어떤 건지 알 수 있는 거 아닙니까. 충동에서 오는 쾌락을 좇아 허겁지겁 내닫다가는 그에 선행하는 모든 감미로움을 놓쳐버리고 말거든요. 저 사내가, 그걸 조절할 수 있을런지……. 허둥대는 사내의 모습을 지켜보며 나도 모르게 회심의 미소가 지어졌습니다.

손님이 내리자 내 친구의 본심이 드러나더군요. 어떤 새끼는 팔자 좋아 바람이나 피우러 다니고 어떤 놈은 기사 노릇이나 하고 있다니 세상 살 맛 안 나네. 이 더러운 세상이 껌이라면 질겅질겅 씹어서 뱉어버리면 속이나 시원할 텐데. 퉤.퉤. 그렇군요. 그도 다른 사람들처럼 같은 것을 소망하며 꿈꾸고 살아가는군요. 그러니 아까 손님에게 한 말이 진심일 수밖에요. 제가 친구를 지나치게 동류화 시켰나 봅니다. 하지만 어쩌겠어요? 마른침을 뱉어내는 친구의 의도대로 나는 육중한 몸체를 돌려 왔던 길을 다시 되짚어 출발했어요. 슬쩍, 뒷눈길로 보니 그 중후함을 흉내 내며 한 신사가 모텔 문을 들어서고 있었습니다. 나는 그의 뒷모습에서, 익숙해진 삶에서 얻은 적당한 이중성과 함께 옅게 스며있는 허무의 그림자를 이미 보았습니다. 그럴 테지요. 떳떳하지 못한 섹스도 그렇지만 환락에 이른 정점이 격하면 격할수록 현실로 돌아왔을 때의 쓸쓸함은 더 깊어질 테니까요.

이제는 내 젊은 친구와 교대해야 할 시간입니다. 나도 이제 그만 그와 헤어지고 싶군요. 수입을 올리기 위해서는 수단과 방법을 가리지 않는 노회한 친구의 속물성을 더는 보지 못하겠어요. 돈을 벌기 위해 나왔으니 이왕이면 수입이 많으면 좋겠지요. 하지만 자신을 속이는 것은 다반사고 손님들 앞에서조차 눈속임을 하며 자존감 없이 이익을 쫓는 인간을 더 보고 있으면 내 자신이 먼저 망가질 것 같아요. 시간이 조금 지났지만 젊은 친구는 이 너구리같은 친구에게 화를 내지 못하고 조금 언짢은 얼굴로 출발을 하면 그 뿐일 겁니다. 끝없는 나락으로 빠져드는 것 같은 내 기분 따윈 안중에도 없을 테고요.

파트너가 바뀌자 내 몸에도 기운이 확 돋는 것 같았습니다. 느물느물한 친구가 옆에 있을 땐 내 속까지 느꺼웠는데 이제는 너무 생생해서 세포들이 날아가 버릴 것만 같군요. 저렇듯 나는 걸 좋아 하다가 하늘까지 닿아 버리면 어쩌죠. 누가 알아요? 앞으로 내달리기 좋아하다가 천당 문에 먼저 이르는 사람들도 많은데요. 이 친구, 손님을 발견하자 급브레이크를 밟는 통에 길 위에 타이어 자국이 선명하게 그어졌어요. 첫 손님은 세상을 포기한 것 같은 쉰 대여섯쯤의 부인이었습니다. 그녀는 자리에 앉자마자 제발 그 시끄러운 음악 좀 끄자고 했어요. 그러자 내 친구는 전원 버튼을 누르고는 내 몸체가 휘청거리도록 가속기를 세게 밟더군요.

어째서 저 친구는 운전석에만 앉으면 두려움을 모르고 내달리는지 모르겠어요. 안전벨트를 매고도 몸체를 흔들어대는 걸 보니 속도감을 즐기고 있군요. 바퀴가 도로에서 붕 떠오르는 느낌의 불안감은 경험해 보지 않은 이는 모를 겁니다. 더구나 조물주가 내게 부여한 섭리는 땅위를 달리도록 되어있으니까요. 지상에서 사는 자는 지상이 안식처죠. 순환로가 한적해서 망정이지 그렇지 않으면 위험수위가 아주 높은 속도입니다. 그는 지금 현실적 시간의 외부에 존재하는 엑스터시 상태로 나아가고 있나 봅니다.

그러면서 그가 몰입하는 것은 무엇일까요. 달리는 것, 인간이 스스로 즐기고 누리려고 만들어낸 그 스피드에 조종당하는 것은 아닐까요. 쯧쯧, 이러다간 내가 먼저 황천길에 가겠어요. 신호등 따위는 안중에도 없으니 저 친구를 제어할 방법이 없군요. 손님이 어지러운 듯 이마에 손을 얹으며 눈을 감았습니다. 내 친구는 여전히 생사를 건 투쟁쯤으로 생각하는 스피드에 제 몸을 맡기고 있고요.

사거리의 신호가 바뀌자 내 친구는 급브레이크를 밟았습니다. 자꾸 흔들리는 몸체를 가누기 어려워진 나는 횡단보도의 정지선을 넘어 겨우 멈춰섰지만 길을 건너는 젊은 남자의 허리를 아슬아슬하게 피할 수 있었을 뿐이에요. 이 우라질 놈의 똥차, 오늘은 왜 이렇게 말썽을 부려. 부

릅뜬 남자의 눈길에 당황한 친구가 내게 화풀이를 하는군요. 조금 지나
자 세상의 허무를 혼자 다 뒤집어 쓴 것 같은 손님의 얼굴이 점점 더 일
그러졌습니다. 그 아주머니도 이젠 더 참기 어려운가 봐요. 내 친구 표
정은 여전히 비현실적이었고요. 저렇게 막무가내인데도 짤리지 않고 있
는 걸 보면 기사란 직업이 그 흔한 3D 중의 하나라는 말이 사실인가봐
요. 그러니 나는 3DD나 되겠고요. 내 팔자도 참 기구하지요.

　인생이란 참 묘하지요. 저 아주머니를 보세요. 자신의 의지와는 상관
없이 이 안에서 불안에 떨고 있잖아요. 난폭 운전에도, 불친절에도, 마
음대로 합승을 시켜도 속수무책으로 당하고 맙니다. 오로지 목적지까지
무사히 데려다 주는 것으로 만족하면서요. 때에 따라서는 내 친구가 손
님들의 생사여탈의 권한을 쥐기도 하잖습니까. 그들은 이 친구에게 목
숨을 맡기고 있는 거나 다름없으니까요. 그런데 이상한 것은 사람들이
에요. 그 폭력성에도 저항하지 않고 마음은 좀 졸이지만 잘들 참고 견디
는 거에요. 얼마나 소름 돋는 일입니까. 구토가 나고 현기증이 일어도
잠시 분노하면 그뿐 쉽게 잊어버리고 말더라니까요. 서로의 상황에 길
들여지며 적응해 가더라고요. 그런 것들을 서로 암묵적으로 인정하고
수긍하며 살고 있더란 말입니다. 보고도 안 본 척, 악이면서도 선인 척
적당히 포장해서 얼버무리며 시침을 떼고 말예요.

　어느 병원 앞에서 아주머니가 내렸습니다. 쳇, 똥개 발싸개만도 못한
인간을 만나 곤욕 치뤘네. 아주머니가 그 육중한 몸의 힘을 실어 문을
꽝 닫으며 궁시렁거렸어요. 내 친구까지 흔들리는 것을 보니 무척 화가
나 있었나 봐요. 병원으로 들어가는 아주머니를 보면서 나는 쓴웃음을

지었습니다. 아유, 환자가 웬 힘이 그리 세담. 그 화풀이는 저 친구에게
나 할 일이지.

방금 아주머니를 보니 세상 살아가기가 그리 만만치 않나 봐요. 참,
인생 운운하다 보니 어젯밤의 그 노인을 떠올리지 않을 수가 없군요. 외
출복 차림으로 손가방을 하나 든 할아버지였는데 공원에서 만났지요.
취해서 웃고 떠들던 술꾼들도 웬만큼 지쳤는지 아늑한 가정을 그리며
자리를 털고 일어나는 시간이었어요. 밤 공기가 제법 싸늘해진 때였지
요. 손님도 뜸해져서 내 친구의 두 눈이 먹이를 찾는 승냥이의 그것처럼
빛나고 있었습니다. 마침 공원 입구를 지나는데 할아버지가 손을 들었
어요. 젊은 친구는 가속 페달을 밟아 지나쳤지요. 보따리를 든 노인은
귀찮다는 표정이었어요. 그러나 백 미터쯤 지나다가 후진을 해서 그 자
리로 돌아왔습니다. 차가 눈앞에 서 있는데도 길에 쭈그리고 앉아있던
노인은 얼른 일어서지 못하고 꾸물댔습니다.

"할아버지! 탈라요, 안 탈라요?"

노인이 반응을 보이지 않자 내 친구가 소릴 질렀어요.

"할아버지, 파출소에 데려다 줄까요?"

혹시 저 친구 고아원 출신이 아닌지 모르겠어요. 눈치 하나는 끝내주
게 빠르잖아요? 노인네가 집구석에서 잠이나 퍼잘 일이지, 밤중에 쏘다
니면서 괜히 열 받게 하네. 친구가 백밀러로 노인을 짜증스럽게 바라보
며 가속기를 밟았습니다. 내 몸체가 아스팔트 위에서 부웅 떠오르는 느
낌이 들더군요.

맞아요. 그래서 내가 한 건 쳤죠. 사실은 몸을 움직일 기력도 없던 참

에 배알 틀린 짓거리를 하길래 내 작은 신경줄 하나를 끊어버렸습니다. 나도 좀 전의 그 할아버지 신세와 다를 게 뭐 있겠어요. 노인을 대하는 내 친구의 불경스런 태도에서 유독 더 큰 분노나 슬픔을 느끼는 것은 동병상련의 아픔을 공유하기 때문일 것입니다. 젊은 시절엔 내 친구가 밟아대는 무리한 가속기 때문에 현기증이 일어도 견뎌냈지만 이제는 내 몸조차 마음대로 할 수 없게 되었군요. 그 할아버지도 나처럼 그랬을 거 아녜요.

차라리 잘 됐지 뭐예요. 그렇게라도 해서 저 인간의 질주를 좀 지연시켰으니 말에요. 달리지 않으면 안 되는 인간이 정지해 있을 때의 암담함은 그들만 알 것입니다. 그 늦은 시간에 어땠겠어요? 처음엔 이 똥차를 콱 엎어버리고 싶다고 악을 씁디다. 그래서 나도 화답해 주었지요. 그래 이 놈아, 나도 네 꼴 안 보는 곳으로 가고 싶다. 너 같은 인간 꼴을 보고 있느니 차라리 내 몸을 갈기갈기 찢기는 폐차장으로 가는 것이 낫겠다고. 그랬더니 내 몸을 발로 차고 그것도 모자라 지 가슴을 치며 길길이 날뜁디다. 그렇게 한 시간 동안이나 똥줄이 타는 것을 보며 나는 차라리 고소했습니다. 너도 좀 당해봐라. 앞으로 치닫기만 하더니 멈춰서 고통스러워하는 맛이 어떠냐고 말예요. 그가 열 받을수록 나는 오히려 가슴이 후련해지던데요. 새벽이 되어서야 겨우 카센터에 연락이 되어 그는 다시 시내로 들어왔습니다. 기분이 고약한 것은 나도 마찬가집니다. 이 척보척이니.

두 번째 손님은 공항에 가는 젊은 여자였습니다. 스물 일곱인 내 친구와 비슷하거나 좀 많아 보였어요. 키가 크고 마르긴 했지만 화장술 때문인지 시선이 끌리는 미인이었어요. 요즘 세상이야 본바탕이 뭐 그리 중요하던가요. 둔갑술이 하도 발달하여 미녀인지 추녀인지, 요조숙녀인지 창녀인지 도통 구별할 수가 없더라고요. 창녀가 학교에 다니면 학생이고 학생이 몸을 팔면 창녀지, 옷을 입고 치장하면 어디 특별한 변별력을 갖겠던가요? 폐차도 구부러진 곳을 펴고 도색만 잘하면 새 차 같아지잖습니까. 반질반질하게 닦아 중고차 시장에 내놓으면 누가 폐차였다는 것을 알겠어요.

내 친구가 말동무할 상대가 생겼다는 듯 몇 번 흘끔거리고는 바로 의도를 드러내더군요. 하긴 노련한 친구에 비하면 이 친구는 늘 그랬지요. 기껏해야 드러나 보이는 차림새 따위나 흔히 말하는 분위기에서 단세포적인 느낌만으로 상대를 읽어내곤 했어요. 그러니 한 인간이 지니고 있는 여러 모습을 읽어낼 수 없는 것은 당연하지요. 그는 사람의 겉모습이란 둔갑술에 속은 착시일 수도 있다는 말을 전적으로 믿지 않거든요. 비까번쩍한 차림을 한 사람일수록 속은 빈 수수깡일 수 있다는 생각을 하지 않는단 말예요. 물론 이 여자 손님이 그렇다는 것은 아닙니다. 내 친구는 벌써 흥분했는지 과속하다가 급브레이크를 밟곤 하는군요.

참, 저 여자도 대단하군요. 그런 친구의 속마음을 눈치챘는지 능숙한 솜씨로 담배에 불을 붙이더니 길게 한 모금 빨아들여서는 젊은 친구의 얼굴에 훅 불었어요. 내 친구는 찡그린 얼굴로 웃고 있고요. 무슨 수작들인지 나원참.

"기름밥 먹은지 얼마 안 됐죠? 전직이 뭐였죠?"

"전직이라? 음. 빚만 안겨준 그것을 곱씹어야 하나?"

"빚이라고 했어요?"

여자는 의외라는 표정을 지으며 한 풀 꺾여진 목소리로 물었어요. 그때 나는 바라던 대로 황룡강 가를 달리고 있었지요. 재갈 풀린 말처럼 거침없이 내달리던 나는 강 건너편에 있는 그 낡은 집들에 눈길을 두었습니다. 강둑을 담장으로 두른 집 마당에는 휘늘어진 버들가지가 조금 퇴색한 빛깔로 하늘거리고 있었지요. 어느 집에서는 저녁 연기가 모락모락 피어오르고 있군요. 장작을 패 군불을 지피거나, 꺼진 연탄불을 살려내는 중인지도 모르겠어요. 풍경이 아름다워서만은 아닐 것입니다만 왠지 그 곳에는 세상의 모든 희망들이 모여 살 것 같은 예감이 들었지요. 때때로 답답하고 두려울 때 나는 저쪽을 바라보며 위안을 삼았답니다. 이곳을 지나칠 때면 내가 소망하는 피안의 세계가 저 곳이지 않을까 하는 생각에 가슴이 두근거리곤 했어요.

나는 가끔씩 이곳을 달려가지만 아직 멈춰 서서 들러보지는 못했답니다. 까닭은 그 예감을, 그 희망을 소중히 간직하고 싶었기 때문이지요. 어쩌면 내가 저 곳을 동경하며 가슴 설레는 것과, 저쪽에 살고 있는 사람들이 느끼는 현실은 다를지도 모르죠. 그들에겐 삶의 공간이고 나에겐 이상의 공간이니까요. 내 젊은 친구는 풍광 따위는 아랑곳없다는 듯 여자와 이야기에 빠져 있군요. 내가 두 번이나 덜컹거린 것을 놓치고 말 정도로 뽕 가버린 눈깔로 희희덕거립니다. 조짐을 무시하다니. 나는 사실 여기에서 멈추려고 기를 쓰고 내부를 진단했습니다. 어디를 끊어 버려야 할까요?

"그래요. 한때는 잘 나가던 자동차 영업 사원이었어요. 그대로 가면 내 인생이 확 펴 질 줄 알았지. 자동차로 달리는 것으로는 성이 차지 않아 말을 타고 시원스레 달렸거든. 애인과 경마를 즐기던 때를 떠올리면 돌아버릴 것 같아."

"그런데 뭐가 문제였죠?"

"성미도 급하시지. 왜 그렇게 재촉해요? IMF보다 더 심한 불황으로 잘 팔리던 자동차가 팔리지 않으니 회사에서는 사원들을 쥐어짰지. 나는 내 할당량을 팔기 위해 카드 대출을 받아 고객에게 첫입금액을 대주면서까지 차를 팔았죠. 대출금은 눈덩이처럼 불어나고……. 젠장, 잘 나갈 땐 보너스로 여행까지 시켜주며 채찍을 휘두르더니 목을 자를 때는 언제 그랬냐는 듯이 가차없이 치던 걸. 목구멍이 포도청이라 결국 이 길로 들어섰지만 빚만 갚으면 이 짓을 당장 때려치울 거요. 하루종일 이 답답한 곳에 앉아 있자니 생지옥이 따로 없어요."

"저런, 안 됐네요. 댁의 앞길도 뻔하군요."

"빚을 갚으면 되죠……. 빚만 갚으면 당장 결혼할 거요."

"순진하긴……. 어쨌든 결혼할 상대가 있군요?"

"동거하던 여자가 들어오지 말래요. 그 여자 집이니 어쩔 수 없죠. 벼라별 생각을 다 해 봤어요. 심지어는 PC통신에 1년간 나를 팔겠다는 광고를 내기까지 했다니까요."

도대체 뭘 팔겠다는 배짱이었는지 원. 하긴 죽음까지 생각했다는데 못할 일이 뭐 있겠어요? 몸으로 때우는 일은 다 하겠다고 호소했는데도 반응이 없더래요. 누군가 사 주기만 하면 체험, 머리, 육체까지 다 가지라고 했다니 기가 찰 노릇이지요. 지 주제에 가진 게 뭐가 있다고 큰소리 쳤는지 가소롭군요. 그런 각오를 할 수 있는 인간이 왜 이 지경까지 왔죠? 잘 나갈 때 멈춰야 할 자리를 가늠할 줄 알아야 하는데, 평생 질주가 가능할 거라고 믿었었나 보죠.

“에이씨, 운전중이잖아.”

돌변한 친구의 말투에 나는 정신이 번쩍 들었습니다. 그러고 보니 나조차 그들이 노는 꼴에 빠져있었군요. 여자의 손이 친구의 사타구니를 더듬고 있었습니다.

“너 얼마면 살 수 있니? 스릴 있게 여기서 한 번 해보잔 말야.”

“성질 되게 급하신데? 화끈해서 좋긴 하네.”

“저어기, 갈대 숲에 차 세워.”

친구가 급정거를 시도했습니다. 하지만 내가 호락호락하게 서 줬을 것 같아요? 천만에요. 온 몸에 힘을 더해 오십 미터쯤 더 끌고 갔지요. 씨바, 이놈의 차가 왜 이렇게 말을 안 들어. 그리고는 후진을 해서 갈대 숲에 나를 세웠어요.

속옷을 입지 않은 여자는 쉽사리 그 몸뚱어리를 드러냈습니다. 그 순간 여자의 몸은 그 무엇도 표상하지 않는, 그 의미란 의미는 모두 벗어버린, 오직 남자를 호리는 욕망에만 몰두하고 있었지요. 그건 내 친구도 마찬가지였죠. 타오르는 불길처럼 뒤엉킨 두 육체는 내 몸뚱이를 분노로 흠뻑 젖어들게 했어요. 그들이 뜨거워질수록 나는 얼음장처럼 차가워졌죠. 그럼에도 내 시선 따위는 그들의 육체나 신경 어느 한 부분도 제어하지 못하는군요. 차라리 오감을 닫아 볼썽사나운 그 꼴을 더 이상

보지 않으려 해봤지만 그것도 허사였어요. 두 마리 짐승의 필사적 헐떡임으로 내 몸체가 흔들려 가만히 있을 수가 없었거든요.

육두문자가 목구멍을 타고 넘는 순간 내 시야에 건너편의 그 아름다운 희망의 집이 들어오는 거예요. 내 가슴에서 뜨거운 용암이 분출하는 것을 느꼈지요. 이런 개만도 못한 인간들이 있나. 더 이상 분노를 참지 못한 나는 내 인생에서 처음으로 나의 기관들을 모두 열어 악을 써대기 시작했습니다. 꺼졌던 미등과 비상등, 쌍라이트까지 켜고, 카세트의 볼륨을 한껏 높인 다음 클락션을 맘껏 울렸지요.

외진 갈대숲의 강 가에서 차 한 대가 있는데 그곳에서 빵빵거리는 소리가 울려퍼지는 상상을 해보세요. 얼마나 멋진 광경인가요. 그렇게 천국 문 앞에서 지옥으로 추락하는 맛이 어떤지 저 인간들에게 보여주었어요. 그래도 통쾌한 생각이 들지 않았지요. 어떻게, 이곳에서 짐승만도 못한 행동을 한답니까. 나의 안식처, 내가 꿈꾸는 곳, 내 이상향의 공간에서 말입니다. 멀리서 작업용 중장기 한 대가 털털거리며 오고 있는 평화로운 이곳에서 꼭 그래야 했냐고요.

기분이 망가진 두 인간이 동시에 재수 더럽게 없는 날이라고 투덜대며 공항을 향해 출발했습니다. 공항 입구의 마지막 신호대기에서 여자는 표변한 말투와 표정으로 그러더군요.

"댁은 광고로 그쳤으니 그나마 다행인 줄 알아. 나는 광고 없이도 팔렸지뭐야. 어학 학원 다니다가 일본인을 소개받았는데 어느새 그 인간의 현지처가 돼 버렸어. 지금 그 쪽바리를 만나러 가는 길이지. 일주일 내내 나는 그 인간과 함께 살아줘야 해. 하지만 후회는 없어. 까짓 거 그러면 어때? 인생은 즐기면서 살아야지. 그러다 싫증나면 괜찮은 남자 하나 꼬셔서 결혼이나 하면 되지 뭐. 댁처럼. 잘 해보슈."

그 여자가 담배꽁초를 유리창 밖으로 휙 던지며 문을 열고 내렸습니다. 젊은 친구가 어깨를 으쓱하며 한 마디 하는군요.

"미친년, 또 어떤 놈 하나 신세 망치게 생겼군."

어느덧 땅거미가 내리기 시작했습니다.

때 마침 착륙한 비행기가 있었는지 출구를 통해 사람들이 쏟아지고 있군요. 나이 지긋한 남자 손님 둘이 탔습니다. 라디오에서는 7시 뉴스가 막바지에 이르렀고요. 오늘 새벽 공원에서 한 노인이 병원으로 실려 갔는데 조금 전에야 의식이 회복 되었다는군요. 포장마차까지 문을 닫는 새벽 시간에 노인은 왜 공원을 배회했을까요. 이제는 쇠락하여 부피마저 줄어든 그 몸뚱이 하나 편안히 뉘일 곳이 없었을까요? 찬서리를 견디기 위해 마셔댄 술이, 외로움을 녹여주기는커녕 되려 치명적인 결과를 초래했답니다. 미화원이 발견하여 구급차를 불렀다는 아나운서의 말을 듣고 있던 손님들이 혀를 차는군요.

"보나마나 자식들을 몇씩이나 두고도 갈 곳이 없어 헤매다가 그랬을 거야. 이 사회가 어쩌려고 이러는지 몰라. 현대판 고려장이 따로 있겠소. 세상이 막판까지 왔다니까."

나는 손님의 가슴속에 말줄임표가 그려지는 것을 감지했어요. 그때 커브길을 돌아 우회전을 하던 내 몸체가 심하게 휘청댔습니다. 내 친구가 눈동자를 불안하게 굴리며 백밀러로 손님들을 살폈어요. 허둥대는 꼴이 속이 타들어 가는 것 같군요. 그럴 테지요. 그의 가슴에 성냥불 하

나 당길 만큼의 온기라도 남아 있다면 어떻게 태연할 수 있겠어요. 그
노인의 잔영이 아직 가슴에 남아 있어 여러 생각들이 교차되는 모양입
니다. 그가 다시 가속기를 밟기 시작하는군요. 내 몸체가 아스팔트 위에
서 부웅 떠오르고 있습니다. 나는 그가 뭔가를 잊고 싶어한다는 것을 습
관으로 알아냈지요. 지금 그에게는 오직 한 가지 욕구만 있을 뿐입니다.
어서 빨리 오늘 새벽의 일을 잊어버리는 것. 그래서 지금 이 순간 속도
에 대한 채울 수 없는 갈증을 느끼고 있는 것이지요. 그는 노인에 대한
잔영을 떨치기 위해 속도 속으로 뛰어들고 있습니다.

밤이 깊었습니다. 회색 하늘이 파르르 떨고 있습니다. 지쳐버린 나는
시커먼 매연을 줄줄 흘리면서 헉헉거렸어요. 나도 이제는 좀 쉬고 싶은
데 야행성인 그들은 죄다 거리로 나가고 있군요. 어둠 속에서 한결 반짝
이는 그들의 눈빛을 보니 찰나적인 동질감이 느껴집니다. 하지만 나는
동물도 못 되는 광물성에 불과한 걸요. 그들의 끊임없는 욕망에 나도 지
쳤습니다. 그들의 포악한 질주로 인하여 내 몸뚱이는 이미 상처투성이
가 되어 있어요.

특히 엔진에 강한 균열이 생겼지요. 내 친구 녀석이 아까 갈대밭에
너무 깊숙이 들어가는 바람에 돌에 채였기 때문입니다. 이제 달리려 해
도 몸체가 떨리고 자꾸만 한쪽으로 기울어져 내 본성마저 잃게 되었습
니다. 처음 내 수족과 몸체와 뇌관이 갖추어지고 완전한 형태를 이루어
세상의 빛을 보게 되었을 때 나도 많은 꿈을 꾸었지요. 그러나 내 운명
이 기구한지 한 사람에게 인정받고 사랑 받는 승용차는 되지 못하고 택

시라는 이름으로 인간 세상에 나서게 되었어요. 이제 와서 그런 걸 탓하면 뭐 합니까? 그 동안 나를 만들어준 그들의 뜻에 따라 충실했으니 내 소임은 다 한 거 아니겠어요? 하긴 내 상처 속에는 그들의 이야기가, 그들의 삶이 각양각색의 문양으로 다 들어 있으니 그것으로 나는 흡족합니다.

그들을 따라 달리기만 하던 나도 이제 스스로 전류를 끊어야 할 때가 오지 않았나 싶어요. 이 덩치 큰 차도 전선 두 개만 잘라버리면 멈추게 된답니다. 별게 아닌 것이지요. 덩치란, 실속이란 그렇게 대단한 위력을 갖고 있는 게 아니었어요. 그런데 문득 황룡강 건너편에 있는 마을의, 그 희망의 집에 가보고 싶군요. 그 집에서 흘러나오는 포도송이 같은 따스한 불빛이 강물에 흘러들어 이 쓸쓸한 저녁을 한결 포근하게 해 줄 것만 같아요. 황혼녘의 햇살을 받아 금빛으로 빛나던 그 강가의 집 뜨락에 망가진 내 몸을 뉘이고 싶군요. 그러한 꿈도 내게는 과분한 것일까요.

누가 보고 있다

누가 보고 있다

꾸불텅꾸불텅 모습이 뒤바뀌는 자루의 형체는
매직쇼의 비밀처럼, 우리를 궁지에 몰아넣고 있다.
눈앞에 빤히 보이면서도 좀체 잡을 수 없는 단서를
저 묶인 자루 하나가 틀어쥐고 있다.
자루 하나에 우리 모두 우습게, 바보가 되고 있다.

그가 금강산에 가기로 결정했다라고 말하는 순간, 맨 처음 떠오른 것
이 만물상이었다. 내 기억 속의 금강산은 우선순위가 꽃보다 더 화려한
단풍이었다. 그런데 왜 그 순간엔 만물상의 곰이 떠오르고, 독수리가 떠
오르고, 거북이가 떠오르고 관음보살상이 떠올랐을까. 만물상에는 이
우주에 존재하는 천태만상의 온갖 것들이 묘사되어 있다는 것을 어디에
서 들었던가. 문득, 구미가 당겼다. 신이 빚어놓은 자연의 비경을 훔쳐
보고 싶은 충동이 제법 거칠게 이는 것을 누르면서 호들갑스럽지 않게

동참의 의사를 밝혔다.

작년, 혹은 그 이전에도 금강산행의 기회가 있었다. 그러나 나는 풍악산을 먼저 보고 싶다는 타당치 않은 아집을 부리며 차일피일 금강산과의 조우를 미루고 있었다. 그 기회는 늘 가을을 피하고 있었기 때문이었다. 그런데 이번엔 계절은 차치하고라도 남편의 불알 친구들의 모임에서 가는 금강산행이다. 그들과의 여행은 최소한 인내심을 가져야 버틸 수 있다는 선입견을 가지고 있기 때문에 여행의 제안이 달갑지 않아 주춤거리고 있던 터였다. 정확히 말하면 금강산엔 가고 싶으나 동행하는 이들이 나를 상당히 부담스럽게 했다. 그러나 만물상이 나의 마음을 흔들어놓았고, 인간의 마음은 간사해서 내가 마음만 좀 비우면 그런대로 견딜만한 여행이 될 것 같기도 했다.

한 부부의 지각으로 우리는 예정시간을 오십분이나 늦게 출발했다. 귀금속 판매를 하는 부부였다. 그 여자는 '원래 가까이 사는 사람이 더 늦는 것이여' 하며 그 정도의 시간 어기는 것쯤은 아주 당연하다는 표정으로 들어와 자릴 잡았다. 새벽같이 일어나 한 시간을 달려와 합류한 나로서는 기가 막히는 뻔뻔함이었다. 그것도 세상을 편하게 사는 사람들의 한 방식이려니 생각해도 은근히 고개를 쳐드는 짜증까지 막지는 못했다. 귀금속집 마나님답게 주렁주렁 매단 악세사리가 거추장스러운 정도를 넘어 파격적인 기법의 화장과 함께 어두운 조명 속에서의 두억시니를 연상시켰다. 사십 후반의 여자의 화장은 그야말로 분장이었다. 우리는, 그녀를 제외한 열 여섯명은 저 여자가 거울에 자신을 비춰보며 만족스러운 채비를 하는 동안 추운 차안에서 떨며 기다려 주었던 셈이다. 우리를 고성까지 실어다줄 기사는 어지간히 둔한 사람이었는지 꽃샘추위의 꼭두새벽에도 히터를 켜줄 생각을 하지 않았다. 관광차의 생리에 익숙치 못한 나는 코를 훌쩍이며 참고 있다가 화풀이하듯 히터를 켜달라고 소리쳤다.

예감이 좋지 않았다. 결코 즐거운 여행은 되지 못할 거라는 예감이. 인생의 갈림길에서 무엇인가를 결정해야 할 때 끼어들던 그런 직감이었다. 다니던 직장을 그만두고 결혼을 할 때에도 나는 자신의 결정에 확신이 서지 않았다. 확신하지 못한다는 건 이미 불안이 스며들어 있다는 징조였다. 타인의 시선 따위는 안중에도 없다는 듯, 과감하게 사랑을 선택했음에도 그 사랑에서 잠시만 방심하면 결혼이라는 것이 오히려 무모해 보이기까지 했다.

그것은 그가 나를 사랑한다는 현상과 그 사랑을 해석하는 내 시선과의 차이 때문에 오는 불안이었다. 사랑을 위하여 자신의 모든 것을 내던져줄 것 같은 그의 사랑을 보이는 그대로 받아들였다면 균열 없는 결혼생활을 좀더 오래 유지할 수 있었을까. 인간은 불안정한 존재이고, 나 역시 눈앞의 풍경을 보면서도 여러 가지 상반된 느낌을 교차시키는 인간이니 당연한 귀결이었다. 나는 의도적으로 시작부터 부정적이지는 말아야 한다는 다짐을 가슴속에서 꾹꾹 다졌다. 그 정도도 이해하지 못하면 같이 여행할 자격이 없다고 자신을 다그쳤다. 2박 3일의 여행기간 동안 스트레스 받지 않으려면 그래야 했다. 문화가 같고, 뜻이 맞는 사람들과의 여행이 아니라면 각오해야 할 사항이기도 했다.

인간의 마음은 조석으로 변하는 게 아니라 시나브로 변한다. 느긋하려 다잡은 내 마음은 오래 가지 못했다. 읍내를 지난 버스가 국도로 들어서자 회장이 마이크를 잡고 인사말을 했다. 회원 전원이 떠나는 여행은 처음이어서 협조해 준 것에 대해 대단히 감사하다고 했다. 그 다음엔 곧바로 복분자주가 돌기 시작했다. 금강산도 식후경이라는 말은 지극히도 명언이다. 아무도 이의를 달지 않을뿐더러, 차안의 사람들이 행동으로 그 명언을 증명해 주었다. 일부에선 찰밥과 홍어 삼합을 접시에 가득 담아 먹고 있었고, 일부에선 복분자주를 종이컵에 넘실거리도록 따라 마시고 있었다. 내게도 할당량이 있었으니 어쩌랴. 밥 대신 술이지만 상황에 따라서는 그럴 수도 있겠다 싶어 첫 잔은 받아 마셨다. 뜨거운 액체가 목구멍을 타고 흘러내려 위벽을 자극하는 감각이 그대로 전해졌다. 들이미는 홍어회도 능청스럽게 받아먹었다. 그러는 자신을 지탱하도록 집에서라면 아침을 먹고 카페라떼 한 잔 마시는 천국의 시간이었을 거라며 약간 자조의 웃음을 흘렸다.

첩첩산중이라더니, 술이 한 바퀴 돌고나자 이번엔 음악이 달라졌다. 아니 음악만 달라진 게 아니라 모니터의 화면도 따라 달라졌다. 최신형의 관광 메들리, 이렇게 이름 붙여도 뭔가 미약하다는 느낌이 들었다. 최신형 컴퓨터, 최신형 가전제품, 최신 곡, 최신형 공법, 최신형 문화, 그리고 최신형의 인간—처음 만난 사람—따위, 그래서 나는 무엇이든 최신형 앞에 서면 주눅이 든다. 최신형의 노래, 하여튼 적당히 비음이 섞이고 적당히 끈적이고 적당히 흥을 돋우는 노래와 함께 비키니 차림의 여자와 와이셔츠 차림의 남자들이 호화롭게 반짝이는 조명을 받으며 화면 속의 무대에서 춤을 추고 있었다. 내 의식 속에서 비키니와 무대와 춤이 도저히 어우러지지 않아 그 화면을 바라볼 수 없었다.

스물 두어 살 때던가. 나이트클럽에 처음 갔을 때 느꼈던 당혹감처럼 적응이 되지 않아 시선을 창밖에 두었다. 처녀적의 그때는 부끄러움이었고, 지금은 그들의 몸짓이 무얼 의미하는지를 알기 때문에 더 곤혹스러웠다. 아무리 관광문화가 그렇다 해도, 아무리 흉허물 없이 트고 사는 사람들이라 해도 밀폐된 차안에서 관능적인 여자의 몸뚱어리를 보며 떠올릴 수 있는 것, 연상할 수 있는 것, 혹은 느끼는 감각은 뻔할 것이었다. 드리워진 커텐을 열고 밖을 보니 이제 마악 햇귀가 드러나고 있었다. 버스는 사라진 밤을 쫓아가듯, 길의 소실점을 향해 힘차게 나아가고 있었다.

사람은 똑같은 상황에서도 누구와 함께 있는지, 혹은 자신의 심리상태에 따라 반응하는 정서가 다를 수 있다. 아쉽더라도 아침만 아니라면, 지금이 저녁이라면 얼마나 좋을까. 그저 유흥을 즐기는 한 때로 치부할 수 있는 시간이라면 얼마나 다행일까. 의자 등받이에 머리를 기대고 느긋하게 화면에 빨려 들어가고 있는 남자들을 보며 나는 일말의 모멸감을 느꼈다. 그것은 평온 상태를 유지하지 못하는 내 마음이 지나친 반응을 보인 결과인지도 모른다. 어쨌든 그들과 나, 누가 정상이고 비정상인가는 중요하지 않다. 정상과 비정상은 상황에 따라 얼마든지 뒤집을 수 있는, 절대적인 것이 아니기 때문이다. 변덕스럽게도 즐거운 마음을 갖자고 다짐한 내 마음이 심하게 흔들리고 있지 않은가. 뒤늦게 켜놓은 히터 탓인지 차안의 공기가 덥고 끈적해지기 시작했다. 적당히 취한 여자들 몇이 더 이상은 못 버티겠다는 듯이 통로로 나와 춤을 추기 시작했다. 흥이 난다고 곧바로 몸을 움직일 수 있는 그네들의 즉흥적인 변신이 신통하기도 부럽기도 했다. 제 정신 가지고는 남 앞에서 노래 한 곡 부르지 못하는 변변찮은 자신을 생각하면 그럴 만했다. 그들의 놀이는 그야말로 타산 없는 순수한 본능이었다. 흥이 나서 노는데 밤낮의 구별이 무슨 의미가 있으랴. 혹여 그 본능을 보며 찬란하게 빛나는 오전의 봄햇살이 무색하게 여겨진들 그건 느끼는 자의 개별적 감수성일 뿐이지 않겠는가.

창밖을 보고 있다가 고개를 돌리는 순간, 세 번째 좌석에 얌전히 앉아 있던 귀금속댁이 뒤돌아 나를 눈으로 더듬었다. 눈이 마주치자 나는 웃음을 보냈다. 아직 말 한마디 건네지 않았지만 그 웃음으로 인사를 한 것이다. 그녀는 내 의중 따위는 안중에도 없다는 표정으로 일어서 나오더니 내 앞에 앉은 남편의 손을 이끌고 통로로 나갔다. 화장이 잘된 그녀의 얼굴에도 술기운이 돌아 홍조가 피어올랐다. 그 여자의 손에 끌려나가면서 그는 뒷자리의 나를 흘끔 쳐다보았다. 이런 분위기에 어울리지 못하는 내가 신경이 쓰였던 모양이다.

그는 술을 마시지 않고도 잘 놀았다. 그래서 나는 그를 전천후라 말한다. 환갑잔치에 가면 그 날의 주인공이 즐거워할 꺼리를 찾아 그 상황에 맞춰주고, 초상집에 가면 조용하면서도 사람들 가라앉지 않게 적절한 말과 행동을 보여줌으로써 어느 모임에 가든 분위기 맞춰 놀 줄을 아는 사람이었다. 그 여자는 그를 데려다 놓고 마주 서더니 허리를 유연하게 흔들기 시작했다. 여자는 물결처럼 넘실대던 어깨 위의 긴 머리카락이 앞으로 쏟아지자 오른손으로 쓸어 넘기며 능숙한 몸짓으로 춤을 추었다. 그닥 우아하지는 않아도 마치 춤을 추는 동작으로 구애를 하듯, 자신의 열뜬 감정을 전달하려 했다. 그에 맞춰 그가 몇 분 정도 맞장구를 쳐주다가 춤추는 모니터 화면을 노래방 화면으로 바꾸었다.

그가 템포 느린 트롯을 한 곡 부르고 제 자리로 돌아와 앉는 걸 보며 나는 그가 그 상황을 부담스러워 한다는 것을 눈치챘다. 나와 같은 심정으로 조용히 가고 싶어 한다는 그런 이유가 아닌 어떤 어색함이 섞인 느낌이었다. 누군가 다시 관광 메들리로 바꿔 장면은 예전으로 되돌아갔지만 나는 여전히 석연치 않은 그 느낌의 정체를 찾지 못했다.

어느 날 그가 퇴근해서 저녁을 먹으며 말했다. 낮에 사람을 만나러 사무실 근처의 오피스텔 스카이라운지에 갔는데 그 여자가 있더라고. 어떤 남자를 만나고 있기에 모른 척 했지만 틀림없이 나를 알아봤을 거야. 그 여자 만나면 내색하지 마. 괜히 아무것도 아닌 일로 서로 어색해지고 사이가 나빠질 수도 있잖아. 남편의 당부가 아니더라도 나는 그 여자의 일까지 신경 쓸 만큼 한가하지 않았고 그 여자가 누굴 만나든 나와는 무관한 일이었다. 그 후 두 달만에 모임에서 그 여자를 만났지만 나는 아무것도 떠올리지 못했다. 그런데 오늘은 그 일을 연상시키는 여자의 행위 때문인지 남편이 말했던 몇 년 전의 이야기가 자연스레 되살아났다. 그 여자가 만난 남자는 누구였을까, 아니 어떤 관계였을까.

이제 겨우 두 시간을 달려왔을 뿐인데 나는 벌써 지루하고 조바심이 나기 시작했다. 최근 들어 밤새 뒤척이다 새벽녘에 잠이 드는 날이 잦아졌다. 새벽에 일어난 오늘은 부족한 잠 때문에 머리가 지끈거리고 정신은 몽롱했다. 다행히 휴게소에 들러 머리를 식히고 카페라떼를 두 잔이나 마시고 나니 혼미한 상태에서는 벗어날 수 있었다. 청담대를 들러 역대 대통령의 사생활, 아니 영부인들의 살림 취향을 조금 엿본 뒤 점심을 먹을 장소로 와서 보니 두 시가 지나 있었다. 밥을 빨리 먹지 못하는 나는 맨 마지막까지 청국장에 비벼 맛있게 먹었다.

일행 중 부지런한 부인이 자판기에서 뽑아온 커피를 내 앞에 내밀었다. 그걸 들고 마시는데 알 수 없는 시선이 느껴졌다. 누군가 나를 보고 있다는 감. 종이컵을 입에 문 채 고개를 외로 돌리니 그 여자가 나를 보고 있다가 재빨리 시선을 거뒀다. 보지 않아야 할 것을 본 것 같은 느낌이 들었지만, 그녀와 나의 시선이 엇갈린 건 우연이려니 생각했다. 뭔지 자꾸 의구심을 부추기는 갉작거림이 일었지만 그 이상 감정을 진전시키지 않기 위해 스스로를 처단했다. 못난 영혼일수록 사소한 일에 신경 쓰고 스스로 상처를 만든다는 생각으로. 그건 순전히 내 의지였다.

차를 타고 오는 내내 각자 자신의 놀이에만 몰두해 개별적인 인사를 나누지 못한 사람들도 있었다. 모임에선 항상 가까운 사람들끼리 자리에 앉아 안부를 묻지, 마음을 트지 않은 사람들하고는 옆에 앉지도 않고, 말 한 마디 나누지 않고 헤어지는 경우가 있다. 나 역시 그 모임에 동참한지 10년이 되어가지만 그 여자와 이야기를 나눠본 기억이 거의 없다. 기껍지 않은, 밋밋한 모임을 마치고 뒤돌아서면 사람의 관계라는 게 너무 하찮고 의미 없다는 생각이 들곤 했었다. 그게 우리의 참 모습일지도 모른다. 모임이라는 형식 안에서 끊어낼 필요도, 절실성도 없으면서 만나는 사람들에게 형식적인 인사말 따위는 오히려 마음에 없는 것을 꾸며야 하는 허위가 될 테니까. 만나서 같이 여행을 하고 잘 놀고 헤어지면 되지 그 이상의 무엇을 바라겠는가. 누가 가장 재미있게 놀고 누가 두드러진 행동을 했는지 그것만 기억 속에 남을 뿐, 이 여행이 우리에게 무엇을 남겼으며, 이 여행을 통해 우리들의 모습에 어떤 변화가 생겼는지 따위는 중요하지 않다.

다시 버스를 타고 고성에 도착할 때까지 그네들은 한참도 쉬지 않고 춤추다 지치면 노래를 불렀다. 그 사이 내게도 노래할 기회가 주어졌으며, 그들의 손에 이끌려 통로로 나가 몇 분 동안 어색하게 서 있다가 자리로 돌아왔다. 그것은 같은 차안에 있는 사람으로서의 최소한의 의무였고 역할이었다. 의무로 부른 노래가 스스로 즐거웠을 리 없고 듣는 이들에게 스며들지도 못했으리. 그러나 그렇게 껄그러운 자리에서 내 몫을 다하고 자리로 돌아와 앉으면 안도해야 하는데 나는 오히려 불안해졌다. 노래 한 곡 부르는 짧은 시간 동안이 더 편안했을 것이다. 몇몇 사람들과 핸드폰으로 문자를 주고받거나 지나치는 풍광을 보다가 휴게소에 도착한 버스가 멈춰서면 용수철처럼 탄력있게 뛰어 밖으로 나가곤 했다. 차가운 공기를 들이마시면 체증처럼 눌러 붙어있던 불안감이 사라졌다.

휴게소에서 잠시 열기를 식힌 뒤 버스가 달리기 시작하면 그들의 관광 메들리도 다시 시작되었다. 그들의 열정이 사위어들지 않음에 나는 감사했다. 비록 즐기지 않는 노래이지만, 의미를 생각하면 유치찬란한 노랫말이지만 그들이 그 노래를 부를 때 나는 씁쓸하긴 하지만 미소를 지을 수 있는 여유를 되찾았다. 누군가 이상한 몸짓으로 춤을 출 때 소리내어 웃기도 했다. 눈앞의 희끗희끗한 산봉우리를 세며 가는 사이 남대천을 지났고, 해가 설핏해질 무렵 숙소가 있는 고성에 도착했다.

저녁이 준비되는 동안 낙산사를 다녀왔다. 처음엔 두 부부만 나섰는데 나중에 보니 모두들 따라오고 있었다. 음주가무에 전념할 때는 언제였냐 싶게 차에서 내리니 말끔한 얼굴로 돌아왔다. 그들 삶의 표정은 장소에 따라 그렇게 변모할 수 있는 것이었다. 직장으로 돌아가면 직장인이 되고, 어머니로 돌아가면 현모가 되고, 아내로 돌아가면 현처가 되며, 관광차 안으로 들어가면 질펀하게 놀이를 할 수 있는 다면체의 능력인이 된다.

내 눈에는 그런 그들이, 상황에 따라 능숙하게 변화할 수 있는 그들이 요술봉을 쥐고 있지 않나 싶었다. 술을 마시지 못하면 놀지도 못하고, 노래도 흥이 나지 않는, 자신을 능숙하게 변모시키지 못하고 오로지 한 가지 모습만 지닌 내게는 그들이 만물상의 형상처럼 신기한 요술을 부리는 것 같았기 때문이다. 천연덕스러운 그 얼굴 속에 얼마나 많은 능력을 숨기고 있을까. 그들의 변신이 부러웠다. 때로 열정의 윤리와 결혼의 윤리를 당당하게 드러낼 줄 아는 그들 앞에서 내가 어찌 주눅들지 않겠는가.

낙산사는 화마에 소실되어 홍련암만 남았다. 불과 함께 사라진 낙산사의 세월이, 역사가 새까맣게 타들어 간 모습의 아름드리 소나무들처럼 안타까웠다. 이제 중생들은 또 다시 부처님의 가피를 입기 위해 필사적으로 낙산사를 재건할 것이다. 인간 승리의 현장을 또 재현하겠지. 부처는 인간의 마음 속에 있는데 왜 스스로를 믿지 못하고 기필코 가시성을 고집하는 것일까.

그런 나는 부처님 앞에서 무얼 기도했던가. 내 기도는 나를 비우게 해달라는 것이었지만 짐짓 나는 그런 체 하고 있었던 건 아닌지. 마음을 비워야 부처의 세계에 한 걸음 다가서는 것이라는 걸 알고 있으니 비우게 해달라는 기도를 했을 테지만, 현실의 나는 어느새 간절한 염원을 떠올리고 있었을 것이다. 한 가지 염(念)을 가진 사람이 입 밖으로 말하지 않는다고 해서 발원 자체가 아니라고 우길 수는 없다. 나는 분명 내 서류가 채택되길 온 몸의 의지로 발원했을 것이다. 그들이 요구하는 조건을 충족시키지 못하는 부분이 없다 해도 결정은 인간의 힘이라기보다는 신의 영역이라 믿어졌기 때문이다. 인간은 가끔 제 능력으로 불안한 일을 할 때 신의 힘을 빌리려 한다. 결국 저들도 불안정한 자신의 허기를 채우려, 신에게 매달려 소원을 빌고 제 마음의 평화를 얻으려고 부처님을 다시 봉안할 것이다.

다음날, 새벽 4시부터 이동하기 시작하여 오전 10시가 지나자 금강산에 발을 디딜 수 있었다. 일행은 곰바위를 지나 구룡폭포로 향했다. 골짜기마다 탄성을 지르게 하는 온갖 형상의 바위들이 발걸음을 앞으로 나아가지 못하게 했다. 그 계곡에서 흘러내리는 물은 얼마나 맑고 깊은지 감히 손가락질조차 하지 못했다. 신이 내린 신선수에 누가 불경한 짓을 할 수 있겠는가. 사람들은 사진을 찍으며 한눈을 팔다 앞서거니 뒤서거니 하며 목적지인 천성대를 향했다. 높이 오를수록, 햇볕이 들지 않는 음지일수록 눈이 많아 보행이 그리 수월치는 않았다.

구룡폭포가 보일 무렵, 내 앞에 가던 남편이, 그의 앞에 가던 누군가에게 말을 걸었다. 주변 경치에 취해있던 나는 그가 무슨 말을 했는지에 관심이 없었고, 시선 역시 저 위의 폭포를 보면서 건성으로 걸음을 떼고 있었다. 그러니 앞사람이 누군지 옆 사람이 누군지 알지 못했다. 내 시선은 산 위에 머물렀고, 앞사람과의 가늠 거리로 보폭을 조절하고 있었다. 그때, 그가 무슨 말을 했을 때, 그의 앞사람이 보폭을 좁히자 그와 나란히 걷게 되었다. 그리고 그의 물음에 대한 답을 보냈다. '으응' 하고서. 내 뇌가 그 소리의 뇌살거림을 감지하기 전에 내 몸이 먼저 반응했다. 그 작용으로 오소소한 소름이 한순간에 전신을 훑고 지나갔다. 그 후에 내 이성이 판단한 그 콧소리의 애교스러움으로 나는 웃음이 나왔다. 하마터면 소리까지 낼 뻔했다. 내게 두 사람이 누구인지는 중요하지 않았다. 오로지 그렇게 말할 수 있다는 것에 찬탄하고 있었으니까.

남편과 이십여 년을 같이 살았지만 나는 단 한 번도 그처럼 닭살스런 애교를 보여준 적이 없다. 그가 내게 최상의 기쁨을 누리게 해주는 순간에도, 간절히 원하는 어떤 것을 내 손에 쥐어줄 때에도, 그리고 사랑한다고 말하고 싶은 순간에도 나는 그렇게 천상의 선녀처럼 다정한 목소리를 만들어 본 적이 없다.

내 입가의 미소가 사라질 만큼의 시간이 흐른 뒤, 이번에는 궁금증이 일었다. 그 목소리를 듣는 순간 그의 감정은 어땠을까 하는 천박한 호기심이 섞인. 그는 자신의 뒤에 내가 있음을 알고 있을 테지만 뒤돌아보는 행동 따위로 자신의 감정을 내보이지는 않았다. 그 사이 그 여자와 남편은 무슨 말인가 두어 마디 더 나눴지만 나는 들을 수 없었다. 그 여자의 뇌살스런 콧소리가 내 귀를 어지럽혀 잠시 그 주술의 잔영 속에서 헤어나지 못했기 때문이다. 나는 말없이 남편의 뒤를 따라서 걸었고, 그 여자는 슬그머니 앞으로 나아가 자신의 남편과 나란히 섰다.

오피스텔 스카이라운지에서 만난 남자에게도 그 여자는 그토록 농염한 목소리로 말하고 웃었을까. 여자의 남자들, 그 여자의 남편만 모르고 우리는 모두 알고 있는 그 여자의 남자들은 이 목소리 때문에 여자를 사랑했을까. 여자가 내는 비음은 마치 주술 세계로 가는 수렁처럼 아득했다. 수렁 같은 목소리가 남자들의 귓밥을 촉촉하게 간지럽히다가 귓병이 든다는 것을 그들은 알지 못했으리. 안다한들 어느 사내가 그 질척한 늪의 호림에 빠져들지 않겠는가. 설령 그곳에 자신의 귀를 잘라갈 괴물이 버티고 있다 해도 벗어날 의지를 상실하고 말았으리.

갑자기 여자에 대한 호기심이 바람 부는 들판을 태워가는 들불처럼 강하게 피어올랐다. 누군가 내 뒤에 오던 사람이 미끄러져 넘어지는 바람에 나도 엉켜있던 상념 속에서 헤어났다. 내 앞에 가던 그가 조심하라며 뒤돌아보았다. 내 생각이 무색할 정도로 그의 목소리와 표정에는 흔들림이 없었다. 그러나 그를 잘 알고 있는 나는 흔들림 없는 그의 모습에서 오히려 태연을 가장하고 있는 그의 그림자를 보았다. 그런 면에서 그림자는 실체보다 정직하다. 실체는 자신을 가장하여 상대를 속일 수 있지만 그림자는 가장한 모습까지 드러내준다. 광원은 자신을 가로막은 실체를 배반하는 일이 없다는 것을 믿듯이 나는 그의 그림자를 신뢰했다. 차라리 그가 웃거나 좀 격앙되어 있었다면 그 상태 그대로를 순수하게 받아들였을 것이다. 그랬다면 내 생각은 그토록 앞서 달려가지 않았을 것이다. 흔들리지 않으려고 안간힘을 쓰고 있다는 따위의. 나는 잠시만 한 눈 팔면 빙판길은 미끄러지기 십상이라는 그의 주의를 중첩적인 의미로 가슴깊이 새겨듣고 있는 중이었다.

그 날 우리는 구룡폭포의 모습을 제대로 보지 못했다. 폭포는 얼음으로 뒤덮여 본래의 모습을 볼 수 없었다. 장엄한 바위에 두꺼운 옷을 입힌 얼음덩어리를 보는 것으로 폭포수를 연상할 수 있을 따름이었다. 실체를 보지 못하면 그 상상력이 강해지는 법이다. 구룡폭포를 보지 못한 우리는 자신의 상상력을 총동원하여 실제 눈앞에서 보고 있는 것처럼 그 장엄함에 대하여 지껄여댔다. 어제 너무 오랜 시간 동안 정열을 발산한 일행 중 몇은 무릎이 아프다는 이유로 천성대에 오르는 것조차 포기하고 도중에 하산했다.

천성대까지 다녀와 일행이 모두 만났을 때는 세 시가 될 무렵이었다. 도중에 초코파이로 시장함을 달랬지만 모두가 허기진 상태였다. 한식당에서 도가니탕이 나오자 모두들 허겁지겁 먹어댔다. 나 역시 그릇을 거의 비워갈 무렵, 누군가가 내 모습을 보고 있는 것 같은 느낌이 들었다. 그러한 느낌은 조금 떨어진 곳에서 내게 집중적으로 시선을 보낼 때 느껴지는 몸의 감각이다. 몸이 요구하는 대로 오른쪽으로 살짝 고개를 돌리니 두 개의 테이블 건너에서 그 여자가 나를 보고 있다. 나와 시선이 마주치자 예의 그 새초롬한 표정으로 돌아가 시치미를 떼버렸다. 순간 불쾌감이 치밀었다. 이 모든 시선들이 우연이라고 하기에는 석연치 않다. 왜일까. 저 여자가 내게 그러는 이유가 뭘까. 직접적으로는 한 마디 말도 하지 않으면서 시시때때로 나를 주시하는 이유가 뭘까. 나는 큰소리로 커피 마시러 가자며 남편의 손을 잡아끌었다.

일회용 커피 한 잔에 천원이었다. 커피는 모든 후각과 미각과 시각을 자극하며 기분 좋게 몸 안으로 스며들었다. 여섯시에 관람할 평양 예술단 공연까지는 시간이 많이 남아 각자 자유시간을 갖기로 했다. 그래봐야 면세점 안에서 북한산 땅콩이나 버섯 따위, 국내에서 팔다가 유행이 간 세팅 때문에 재고가 된 보석들이나 들여다보며 시간을 때우는 일이었다. 비어있는 시간, 내겐 한 가지 생각에 빠지게 하는 불안한 시간이었다. 무언가를 기다리는 일, 자신의 앞날에 대한 통보를 기다리는 일은 매우 지루하고 안타까운 시간이다.

형언할 수 없는 그 순간들을 메꾸려 이 코너 저 코너를 기웃대다가 딸들에게 주려고 크리스탈 귀고리를 고르고 화려하게 세팅된 크리스탈 목걸이를 만지작거리다 선택을 했다. 흔한 금붙이가 아니라는 이유로, 내부까지 훤히 들여다 볼 수 있는 투명함을 지녔다는 이유로 나는 욕심을 부렸다. 옆에 있던 그가 내게 걸어보더니 잘 어울린다며 흔쾌히 계산해 주었다. 예상치 않은 선물로 나는 약간 들뜬 기분이었다. 그와 함께 물건을 받아 돌아서다가 바로 앞 의자에서 쉬고 있던 일행들의 시선과 마주쳤다. 여자가 고개를 돌려 나를 외면했다. 그럴 이유가 없는데 나도 잠시 지싯거렸다. 내가 사고 싶은 물건을 사는데, 그들에게 미안해할 이유가 없는데 나는 조금 미안해야 할 것 같았다.

그들의 눈빛에 조금 들떴던 기분이 다시 가라앉았다. 누군가 나를 보고 있을 거라는 생각을 하지 못하고 자유롭게 웃고 떠들고 장난을 쳤는데, 그래서 그 시간만큼은 내가 가진 어떤 강박에서 벗어나 마음 편히 즐길 수 있었는데 사람들의 시선은 다시 나를 불편하게 했다. 내가 모르는 사이 그들의 시선이 내 뒤통수를 따르고 있었다고 생각하니 불쾌하고 오싹했다. 인터넷 사이트에 가입할 때도 비슷한 불안감을 느끼지 않았던가. 인적 사항을 기재하고 비밀번호를 써넣으면서도 나는 그 비밀번호가 결코 비밀을 보장해 주지 않는다는 것을 알고 있었다. 이상한 닉네임이 내게 채팅을 걸어올 때에는 누가 나를 보고 있지 않을까 하는 불안감이 뒷덜미를 잡고 놓아주지 않았다.

아무리 숨기고 연막을 쳐도 우리네 삶이란 완전하게 은닉되지 못한다. 자신을 드러내지 않으려 하는 것은 떳떳하지 못해서가 아니라 온전한 내 삶, 나만의 삶을 지키려는 것이지만 그리 쉽지 않다. 우리는 타인의 시선에서 자유롭지 못하며, 그래서 각자의 생활을 지키기 위해 눈을 부릅떠야 할 때도 있다.

평양 예술단의 서커스 관람이 끝나고 숙소로 돌아왔다. 단원들의 숨막히는 묘기와 예술적 재능이 뒤엉킨 행위들은 때로 탄성을, 때로는 안쓰러움을 자아내게 했다. 그 사이에도 나는 내 서류에 대한 조바심에서 벗어나지 못했다. 혹시 실수로 빠뜨린 사항은 없는지 우편배달 사고가 생기지는 않았는지 불필요한 걱정까지 하느라 공연에 몰두하지 못했다.

다시 만나자던 그들의 감동적인 노래에 코끝이 제법 시큰해져서 공연장을 나왔는데 그 여운이 채 가시기도 전에 가이드의 말은 우리들의 감흥을 깨버렸다. 여러분들, 배우들을 보며 어떤 생각이 들던가요? 누군가 대답했다. 줄타기를 할 땐 가슴이 조마조마했어요. 또 다른 생각은 안 들었어요? 저렇게 위험한 일을 하면서 살아야 하는 그들이 불쌍해졌어요. 이 말을 듣고도 그런 생각이 들까요? 가이드는 그러는 당신들이 더 불쌍해 보여요 라는 듯, 제법 의기양양해져서 말했다. 그 배우들 중에는 우리나라로 치면 장관급 예우를 받는 사람도 있어요. 하고 싶은 일을 하며 살죠, 돈 많이 벌죠, 명예 있죠, 그런데도 그들이 불쌍해 보여요? 그래요오? 모두들 입을 닫았다. 학기마다 자식들 등록금 걱정을 하고, 어느 날 거나하게 취한 김에 호기가 발동하여 술값 한 번 계산했다가는 보름치 용돈이 모자라 아내에게 험담을 들으며 치사해져야 하는 그들에게 안쓰러워 친근감이 느껴지던 평양 예술단의 배우들은 갑자기 자신들과는 거리가 먼 이상국의 선녀로 탈바꿈되었다.

여행이 주는 약간의 흥분과 여유와 자유로움 때문인지 남자들은 좀체 자신들의 숙소로 돌아가지 않았다. 적당히 풀어진 사람들은 서로 희롱 섞인 말장난과 가벼운 손장난을 즐겼다. 천성대까지 올라갔던 사람들은 가벼운 온천욕에도 불구하고 다리와 무릎이 아프다며 엄살을 부렸다. 누군가 준비해온 물파스를 꺼내 방 가운데로 던지자 남편이 제일 먼저 집어 무릎을 걷어올리고 바르기 시작했다. 따뜻한 방안에서 그것의 냄새는 빠른 속도로, 고약하게 번져갔다.

평소에도 그는 필드에 나갔다오면 허리가 아프니, 어깨가 결리니 하며 여기저기 파스를 잘 붙였다. 비장이 약해 냄새에 예민한 나는 그의 냄새를 거의 파스 냄새로 기억할 정도였다. 여자들 중 누군가가 파스 냄새가 싫다며 나가서 바르라고 소리쳤다. 그 냄새를 싫어하는 나는 그 여자의 입장을 충분히 이해하기 때문에 미안한 마음이 들었다. 그래서 변명을 했다.

"집에서도 늘 파스를 붙이는 습관이 있어서 그래요."

대상이 확실하지 않은 일행 모두에게 하는 말이었다.

"왜 파스를 붙여?"

돌발적인 반말 투의 주인공은 그 여자였다. 내게 직접 말을 하는 것은 이틀 동안 처음 있는 일이다.

"골프를 치면 여기저기 아픈 데가 생기잖아."

"그러면 버려. 젊고 싱싱한 남자도 많은데 아픈 데 많은 사람을 뭐하러 데리고 살아?"

"왜 그래? 아직 나한테는 필요한 사람인데."

"아직 쓸 만한가 보네."

너무 정색하는 것도 불편한 마음을 내색하는 것이기에 같은 투로 받는다고 생각하고 던진 말이지만 뒤끝이 개운하지 않았다. 도대체 저 여자가 사사건건 내게 거슬리는 행동을 하는 이유가 뭘까 라는 의구심이 구체적으로 들기 시작했다. 순간, 땡땡하게 언 얼음조차 녹아 흐르게 할 수 있는 여자의 비음이 귓전에 되살아나 진저리를 쳤다. 실없는 농담을 던지는 것에도 싫증이 났는지 시간이 좀 지나자 남자들은 자신의 숙소로 돌아갔다. 다른 방으로 건너가는 여자의 뒷모습을 보며 문득 인생은 어떤 일도 일어날 수 있는 가능성을 내포하고 있다는 생각이 들었다.

다음날 출입국 관리소에서 순번대로 줄을 서서 기다리는데 그 여자가 내 앞에 섰다. '자기, 몇 번이야?' '이십삼 번'. 상대가 누구라는 의식을 갖기도 전에 무의식적으로 대답을 하였지만 이유 없이 가슴이 뭉클했다. 지금 이 자리에선 그 숫자가 나를 대신해서 많은 정보를 제공해줄 것이다. 내가 이십삼 번을 소유하는 게 아니라 이십삼 번이 나를 지배하고 있다. 하찮은 사물도 제 각각의 명칭을 달고 있는데 나는 고작 23번이라는 숫자로 상징되어지고 있을 뿐이다. 내 서류는 몇 번째로 접수되었을까. 나는 몇 번이었을까. 나는 언제 내 자리를 찾아 반듯한 직함으로 명명될 수 있을까. 때에 따라 야간수업까지 해내며 어쩔 수 없이 견뎌내야 하는 내 자리. 차라리 학위를 하지 않았으면, 그 핑계로라도 자신을 방기하며 편안하게 살 수 있었을 텐데.

걸날리듯 대답하고 내 생각에 빠졌지만 그녀와 아무 일도 없었다는 듯이 태연하게 수다를 떨고 싶지 않았다. 무엇보다 이제 와서 내게 콧소리로 말을 거는 것도 불편했다. 제 마음에 변화가 생긴 것이겠지만 이제 와서 그 변화에 내가 맞장단을 쳐주고 싶지는 않았다. 이미 나는 그 여자의 이상한 징후들을 기억 속에서 그러모아 무엇인가를 직조해보려 안테나 촉수를 높이고 있는 중이었다. 모임에 나가 식사를 할 때면 여자는 여자끼리 남자는 남자들끼리 어울리기 마련이다. 그래서 다른 여자들하고는 한 마디도 하지 않을 때가 있는 그가 그 여자와는 농담도 잘 하고 말을 잘 섞었던 기억이 난다. 그 여자 또한 그에게 마찬가지였다. 아니, 여자가 먼저 술잔을 들고 와 그에게 술을 권하곤 했다. 기억이란 확실한 연상작용이다.

그가 오피스텔에서 여자를 보았다고 말한 이후 두 번째 모임에서였던가. 술기운에 가벼워진 그 여자가 내게 말했다. '정환씨는 바람을 피워도 감쪽같아서 아내가 눈치채지 못할 것이다' 라고. 그때는 나도 순순히 동감해 주었다. 내 생각도 같았기 때문이다. 모든 일에 완벽주의인 그는 분명 바람피우는 일도 그렇게 완벽하리라 생각했다. 그러거나 말거나. 다소 비겁할지라도 내 눈에 띄어 나를 괴롭히지 않는다면 문제가 아니라고 생각하던 시절이었다. 남자들이란 조금만 관심을 갖고 보면 이상 징후들을 쉽게 찾을 수 있는 허점을 많이 드러낸다. 조금만 양심을 가진 남자라면 자신을 응시하는 아내의 눈빛에도 쉽게 흔들린다. 아무래도 이건 지나친 자만이다. 내가 아는 것이 전부가 아니라면, 어쩌면 그도 여자와 무슨 일이 있었던 건 아닐까. 아니라면 여자가 내게 그리고 그에게 저럴 수 있을까.

그 여자가 내게 제 멋대로 행동할 수 있는 이유가 뭘까. 그를 봐서도 그렇고 나 역시 그 여자에게 함부로 보일 일이 없었을 텐데. 오히려 그 여자가 다른 남자를 만난 자신의 일을 알고 있는 우리에게 유연한 모습을 보여야 할 텐데. 그 여자는 물건을 하러 광주에 자주 왔었고, 남편 몰래 남자들을 자주 바꿔 만난다는 말이 떠돌기도 했으니까. 그런데 그 비밀을 알고 있는 내게 그 여자가 방자할 수 있는 이유는 뭘까.

이럴 때 여자의 직감이란 얼마나 대단한 것인가. 그 여자가 오피스텔 스카이라운지에서 다른 남자를 만날 때, 그도 거기서 여자를 만난 건 아닐까. 상대가 어떤 관계였든, 이를테면 거래처 사람이었든 데리고 있던 직원이었든 다른 필요에 의해 만난 사람이었든, 상가 옆 찻집이 아닌 오피스텔 스카이라운지였다면 틀림없이 그는 거기서 여자를 만났을 것이다. 그렇다면 여자가 내게 그럴 수도 있겠다.

고성에서 고창으로 돌아오는 길에는 아예 내 자리를 맨 앞으로 만들어 그들의 행동에 무감해지려 했다. 회장은 같이 어울려주길 원했지만 나는 내가 당신들 노는 것에 이의를 제기하지 않듯, 당신들도 내게 강요하지 말라고 분명하게 말했다. 순간 회장의 얼굴에 곤혹스런 빛이 스쳐갔지만 나는 그것까지 배려할 여유가 없었다. 기다리는 소식이 오는 것은 내일일지 모레일지 알 수 없다. 머릿속에는 온통 서류에 써넣은 문장뿐이었다. 만일 합격선에서 밀려났을 경우 기약 없는 다음 기회를 위해 기다려야 하는 시간을 어떻게 견뎌야 할까. 누구도 내게 직접적인 채근은 하지 않지만 학위 받은 지가 언젠데 하는 시선에서 자유로울 수 없었다. 누가 인생을 도박에 비유했던가. 꽝, 다음 기회에. 그러나 인생의 다음 기회는 도박판에서처럼 자주 오지 않는다. 그야말로 해가 바뀌고 운명이 바뀌는 긴 시간이 필요하다. 그 운명을 바꿀 수 없는 나는 고통으로 그 대가를 치러야 한다.

고창에 도착한 시간이 새벽 한 시였다. 모두 지친 모습으로 나와 악수를 하며 인사를 하였지만 그 여자는 보이지 않았다. 짐을 챙기고 정리하는 동안 한 마디 말도 없이 부부가 조용히 사라져버린 것이다. 장성의 꼬불꼬불한 고갯길을 넘어오면서 나는 그 길만큼이나 뒤틀린 심사를 억누르면서 완곡하게 말했다.

"여행 갔다 오면서 기분 좋은 이야기를 해야 하는데 그러지 못해 미안해요. 금방집 여자 말이에요. 나에게 하는 행동이 이상해요."

"당신에게 뭐라고 했어?"

"말을 하면 무슨 이유인가나 알지. 계속해서 나를 주시하다가 내가 보면 모른 척 시치미 떼곤 했단 말예요. 당신, 예전에 오피스텔에서 그 여자를 봤을 때 당신도 거기서 여자를 만났지요?”

“옛날 일을 어떻게 기억해.”

“오피스텔 스카이라운지에 가서 사람을 만나는 일은 흔치 않았을 테 니까.”

“글쎄, 화실 여자애들을 만나거나 거래처 여자를 만났을 수도 있지. 가게를 오픈하는 경우 상담해오는 여자들이 많잖아.”

“그거였어. 자기가 여자를 만나는 장면을 봤기 때문에 그 여자가 내 게 함부로 했던 거야. 이유야 어찌됐든 두 사람은 각자 상대방의 비밀을 공유하게 된 셈이지. 그 시선 속에 담긴 야릇함은 바로 그거였어.”

“자신보다는 많은 걸 가진 당신이 부럽기도 했겠지. 질투와는 다른 부러움 같은 거.”

“그런 거 말고. 그 여자, 당신을 좋아하고 있구나?”

“당신, 오해하지 말고 들어줘. 그 여자가 물건을 하러 충장로에 가끔 오잖아. 올 때마다 내게 차 한 잔 사달라고 전화하곤 했어. 어떤 여잔지 아는 내가 그 여자를 만나겠어? 무슨 덤터기를 쓰게. 여러 번 피하니까 나중에는 연락하지 않더라고.”

“그런 말을 내겐 왜 하지 않았는데?”

“뭐, 기분 좋은 말이라고 해.”

“어쩜, 그러면서도 둘이 천연스럽게 농을 주고받을 수 있어?”

“그렇다고 노골적으로 내색을 할 수는 없잖아.”

“아무리 농이라 해도 어젯밤 내게 당신을 버리라고 말하는 거 들었지? 금강산에서 당신에게 보낸 그 콧소리는 또 뭐야. 과거가 아니잖아. 지금까지 계속되는 그 여자의 노골적인 행동을 보면서도 당신은 어떤 거부 표시도 하지 않았어. 여자로 하여금 자신이 받아들여지고 있다는 착각을 하게 만든 거지. 그게 더 나쁘고 잔인한 거야.”

“당신은 지금 자신의 마음을 투영시켜 나를 보고 있어. 결과를 기다리는 마음이 초조하다는 것은 알지만 그 여자와 나를 당신의 마음에 비추어 몰아대지 않았으면 좋겠어. 여자가 내게 하는 행동들 봤잖아? 그 여자는 자신의 행실을 알고 있는 내게 입막음을 하기 위해 치근대고 있어. 그래야 내가 그 비밀을 지킬 거라고 생각하는 거야. 제발 냉정해져. 당신 불안한 마음 이해하는데 아직 결정된 건 아니잖아.”

나는 내 감정 때문에 그를 몰아붙이지 않으려 안간힘을 썼다. 누군가에게 억지라도 부리며 어긋나있는 감정을 쏟아내고 싶었다. 어떤 의미로든 아직도 그에게 자신의 감정을 숨기지 않고 드러내는 여자에게, 그에게 가까이 다가가고 싶은 여자의 마음을 읽은 지금, 나는 어떤 방법으로 네들 상황을 모두 알고 있다고 표현할 것인가. 나달나달해진 자존심이 짜깁는다고 복원될 수 있을 것인가. 사랑은 결코 아름답고 따스하고 투명한 것 만이라고는 생각하지 않지만, 자신의 사랑만은 아름답고 투명하고 반듯해서 훼손되지 않길 바라는 여자들은 그렇게 자신을 이중으로 구속해왔다. 그가 아무리 결백하다 주장해도 여자와의 일정 거리를 유지하며 관망한 그의 죄는 명백하다. 여자의 시선이 내게 모욕적이었다면, 그의 시선은 여자에게 모독이었을 것이다.

　나는 만물상에서 무엇을 훔쳐보려 했는가. 곰바위는 내게 곰이었을까. 관음보살상에서 나는 자비와 지혜를 보았는가. 신이 내린 지상의 아름다움을 찾아 떠났건만 그 비경을 제대로 보지 못하고, 내 시선에만 몰두하다 안식처로 돌아오고 있었다. 집으로 돌아가면 나는 누군가의 시선에서 자유로울 수 있을까. 나만의 공간에선 완벽하게 자신을 지킬 수 있을까.

　멀리 톨게이트의 휘황한 불빛이 보일 무렵, 배낭 속에 두었던 휴대폰을 꺼내 전원을 켰다. 부재중 전화가 다섯 통, 문자 메시지 신호가 깜박이고 있었다. 1차 서류심사에 통과되었음. 2차 심사 기간은 추후 통보. 안도의 한숨과 함께 다시 시작되는 불안. 다른 이들에게도 똑같은 메시지가 전해졌겠지. 몇 사람에게나 보내졌을까. 또 다시 시작이다. 초라하게 그리고 초조하게 기다려야 하는 나날이 얼마동안 계속될 것인지. 그 끝은 있는 것인지.

* 첫 단락의 시:이수익의 「루머」 중 일부

블라인드를 걷다

블라인드를 걷다

"아줌마! 좀 빨리 나올 수 없어요? VIP 손님들을 기다리게 해서는 안 되잖아요? 그, 방송국 사모님 있잖아요, 그 분하고 삼거리 식육점 사모님이 기다리고 있어요. 얼른 들어가 보세요."

주인 여자는, 사람들이 드나들 때마다 열리는 문을 통해 탕 안의 여자들이 자신의 말을 들을 수 있을 만큼 우정 소리를 높인다. 늦은 내게 짜증을 내고 싶은 자신의 감정을 억누른 그녀의 가장된 목소리에는 미처 숨기지 못한 냉랭함이 위태롭게 섞여있다. 여자의 속셈이 환히 들여다보이지만 나는 시치미를 떼고 조금 황망한 몸짓을 하며 그녀 앞을 지나친다.

문을 열고 들어서자 습하고 끈적한 공기가 온몸을 휘감는다. 느질느질 떠도는 나른한 수증기의 입자들에 감염되어 내 몸도 연체동물처럼 흐느적일 것 같다. 하지만 동공은 재빨리 어두운 실내 환경에 적응한다. 늘 그렇듯이 사우나실에는 대여섯 명의 여자들이 꿈결처럼 고요하게 들

앉아 있다. 지금 내가 보고 있는 것처럼 정말 그네들의 삶은 꿈같이 달콤하고 아름다울지도 모른다. 밝고 건강한 가정, 적당히 누릴 수 있는 사회적 지위와 경제적 능력, 그걸 즐기는 안목까지 갖추었다면 불행할 이유가 없잖은가.

그런데도 저들은 무엇을 위하여 염천의 무더위에 살갗이 발갛게 익는 고통을 참아내며 답답한 저 인갑(人匣) 안에 갇혀 있을까. 꿈같은 생을 유지하기 위해서는 그런 고통쯤은 얼마든지 견뎌내야 하는 것일까. 하긴 아름다운 육체는 아름다운 삶을 위한 기본 요건이 되기도 할 테니까. 갑자기 그들 중 어느 여자가 파안대소하며 웃는 몸짓이 보인다. 찰나의 시간을 두고 다른 여자들도 옆 사람의 알몸을 쳐대며 자지러질 듯 웃어댄다. 정물처럼 죽어있던 사우나실 안의 분위기가 꿈틀 살아난다.

두 여자가 동시에 나를 향해 오고 있다. 한 여자는 사우나실에서, 한 여자는 냉탕에서 나와 손으로 자신의 가슴을 두드린다. 자신이 먼저라는 뜻이다. 종종 순서 다툼에서 그들은 미묘한 신경전을 벌이곤 한다. 때를 미는 순서 정하기가 마치 자신이 지닌 명예나 부에 따라 결정되기라도 하듯 그들은 사뭇 심각하다. 그래서 내 말의 사소한 뉘앙스 차이에도 그들은 예민하게 반응한다. 때로는 다른 목욕탕으로 옮겨가 버리는 것으로 그들 나름대로의 분풀이를 하지만, 수건이나 비누 화장품 등속이 담겨있는 플라스틱 바구니 하나가 자리를 비우면 대부분 그 책임은 내게 전가된다.

좋은 팔자를 타고난 그들에게 그 정도의 권한은 헤아릴 수 없을 만큼 많은데도 젊은 주인 여자는 결코 내게 아량 따위는 베풀지 않는다. 그

나이에 어쩌면 그리 암팡지게 장삿속을 훤히 꿰고 있을까 싶게 그녀는 이악스럽다. 단골이 떨어져 나가는 이유가, 가령 시설 좋은 불가마 온천이 생겼다거나, 다른 목욕탕에 비해 탕 안의 시설물이 취약한 데 있음에도 그녀의 눈총 세례는 내게 매몰차게 쏟아진다.

마침내 덩치 싸움에서 이겼는지 아니면 방송국 차장 부인이 점잖게 양보를 했는지 모르지만 식육점 여자가 오늘의 첫 손님이 되었다. 그녀가 걸을 때마다 출렁이는 뱃살을 움켜쥐고 비둔하게 다가와 내 앞에 엎드리자 부실하게 짜 맞춘 침대의 다리가 휘청인다. 보통 여자의 두 배나 되는 등판이나 엉덩이가 그녀의 식육점 진열장에 걸린 고깃덩이 같다. 얼마나 많은 소나 돼지의 육신이 그녀의 손에 의해 난자질 당했을까. 온몸에 전율이 인다.

나는 마음을 모질게 다잡고 때수건을 바투 잡아 전장에 나가는 용사처럼 제법 비장하게 달겨든다. 볼록하게 살이 오른 목에 첫 손길이 가는 순간 비로소 몸뚱이와의 전쟁은 시작되고 내 삶도 하루의 깃발을 올린다. 여자의 등을 밀고 팔과 다리와 허벅지와 은밀한 곳 주변까지 밀어주고 나서 나는 그녀의 손등을 탁탁 친다. 하지만 그녀에게서는 반응이 없다. 잠깐 무춤거리다 하는 수 없이 나는 그녀의 손등을 다시 두드리며 돌아누우세요 라고 말한다.

그녀는 마지못해 돌아눕는다. 내가 보내는 손등의 신호에 대해 탐탁찮다는 반응이다. 그렇지 않으면 잠이 든 것도 아니면서 내 신호를 무시하지는 않았을 테니까. 한 번쯤 내 신호를 거부함으로써 때밀이에게 자신의 위상을 높여보고 싶었던 것일까. 때밀이 주제에 손님 앞에서 늘 당당한 내게 그런 방법으로라도 자신의 의도를 보이고 싶었을 것이다. 가끔 있는 일이긴 하지만 목욕탕의 때밀이를 자신의 몸종같이 부리고 싶어 하는 마나님이 있다. 그들에게 수신호를 보냈다간 십중팔구는 화를 낸다. 말로 할 것이지 건방지게 왜 사람의 손을 툭툭 치느냐고 호령을 한다.

오십대의 어떤 중년 여자는 내 수신호를 완전히 무시한다. 말을 하지 않으면 끝까지 움직이지 않는다. 그들에겐 작은 사회에 대한 어떤 규칙도 통하지 않는다. 오로지 자신이 지닌 가치나 행위에 맞춰 그곳의 방식이 따라줘야 한다고 생각하는 것이다. 내가 가끔 고소해 할 때가 있는데, 아무리 손등을 쳐도 반응이 없는 경우이다. 이들은 때를 밀어본 경험이 없어서 진실로 수신호의 의미를 모른다. 그들은 오히려 뜨악한 표정으로 내게 이유를 묻기도 한다.

그녀들이 내 신호를 감지하지 못했던 것처럼, 남편과 나 사이에도 소통되지 못한 부분이 있었던 것일까. 아니면 그네들처럼 애써 신호의 의미를 받아들이려 하지 않았던 것일까. 언제부터인지 그는 가정에서의 일상에 조증을 드러냈고 자신만의 생각에 몰두해 있곤 하였다. 그는 꿈을 자주 꾸었으며 소스라쳐 놀라는 그에게 다가가면 왠지 버성긴 태도를 보였다. 그런 시간이 한동안 지속되더니 어느 순간부터는 내게 등을 보이지 않았던가. 그런 것들이 모두 그가 내게 보낸 신호였다는 것을 어리석게도 나는 이제야 깨닫는다. 남편은 내게, 내가 그녀들에게 보내는 신호 같은 방법으로 자신의 의사소통을 하고 싶어했다. 그걸 해독해내지 못한 나 자신만 날벼락을 맞았다고 생각할 뿐. 인간에게 몸짓의 소통은 언어적 소통보다 더 근원적일 수 있다는 걸 나는 잊고 있었다.

그녀는 뒤집지 못하는 풍뎅이처럼 버둥개질치며 가까스로 배를 드러내 눕는다. 그런 그녀를 보며 나는 조소를 금치 못한다. 탄력을 잃어가는, 고목마냥 딱딱해지는 굵은 목을 밀고 닿기조차도 혐오스러운 큰 가슴을 밀어주며 몇 명의 아이가 집을 짓고 열 달 동안 살다 나간 배에 이르렀을 때, 지렁이가 기어다닌 자국처럼 터졌던 살갗이 한갓 비곗덩이로만 보여 비위가 상한다. 이럴 땐 생명을 잉태해낸 어머니도 위대하지 않다. 탐욕스러운 한 인간으로 존재할 때의 여자는 결코 위대해 보이지 않는다. 그저 욕망으로 꿈틀대는 동물에 불과할 뿐이다.

손에 엉겨붙은 때를 털어내며 온수용 수도꼭지를 튼다. 조금 뜨겁다 싶은 물을 떠서 누워있는 그녀의 몸에 끼얹었다. 때와 함께 흘러내리는 물을 훑어내고 지압을 하려다가 나는 문득 도발적으로 고개를 쳐든 그녀의 유두를 보았다. 뜨거운 물이 자극을 주었을까. 나는 선뜻 그녀의 몸에 손을 대지 못한다. 때밀이로서 누구에게나 하듯 그녀의 전신을 스쳤을 뿐인데도 여자의 감각은 유별나게 반응해서 나는 당혹스러웠다. 갑자기 짧은 혐오감이 스쳐간다. 그녀를 이렇듯 능멸하는 이유가 뭘까. 현재의 내 정수리에 깊이 틀어박혀 있는 피해의식 때문인가, 아니면 가진 자에 대한 거부감 때문일까. 행여 촉수 높은 그녀의 더듬이에 능글차지 못한 자신이 걸려들까 싶어 탕 밖으로 나가 냉수를 들이킨다.

떠다니는 수증기의 올올한 입자들이 작은 유리창을 통해 침투하는 아침 햇살 밑으로 몰려 있다. 사선으로 뻗친 빛 주변을 제외한 목욕탕 안의 사물들은 제 모습을 드러내지 않는다. 흐릿한 시야를 바라보는 것은 명료하지 않아서 숨통을 틔어준다. 그래서 사람들은 이곳에 오면 아무 두려움 없이 자신을 드러낼 것이다. 실오라기 하나 걸치지 않고 서 있는 사람들의 모습은 모두 같아서 그들이 누구이며 무엇을 하고 얼마나 많은 것들을 갖고 있는지 알 수가 없다. 그들이 바깥 세상에서 일하며 엉켜온 어떤 종류의 불순물도 이곳에서는 그 형태와 의미를 구분하려 하지 않는다. 그저 사람의 몸에 붙어있는 같은 때일 뿐이다. 이 공간과 나는 더럽혀진 사람들이 많이 찾아올 때 신명을 바쳐 일을 하게 된다. 하루의 때를 말끔하게 벗어내고 저 유리문을 열고 나서는 사람들의 윤기 흐르는 살색과 표정을 보며 내 하루의 삶에 의미를 부여하기도 하기 때문이다.

그들이 지닌 기쁨이나 슬픔 따위도 이 흐릿한 공간에서는 모두 은닉될 수 있다. 하지만 나는 그들의 손과 발을 마사지하며, 굳은 어깨의 근육을 풀어주며 그 속에 웅크리고 있는 크고 작은 상처의 흔적을 발견한다. 벗은 몸은 모두 같아서 구별되지 않을 것 같지만 나는 그들의 몸을 만지며 신체의 사용 부위나 감각이 발달한 것으로 직업을 가늠하고, 나를 부리는 행위에서 그들의 귀천을 분별해낼 줄 안다. 대부분의 사람들이 고귀한 척 해보지만 내재되어 있는 그들의 천박성은 금세 드러나 버리기 때문이다. 그래서 나는 사람들에게는 반드시 숨겨져 있는 어느 정도의 허위가 있다고 단정한다.

사우나실의 저 여자들 중에도 그런 부류들은 얼마든지 있다. 그들 중에 가장 부러움을 많이 받고 있는 의원 댁만 해도 그랬다. 선거철이나 공개석상에 나타날 때에 그녀는 남편 옆에 서서 해바라기처럼 웃고 있지만 사실 그 부부의 불화 정도가 심각하다는 소문은 어제오늘의 일이 아니다. 튬박한 식육점의 저 여자, 가끔씩 내게 때밀이의 비애를 느끼게 하는 잔망스러운 인간이기에 그녀를 능멸한 적도 있지만, 이웃 노인들에게는 자신의 푸짐한 살집만큼이나 넉넉하게 고기를 떼어준다고 사람들은 칭찬을 아끼지 않는다. 그렇듯 나는 이곳에서 일하면서 인간을 이해하는 방식을 체득해 가고 있다.

아무 것도 걸치지 않았을 때, 사람들은 오히려 평정을 되찾는다. 어쩌면 어머니의 자궁에서 막 빠져 나왔을 때처럼 평등한 무욕의 상태가 될 수 있기 때문일 것이다. 세상의 물살을 받아들이면서 몸으로 입고 마음으로 입어야만 했던 시답잖은 옷들이 얼마나 많았겠는가. 인간이란 몸피듬에 둘러진 가시적인 것으로 평가되고 인정받으면서 살아가는 동물이니까. 그 굴레를 과감히 벗어 던졌을 때 사람은 저 깊숙한 곳에 숨겨진 본성까지 진정 자유로워질 수 있을 것이다.

그래서일까. 탕 안에서의 사람들이 마음을 여는 일은 그리 어렵지 않다. 내가 한 발짝만 다가가도 그들은 훨씬 더 가까이 다가와서 가슴을 풀어헤쳐 준다. 격식을 갖추고 감출 것이 많던 곳에서는 내보이지 못할 것 같은 자신만의 켯속을 한 껍질 한 껍질 벗겨내는 것이다. 바깥 세상에서는 결코 만나지 못할 것 같은 인간의 진실을, 나는 불명료하고 흐릿한 이 공간에서 찾을 수 있었다. 수족처럼 가까이서 살던 남편에게서는 찾지 못했던 것들을.

내게 사랑한다고 말하던 남자의 참모습은 어떤 것일까. 유일하게 그의 모든 것을 알고 있다고 자부했던 나는 내 자부심만큼이나 강한 그의 거부를 받아들이지 않을 수 없게 되었다. 나는 그에게 그토록 하찮은 존재밖에 되지 못했는가. 밤이면 귓볼을 간지럽히며 사랑한다고 속삭이던 말들이 아직 귓바퀴를 맴돌고 있는데 그는 이미 떠나 버렸다. 그와 몸을 섞고, 그의 몸을 어루만지며 열락에 들뜬 시간들이 한갓 순간에 지나지 않았다는 자각이 나를 견딜 수 없게 했다. 부드러운 혀로 그의 몸뚱이의 세세한 부분까지 핥으면서 그는 내 것이라는 충만감에 전율하곤 하지 않았던가. 그런데 지금, 나는 그에 관해서 저 식육점 여자의 진실만큼도 알지 못했다는 자괴감이 냉철한 이성보다 더 강하게 작용해서 평정을 회복하는데 실패하고 말았다. 냉탕 앞에 서서 나는 심호흡을 한다. 찬물을 떠서 세수를 하고 마음을 옹송거려 다시 한 인간의 삶을 더듬어가기 시작한다.

부지사의 아들 내외는 잘 살고 있다더라. 그 애가 너보다 잘난 게 뭐가 있다고. 그 생각만 하면 이 에미는 혀를 깨물고 싶다. 4학년 가을에, 네가 발레 콩쿠르에서 입선했을 때 그 집에서 선이 들어왔잖니. 너 그때 뭐라 했는지 기억하니? 엄마, 나 세상에서 가장 행복하게 살 수 있어요 였어. 그런데 지금 너 사는 꼴이 뭐니? 너를 생각하면 내 억장이 무너진다.

이사 온 지 열흘 만에 직원들의 성화에 못 이겨 집들이를 해야 했다. 몇 가지 음식을 준비하며 집안을 살피다가 커튼이 너무 낡았다는 것을 알았다. 그걸 떼어버리자 너무 허전해서 궁여지책으로 블라인드를 치게 되었다. 자신들이 모시는 부장님은 어떤 집에서 살까 궁금해하더라는 남편의 말을 들었을 때 미리감치 눈치를 챘어야 했다. 잔뜩 기대를 하고

쳐들어온 직원들은 실망의 표정을 애써 감추는 일 따위는 하지 않았다. 어머, 사모님 감각은 아주 세련되셨군요. 커텐 대신 블라인드를 친 것으로 보아 검소하시기도 하고요. 나는 그 말을 들으며 블라인드 친 것을 후회하였다. 커텐이든 블라인드든 나는 왜 그것들을 집안에 드리워서 그늘을 만들지 않으면 안심할 수 없었을까. 내게는 블라인드일지라도 의지할 그늘이 필요했던 것일까. 그다지 넓지도, 밝지도 않은 거실에서 살면서도. 송부장님 거실에는 천경자의 그림이 걸려 있던데요. 대학 때 친구가 그려준 유화 앞에서 그들이 떠드는 소리를 듣고 나는 과일을 내오겠다며 부엌으로 갔다. 사과를 깎으면서도 그들이 지껄이는 소리가 귓전을 때렸다. 왜 자꾸 신경이 쓰이는 것일까. 천경자의 그림을 걸지 못하는 것이 부끄러운 일이었을까. 어느 결에 나는 그런 생을 욕망하고 있었음인가.

그 날 남루한 집안 이곳저곳을 둘러보며 얼마나 방자하게 굴었는지 그들이 돌아간 후부터 나는 블라인드를 한 번도 걷지 않았다. 드러내고 싶지 않은 치부를 들킨 자괴감이 나를 한층 더 어두운 곳으로 은폐시키고 말았다. 내 삶을 아무리 성실하고 정직하게 갈무리해 왔어도 사람들은 그것을 인정하려 하지 않았다. 그들의 눈앞에 보이는 것으로, 그들이 지닌 잣대로 내 삶을 재단하려 들뿐이었다. 그 날 이후로 나는 작고 초라한 내 집에서는 손님을 치르지 않았다. 누군가를 내 집에 들인다는 것에 두려움이 생겼다. 심지어는 블라인드 자락 사이로 실핏줄 같은 햇살이 새어들어 오는 것만 봐도 그 빛이 내 속옷까지 뚫고 들어와 나를 잠식해 버릴 것만 같은 강박관념에 시달리기 시작했다.

능력이나 노력이 비슷하다 해도 삶의 질량은 천차만별인 것이 인생이라는 것을 왜 모르겠는가. 남편만 해도 그랬다. 그는 철저하게 혼자의 힘으로 출세를 해야 했기 때문에 사적인 일은 모두 내게 떠맡기고 회사의 일에만 전념하였다. 그나마 부장의 자리에 앉을 수 있었던 것은 그의 무서운 집념의 성과였다.

천경자의 그림을 갖고 있는 영업부의 송부장은 하루의 반나절을 골프장에서 보내면서도 남편보다 나은 대우를 받고 있다. 그가 부하 직원들의 비난을 받긴 하지만 사장의 계산된 총애는 변함이 없다. 송부장 부인이 사모님을 찾아가 정치 경제계의 뉴스거리를 전하며, 그녀가 선물한 진주 목걸이가 사모님의 품위를 한결 더해준다는 교태 섞인 찬사를 늘어놓을 때, 나는 남편의 구두에 광을 내기 위해 콜드크림을 바르면서도 그를 자랑스럽게 여겼다. 그토록 미욱스런 그에 대한 긍지가 내 운명을 추락시켰는지도 모를 일이다.

"여기, 할머니 좀 부탁해요. 냄새가 나지 않도록 바디샴푸를 잔뜩 사용하시고요."

교양 있는 말씨와는 다르게 노인을 대하는 젊은 여자의 행동은 방자하다. 그녀는 마치 흉물스런 짐승을 넘겨주듯, 앞세우고 들어온 노인을 내게 맡기고는 도망치듯 사우나실로 들어간다. 아는 사람을 만났는지 손짓을 하며 웃는 얼굴이 흐릿한 수증기 사이로 괴기하게 느껴진다. 일주일에 한 번씩 시할머니를 모셔오는데 노인에게서 냄새가 나서 못 살겠다는 여자다. 노인의 몸에서는 국적불명의 냄새가 난다. 이 향수 저 향수를 어찌나 뿌려댔는지 근원을 알 수 없는 냄새를 지니게 된 것이다.

그러나 나는 그 새댁을 경멸하면서도 무시할 수 없다. 그녀는 내 단골이기 때문에. 그녀는 올 때마다 고맙다는 이유로 내게 팁을 준다. 나는 그녀가 내게 진심으로 고마워한다는 것을 안다. 어느 손님보다도 나는 할머니의 몸뚱이를 정성 들여 씻어주기 때문이다. 하지만 나는 거짓 웃음을 웃으며 받은 그 돈을 밤이면 동전까지 모두 들고 아파트 꼭대기 층에 올라가 유리창을 열고 던져버린다.

"할머니, 돌아누우세요."

깜빡 잠이 들었는지 노인은 움직이지 않는다. 남에게 자신의 몸을 맡기고도 잠이 들만큼 노인의 감각은 둔해져 있다. 세월의 더께가 쌓일수록 점점 두꺼워지는 굳은살의 무딘 감촉이 타인의 손길조차 감지하지 못하게 변화시킨 것이다. 검버섯 투성이인 노인의 살갗을 닦아주며 나는 문득 슬픔이 치솟는다. 노인이 내 손을 뿌리친다. 몰려오는 잠을 물리치고 싶지 않은 모양이다.

"싫다는데 왜 자꾸 귀찮게 굴어."

짜증이 섞인 노인의 낮은 목소리에는 윤기가 묻어나지 않았다. 노인의 삶이 그러하듯 그저 공명된 쉰 소리일 뿐이다. 노인도 내 나이였을 때에는 서슬진 목청으로 누군가를 호령하며 늠연하게 살았을지도 모를 일이다. 그런 할머니가 한 생을 갈무리할 이즈음 가족들로부터 저런 대접을 받으리라는 생각을 꿈엔들 했겠는가. 헝클어진 백발, 구부슴한 허리, 웃을 때마다 슬픔을 자아내는 합죽한 입매, 이제 어떤 의사 표시도 자신의 것이 될 수 없는 세월의 끝자락 앞에서 노인은 한갓 사육 당하는 동물에 지나지 않았다. 뛸 수도 포효할 수도 없는, 겨우 목숨만 연명해

가는. 나도 언젠가는 저 노인의 모습을 하고 있을지도 모르는데 왜 이렇게까지 해야 하는지 짧은 회한이 스쳐간다.

"아이구, 시원해. 옳지옳지. 거기를 조금만 더 두드려주구려. 내가 오늘 호강을 하는구먼."

목덜미에서부터 지압을 해 내려갔더니 노인이 모처럼 반응을 보인다. 애완견은 품고 다닐지라도 노인의 쪼그락진 살비듬은 닿기조차 싫어하는 손주며느리이니 언제 어깨 한 번 주물러 드렸을까. 사람대접을 받았다고 기분이 좋아진 할머니의 합죽 웃음을 보자 눈시울이 뜨거워진다. 흐릿한 시야에 들어온 젊은 댁은 쑥찜탕과 냉탕에 번갈아 다니면서 연신 땀을 흘리고 있다. 인어처럼 예쁜 몸뚱이를 유지하기 위해서는 그 정도의 고통은 기꺼운 것이리라. 그렇게 발악해서 살을 빼지 않아도 할머니 몸을 한 번 씻어주고 나면 그 이상의 에너지가 소비될 텐데.

마흔 넷, 저 노인과 젊은 여자의 중간 지점에 나는 서 있다. 내게도 젊은 댁처럼 무르익어 터질 듯한 피부를 지녔던 적이 있었듯이 언젠가는 주름으로 물결을 이루는 생을 맞이하게 될 것이다. 한 사람의 생애에서 중간지점은 무엇을 의미할까. 세상과의 진정한 화해가 가능한 나이. 얽히어 있는 신경다발 같은 삶을 다소곳이 받아들이고 포용할 수 있는 여유를 지니게 되는 나이라던가. 그런데 나는 세상을 향해 적대감을 쌓아 올려 하나의 탑을 만들어 가고 있을 뿐이다. 그 탑은 너무 견고해서 폭풍으로도 쉽게 무너지지 않을 것 같다. 삶이란 이런 것인가, 마흔 네 해의 세월이 삶 자체를 뒤흔들며 지나갔건만 아직도 나는 여전히 그 여파에서 벗어나지 못해 다글다글 들끓는 가슴을 움켜쥐고 살아야 한다. 이

것이 내 삶의 모습이라니.

어머니 말씀대로 따랐다면 나는 지금 춤을 추고 있을까. 그가 졸업 작품으로 발표한 내 춤을 보며 황홀해 할 때가 있었던 것처럼, 나는 크고 화려한 거실에서 관객이 없을지라도 가끔은 춤을 추고 있을지도 모른다. 관객 없는 춤일지라도 춤을 출 수 있다면 그것 또한 행복이다. 하지만 이제 나는 춤을 출 수 없다. 움츠려 줄어든 이 작은 몸으로 무엇을 할 수 있단 말인가. 슈즈 대신에 낡은 덧신을 신고, 백화점이나 슈퍼마켓보다는 시장으로 달려다니면서도 그 시절에는 한 줄기 햇살 같은 그의 위로가 있었다. 조금만 기다려. 1년만 더 지나면, 이번 승진 기회를 잡으면 가정으로 돌아와 당신이 원하는 춤을 추게 해줄게. 부장만 되면 당신이 나를 위해 자신을 내놓았듯이 이번에는 내가 당신을 위해 모든 걸 바칠 거야.

1년이 열 번, 스무 번이 다 돼가고 있다. 그 사이 나는 시동생과 시누이들의 뒷바라지로 허리 펼 날이 없었다. 결국 그들에게 내 삶의 태반을 소진하고 빈 들녘의 쭉정이가 되어 떨고 서 있는 꼴이 되어버렸다. 그가 눈빛을 빛내며 했던 그때의 약속들이 결국은 허섭쓰레기가 되어버렸지만, 그래도 그때는 꿈꿀 수 있어 행복했었다. 하지만 이제는 이뤄내야 할 꿈도 상실해 버리고 두께만 더해 가는 불신의 벽이 굳건히 버티고 있을 뿐이다. 왜 이렇게 몸이 무거워지는 걸까. 길고 험난한 길을 강행군한 것 같은 피로감이 엄습한다. 질량을 헤아리기 어려운 무력감이 온몸을 덮쳐온다.

아이들을 깨우려다 조금 더 재워야겠다는 생각으로 거실에 몸을 눕힌다. 온몸이 땅 속으로 꺼져들 듯 아득하다. 눈을 감자 별무리가 난무한다. 그 별을 좇아 그대로 움직이지 않으면 영원히 깨어나지 않는 잠에 빠져들 것만 같다. 잠과 죽음 그리고 삶과 죽음이 혼효된 상태에서 나는 의식의 끈을 놓지 않기 위해 바둥대다 깜빡 잠이 들었지 싶다.

뭔가 예리하게 눈을 찌르는 느낌에 소스라쳐 일어났다. 해가 떠올라 온몸을 휘감고 있다. 몸을 움직여 광망(光芒)을 피하고 싶지만 감전이라도 된 듯 꼼짝을 할 수가 없다. 그 눈부신 빛이 전신을 태워버릴 듯한 공포로 숨이 멎을 것만 같다. 저걸 내려야 해. 두 팔을 깍지 끼우고 세운 무릎에 고개를 처박고 있던 나는 먹이를 포획하는 야생동물처럼 블라인드의 끈을 거칠게 잡아챈다. 햇빛이 사라지자 살 것 같다는 생각이 든다. 발작에서 풀려나듯, 오갈 들어 수축된 세포들이 이완되기 시작한다. 나를 향해 시선을 고정시킨 주변 사람들이 창가에 몰려들어 내려다보고 있는 환상에서 벗어난다. 그들은 의심과 호기심을 가득 담은 두 눈의 초점을 내게 모으고 금방이라도 달겨들어 나를 해체해 버릴 것만 같았다.

그들은 내게 뭘 원하는가. 이제 더 이상 나는 그들에게 줄 것이 없다. 남은 게 있다면 나 자신을 내놓는 일 뿐이다. 얽히고 설킨 그들의 음산한 숨소리에서 벗어나자 나는 진저리를 친다. 귀를 막고 눈을 감아도 그들의 시야에서 벗어날 수 없었다. 내가 반응을 보이지 않으면 그들은 악머구리 끓듯 더 극악스러워졌다. 그들은 너무 잔인하다. 내게서 많은 것을 빼앗아가 껍데기만 남기더니 이제는 내 의식 속까지 파고들어 괴롭히고 있다. 남편조차 떠나버린 지금 나는 이제 그들로부터 벗어나고 싶다. 그들에게 저당 잡혔던 내 인생을 이제부터라도 되찾아야 한다. 시아버지의 칠순 잔치가 보름 뒤로 다가왔다는 전화가 벌써 몇 번째다. 이렇게 목을 조여오는 시간들이 길어지면 나는 더 이상 견뎌낼 수가 없을 것 같다.

고등학생인 아이들이 등교하자마자 버스 정류장으로 향한다. 아직 태양이 열기를 뿜어내기에는 이른 시간인데도 나는 검정 바탕에 잔잔한 꽃무늬의 양산을 펼쳐들고 그 그늘에 의지하여 걷고 있다. 며칠 전에는 양산을 놓고 나왔다가 길거리에서 경기를 일으킬 뻔하였다. 나는 빛이 싫다. 아니 무섭다. 목욕탕 일을 시작하면서부터는 대낮의 외출은 거의 하지 않는다. 건물 밖에 나서면 햇빛이 눈 속으로 파고들어 망막을 새까맣게 태워 버릴 것만 같았다.

333번 버스가 오자 나는 사냥꾼의 포획망에서 벗어나는 짐승처럼 재빠른 동작으로 차에 오른다. 비로소 빛의 공포로부터 헤어난다. 10분 정도 버스에 앉아 제멋대로 떠오르는 상념들을 정리한다. 내 의지와는 상관없이 매 번 그가 먼저 머리 속에 자리한다. 의식 속에서 그를 삭제해 버리려 하면 할수록 그에 대한 생각은 더 물끈물끈 치솟아 나를 괴롭힌다. 그러다 보면 어느새 목표 지점에 도착하여 허둥지둥 내리기 일쑤였다.

버스가 주택가에 가까운 두 번째 정류장에서 멈춘다. 저만치 서 있는 신혼부부가 시야에 들어온다. 손을 잡고 있던 임신한 새댁이 남편의 넥타이를 가지런히 잡아주며 주변이 환해지도록 웃고 있다. 내게도 저런 시절이 있었던가. 그의 옆에 있으면 세상 어느 것도 부럽지 않은 포만감을 느끼던 때가 내게도 있었다. 아무리 생각해도 그의 도피행각은 비겁하다. 또다시 내부에서 잠자고 있던 그에 대한 분노가 고개를 쳐든다. 내가 그를 얼마나 믿었었는지는 그가 더 잘 알고 있었다. 내 삶을 송두리째 쏟아붓고 길거리로 내몰린 심정이 이럴까. 그를 지나치게 신뢰한 내 어리석음이 문제라고 또다시 자학한다. 예기치 못한 그의 가출로 잠시 휘청거렸으나 나는 이를 앙물고 일을 시작하였다. 그에 대한 배신감이 크면 클수록 나는 자신을 더 가혹하게 몰아붙였다. 자존심이 망가질 때마다 그를 떠올렸고 그러면서 내 안의 나를 죽여갔다. 내 안에서 들끓던 침묵들이 항변하는 날엔 때때로 손님의 등에 붉은 곡선을 만들기도 하면서 나는 앙바틈한 여자가 되어야 했다.

때밀이, 이 일을 처음 시작할 때 나는 어떤 것도 개의치 않았다. 오로지 한 가지 생각뿐이었다. 나를 추락시키는 데 가장 좋은 방법이 무엇일까를 강구했다. 나는 아직 그의 아내였고 그는 언젠가는 집으로 돌아올 것이다. 그때 그가 짓는 얼굴 표정을 보고 싶었다. 진실이 아닌 것이어도 괜찮다. 아니, 그가 나로 인하여 실추된 체면을 복귀시키기 위하여 어떤 행동을 취하게 될지가 궁금하였다. 결국 나는 내 생을 엉망으로 망가뜨린 남편에 대한 보복 심리에서, 그를 얼마만큼 철저하게 무너뜨릴 수 있는지 지켜보자는 몰악스러운 심산을 갖고 일을 시작했다.

그 날 아침 출근길의 그의 태도를 기억해 내려고 애써보아도 좀체 떠오르지 않는다. 그의 태도에 변화가 없었기 때문이다. 그가 사라진 그 주의 일요일 밤, 나는 침대에 눕다가 자명종 시계를 조절하며 시간을 보았다. 열두 시 이십분이었다. 월요일 아침부터 지각하지 않으려면 그만 자는 게 어때요? 짧은 사이를 두고 그의 대답 대신 바둑 해설자의 목소

리가 귓결에 들려왔다. 바둑 해설하는 여자의 목소리치고는 꽤 낭창낭
창하다는 생각을 했던가. 밤에 듣는 여자의 그런 목소리는 빨리 자고 싶
게 하지 않느냐고 농담을 하기도 했었다. 몇 번인가 궁싯거리다 나는 잠
이 들었고 새벽녘 그가 내 곁에 있다는 것을 의식할 때까지 다른 것은
없었다.

출근하는 그의 뒤를 따라 나서는데 엘리베이터가 왔다. 안으로 들어
간 그가 망설이는 표정으로 뭔가를 말했는데 문이 닫히는 바람에 그의
말은 그와 함께 엘리베이터에 갇히고 말았다. 방으로 들어온 나는 침대
위를 정리하며 그날따라 유난히 많이 떨어져 있는 그의 머리카락과 하
얀 각질을 보았다. 늘 보던 것이었는데도 그 날의 그 자리는 파충류가
빠져나간 자리처럼 끔찍하게 느껴졌다. 그리고 며칠 후에 나는 시동생
으로부터 형님이 여자와 함께 대전 역 플랫폼에 서 있더라는 전화를 받
았다.

어제 오후에는 그의 방에 들어가 잠궈 놓은 서랍을 열어보았다. 이런
저런 회사의 서류들 밑에 낡은 편지 봉투들이 누렇게 얼룩이 진 채로 쌓
여 있었다. 우리의 초라한 삶만큼이나 길고 지루한 시간을 지나온 편지
들이 날개 잃은 새처럼 슬프게 느껴졌다. 그것을 들춰볼 엄두를 내지 못
하고 나는 서랍을 다시 잠그고 말았다. 그는 여태껏 연애하던 시절의 추
억을 고스란히 간직하고 있었다. 이제 와서 그런 것들이 다 무슨 소용이
야. 마치 그가 듣고 있기라도 한 것처럼 나는 허공을 향해 거칠게 뇌사
렸다.

답답하게 조여 오는 가슴을 쓸어내리며 엘리베이터에서 내렸을 때

어디선가 숨이 막힐 듯한 농염한 향기가 코끝을 자극했다. 무엇을, 누구를 찾아 헤매는 향기인가. 인공향일 거라는 내 의도와 자연향이라는 후각과의 혼란이 나를 교란시켰다. 원망스럽게도 그 향은 사람의 마음에 무엇인가를 방사하고 있었던 것이다. 바람이 불어오는 방향으로 서서 보니 아파트 화단에 심어진 만리향 나무에 붉은 상처 같은 꽃이 만발해 있었다. 그 향이 만리나 간다는 꽃. 얼마나 지독한 그리움이었으면 그토록 강한 향기를 멀리 뿜어 누군가에게 자신을 알리고 싶어 하는 것일까.

이미 오래 전에 나도 그를 향해 향기를 내뿜는 수줍은 나무였던 적이 있었다는 생각에 이르자 쓸쓸한 웃음이 나온다. 그렇지만 남편은 지금 그 농도 짙은 다른 향기에 뇌사 당해 눈멀고 귀멀어 있지는 않는지. 이제는 부질없는 일일뿐이다. 나는 이제 남편을 향해 뿜어낼 향기 대신 독기를 준비하고 있을 테니까.

오전에는 분주하다. 세 여자의 등을 닦고 나자 주저앉고 싶어진다. 몸 구석구석에 차지게 들러붙어 있는 고단함을 떼어낼 재간이 없다. 잠깐의 시간을 이용해 등에 수건을 두르고 벽면에 기대앉아 등걸잠을 청해 본다. 몸은 나락으로 빠져드는 느낌인데 정신은 수탐하듯 또렷하다. 그래도 눈을 감으면 세상은 보이지 않는다. 어둠 속에서는 아무 것도 보이지 않아 죽음의 공포도 없다. 어둠과 죽음은 동질성을 내포하고 있다.

신경이 바닷속을 헤매듯 아득히 잦아들고 있는데 바로 옆에서 자지러지는 아이의 울음소리가 들린다. 젊은 여자가 아이의 머리를 감기다가 칭얼대니까 뺨을 철썩 때린 모양이다. 아이는 엄마의 손에 매달려 있다가 조막 만한 주먹을 엄마의 얼굴에 날린다. 화가 난 여자는 아이를 세워놓고 엉덩이를 찰싹찰싹 패댄다. 할머니 한 분이 여자에게서 아이를 빼앗아 밖으로 나간다. 사람들의 시선이 몰리자 여자는 침을 탁 뱉더니 아무 일도 없었다는 듯 자신의 머리를 감기 시작한다. 택시 기사였던 남편이 얼마 전에 사고를 당하여 반신불수가 되었다는 여자다. 삶의 곳곳에서 주둥이를 벌리고 있는 불운들이 인간을 얼마나 혹독하게 괴롭히고 있는가. 갑자기 그녀에게 다가가 이야기하고 싶어진다. 그녀에게 말할 상대가 있느냐고 묻고 싶다. 누군가를 붙잡고 물크러진 내 심경을 다 내보여 버리면, 그러면 이 아득함이 좀 사라질까.

차가운 손이 어깨를 흔든다. 허벅지에 연꽃의 문신이 새겨진 깜조록한 피부를 가진 여자다. 연꽃은 허벅지뿐만 아니라 팔에도 가슴에도 만발해 있다. 흥, 주제에 연꽃이라니. 진흙도 아닌, 악취 나는 하수구에 잠겨 허우적대면서도 언젠가는 맑고 화사한 생을 피워보고 싶은 모양이지. 그래, 인간은 제가 갖지 못하는 것을 꿈꾸는지도 모르지. 가까이 갈 수 없는 것 옆에는 더 가고 싶은 열망이 생기는 법이지. 남편도 그랬으니까.

승천하는 용이 되라고 내 생을 다 내주었더니 결국은 여자에 빠져 허우적대는 모습이라니. 비비람에 너덜너덜해진 외양간의 구차한 삶도 잘 견디더니 이제 반듯하게 서서 한 숨 쉬어도 될 만하니 생각이 달라지던가. 그렇게 살아온 시간들이 억울해졌던가. 그를 바라보고 산 나는 무엇인가. 그 많은 것들을 참고 견뎌낸 나는. 결국 내가 추종하던 용의 실체는 허상이었단 말인가.

연꽃 봉오리가 반쯤 열려있는 배꼽 밑에 이르자 나 자신도 모르게 손에 힘이 주어진다. 얼마나 세게 문질러댔는지 그 부위가 벌겋게 자국이 생긴다. 그런데도 여자는 황홀한 표정이다. 내 손이 지나간 자리마다 살갗이 붉은빛을 토해내건만 여자는 제 손을 가져다 그 부분을 애무하듯 어루만진다. 그럴수록 증오심을 실은 내 손은 연꽃 무늬 위에서 격하게 춤을 춘다. 이제 수난을 당하는 건 여자의 배가 아니라 그 위에 피어난 연꽃이었다. 내 이마에서 떨어지는 땀방울이 여자의 가슴에 핀 연꽃 위에 떨어진다. 상처가 쓰리는지 여자는 한순간 양미간을 찌푸렸지만 금세 무아의 표정으로 돌아간다.

아아, 어쩌면 연꽃이기를 꿈꾼 건 저 여자가 아니라 나 자신이 아니었을까. 남편이 개천의 용이길 소원했다면 나는 그를 승천시키고 그곳에서 피어오르는 연꽃이고자 한 건 아닐까. 나는 개천에서 태어난 그와 결혼하여 그 가정을 성공적으로 일으키려는 환상을 갖고 있었던 것일까. 남편이 그 환상을 깨뜨리는 순간 내 연꽃은 사라지고 그래서 나는 분노하고 있는 것인가. 연꽃이 되지 못하면 나는 옥잠화로라도 피어나 다시 살아야 하지 않을까.

때수건을 헹구고 있는 동안 스물 대여섯쯤의 여자는 비닐 침대 위에 벌러덩 누워 몽롱한 표정으로 껌을 씹고 있다. 그 나이에도 저렇게 눅진눅진한 여자가 되어 버릴 수 있다는 것이 나는 신기하기까지 하다. 떡딱 소리가 날 때마다 여자는 몸을 바르르 떤다. 배시시 웃기도 한다. 천장을 향해 화장이 지워져 얼룩진 눈을 땡그랗게 뜨고 누워있는 여자가 문득 무서워진다. 씹는다는 거, 짜게 절은 생의 무늬를 씹는 맛을 그녀는 알까. 그녀에게 씹히는 것들의 존재는 무엇일까. 슬픔, 증오, 분노, 남자, 세상, 아니면 그 어떤 환희……. 그녀의 젖가슴께에 내 손이 닿자 여자가 몸을 꼬며 야릇한 미소를 짓는다.

여자가 주문한대로 계란을 깨서 마사지 준비를 한다. 노른자를 쓰레기통에 버리고 거품기를 휘휘 돌려 흰자의 입자를 붙임성 좋게 만든다. 코처럼 느른한 그것은 둥근 결을 이루며 완벽하게 부드러운 찰기를 만들어낸다. 희뿌연한 수증기 속에서 보면 정액으로 착각하게 하는, 비린내 나는 계란 흰자를 그녀의 얼굴에 바르고 목에, 가슴에 바르는데 오장육부가 뒤틀리기 시작한다. 그런데도 여자는 봄볕처럼 나른한 표정을 짓고 있다. 입에서 뜨거운 침이 고이고 회가 동하는 것과 동시에 피가 거꾸로 솟는다. 내 몸을 돌고 있는 피돌기의 모든 세포들이 팽창하여 위험수위를 향해 치닫는 어느 순간 나는 폭파 직전이라는 예감에 사로잡힌다.

나는 살아야 해. 수도꼭지를 세게 틀자 팽팽한 압력 속에 갇혀있던 물이 콸콸 쏟아진다. 찬물에 세수를 하고 다시 여자에게 다가간 나는 민감해진 후각에서 기어이 남편의 정액 냄새를 맡고 만다. 뜨거운 것들이 울컥 목구멍을 타고 올라온다. 찬물을 한 바가지 퍼든 두 손이 파득거린다. 나는 천천히 다가가 갈등 없이 그 물을 여자에게 휙 뿌리고 말았다.

쉼 없이 움직이던 입술이 정지되고 몽롱하던 눈동자가 홰등잔만해지더니 그녀는 시체처럼 조용히 일어나 내게로 왔다.

"야 이년아!"

우주의 기를 모아들이듯 숨을 천천히 들이마신 그 여자는 아주 길게야 이년아를 내지르더니 내 머리채를 잡아 저만치 내동댕이친다.

"술집년 팔자나 때밀이 팔자나 다를 게 뭐 있다고 지랄이야, 지랄은. 씨팔, 네년도 거시기에 금띠 두른 팔자는 아니잖아, 이년아?"

세상의 모든 진실이 증발해 버렸다는 걸 느낄 때 이런 무기력증에 함몰되는 걸까. 나는 움직이지도 못하고 나동그라진 채로 주저앉아 씹던 껌을 내게 퉤하고 내뱉는 여자를 노려보고만 있다. 에이, 재수없어. 침을 한 번 더 뱉더니 여자는 밖으로 나간다. 순간 나른한 그 무엇이 전신을 관통했다 빠져나가는 느낌이 든다.

나는 그녀의 악담을 수긍한다. 그래, 네 꼬락서니나 내 꼬락서니가 다를 게 뭐 있겠니. 누구나 화려한 무대 위에 서 있고 싶지, 누가 자신을 팔며 인생의 뒤안길에 남아 있고 싶겠니. 그녀 역시 악취 나는 음습한 연못보다는 맑고 화사한 연못에서 피어나고 싶었겠지. 여자가 빠져나간 출입문을 바라본다. 환시였을까. 어룽진 유리창엔 연꽃이 무리 지어 해끔하게 피어 있다. 그녀가 피워 놓은 꽃들이다. 불현듯 단 한 송이라도 내 꽃을 피워보고 싶다는 열망이 화산처럼 폭발한다. 나는 소스라쳐 일어나 물 한 바가지를 몸에 끼얹고는 탕 밖으로 나온다. 주인 여자가 그 여자를 달래고 있다. 나는 물이 줄줄 흐르는 채로 옷을 주워 입는다.

"아줌마, 손님에게 무슨 짓이에요? 당장 사과하지 못해요?"

형광등 불빛 아래 종알대는 주인 여자의 얼굴이 꼭 두억시니 같다는 생각을 하며 그곳을 나왔다.

햇덩이가 유리창 너머로 기울고 있다. 빛의 농도가 옅어지자 나는 용

기를 내어 블라인드를 확 걷어챘다. 악력을 담은 그 힘에 의해 블라인드
의 한 쪽 끝이 망가지는 소리가 들리더니 투두둑 다 내려앉아 버렸다.
순간 환한 빛이 두 눈을 찌른다. 걷잡을 수 없는 불안감이 온몸을 휘감
는다. 어디로 피해야 할까. 빛을 피해 도망가야 한다는 자아와 도망치면
비겁하다는 또 다른 자아가 싸우고 있다. 이 너른 세상에 나를 숨겨줄
안전지대는 그 어디에도 없을뿐더러 더 이상 내게 그늘을 드리워줄 사
람도 존재하지 않는다. 궁지에 몰려 있다는 자각이 온다.

불현듯 오기가 치받힌다. 볼 테면 봐라, 내게 감춰야 할 무엇이 또 남
아 있는가. 누군가 나를 기웃거리는 것 같아 전전긍긍하던 내 몸을 당당
하게 드러내줘야지. 그늘에만 숨어 지내던 내 육신에게도 해의 빛을 만
끽하게 해주고, 최소한의 표면적을 갖고 살던 영혼에게는 너른 세상의
자유를 주고 싶다. 늘 가족들에게 매여 내 삶이 아닌 그들의 삶에 끌려
다니느라 날갯짓 한 번 해보지 못한 내 심신에게 나비와 같은 사뿐한 자
유를 줘야지. 이 무거운 몸뚱이에서 빠져 나와 훨훨 한 번 날아 보리라.

답답한 가슴을 움켜쥐고 베란다에 나와 선다. 저만치 앞 동 주차장에
차들이 모여들기 시작한다. 어디선가 하루를 보내고 가족들의 식탁을
마련하기 위해 주부들이 돌아오고 있는 것이다. 오후의 햇살을 받아 반
짝이는 순백색의 중형차 옆에 검정색 투피스 차림의 여자가 서 있다. 여
자는 핸드백을 열어 뭔가를 찾더니 차에 오른다. 남루하고 지쳐 보이는
다른 차들에 비해 여자의 차는 제왕처럼 늠름하고 품위 있게 아파트 정
문을 향해 스르르 미끄러진다. 여자는 다른 여자들이 돌아오는 이 시간
에 출근하기 위해 집을 빠져나가는 것이다. 이 시간에 돌아오는 자와 나

가는 자의 삶의 진실에 대해 누가 무어라 말 할 수 있을 것인가. 다만 내가 목욕탕에서 만난 여자가 저 여자라는 사실을 나는 인정해야 한다. 여자가 빠져나간 거리를 좇아가던 내 시선이 서산에 걸려 있는 태양에게로 옮겨간다.

장엄한 황혼이 아직은 서쪽 하늘에 온전하게 남아 있어 눈이 부시다. 저물었어도 아직 끝난 건 아니었다. 그 화려함으로 인한 환상일까. 몸 어딘가에서 스멀스멀한 기운이 솟아나더니 황혼 빛의 용 한 마리가 내 앞에 서 있다. 그는 여자를 구해내는 용사처럼 베란다 창살을 꺾더니 나를 한 번 돌아본다. 그의 묘한 눈빛에 빨려 나는 문득 그와 교접하고 싶은 욕망이 격렬하게 솟는다. 순간 나는 온 몸을 훑고 지나가는 묘한 엑스타시에 빠져든다. 온갖 고통이나 슬픔 따위는 다 비워지고 몸이 부웅 떠오르듯 가뿐해진다.

어느새 내 안에서는 두 개의 내가 싸우고 있다. 나는 나를 자꾸 밀어내고 있다. 밖으로 떨어져 나가지 않으려 사력을 다한다. 목이 답답해지고 숨이 막힐 것만 같다. 마침내 싸움에서 진 내가 파열음을 내며 몸을 뚫고 나와 허공으로 떨어진다. 나는 뇌리에서 종기를 떼어내는 것처럼 떨어져 나간 나를 본다. 죽어버린 그 종기의 거대한 모습이 승천하려다 떨어지는 이무기로 보인다. 피안의 세계를 꿈꾸며 오랫동안 내 안에서 또아리를 틀고 있던 용은 허상일 뿐이었다. 아아, 그랬었구나. 내 목을 조이고 내 삶 전체를 조였던 것은 남편이 아니라 내가 내 안에서 그려낸 허깨비 용이었다. 그가 승천하면, 그를 따라 나 역시도 용이 될 수 있다고 생각했던 것일까. 남편은 그저 한 인간에 불과했던 것을. 화려한 노을빛 용은 이미 사라지고 없다. 내 눈에 보이는 건 늙은 이파리 몇 개를 매단 은행나무일 뿐이다.

　베란다 창살을 움켜쥔 손에 땀이 흥건하다. 살아있던 의식이 피돌기와 함께 온몸으로 퍼져간다. 환상으로부터 탈출하는 과정이 그토록 지난한 길이었는가. 애당초 용은 존재하지 않았음을 나는 왜 믿으려 하지 않았던가. 어두운 미로를 헤매다 간신히 출구 앞에 선 나는 지금, 빛살의 세례를 맞받고 서 있다.

사람이 떠난 자리

사람이 떠난 자리

불미스러운 것은 어느 시간 어느 장소의 사건 그 자체가 아니라 그것을 보는 시선일지도 모른다. 자신에게는 관대하면서도 타인에게는 용납하지 않으려하는 무엇이 우리들에게 있기 때문이다. 혹여, 그녀에게 중앙선을 넘어서 달려드는 정열적인 추월차량이 있었다한들 그 차를 피할 재간이 있었겠는가. 그리고 누가 그녀에게 그것을 피하라고 강요할 수 있겠는가.

바람이 울고 있었다. 스러질 듯 작은 소리로 자신의 존재를 드러내지 않으려 하다가도 간간이 솟구치는 격정을 이기지 못해 삭정이만 남은 나뭇가지들을 휘모리로 몰아댔다. 제 몸 버팅기기가 버거운 나무들은 항거할 의지를 잃고 바람에 제 몸을 내맡기고 있었다. 세차고 빠른 바람은 번뇌를 일으킨다더니 그 바람이 휘감고 지나간 곳에서는 말울음 소리가 났다. 소리가 일 때마다 자신도 모르게 그 쪽으로 눈길을 보내보지만 도무지 짐작되지 않았다. 왼쪽인가 싶어 고개를 돌려보면 뒤인 것 같고 앞쪽인가 싶어 몸을 돌리면 빠른 바람은 흔적도 없이 사라져 버린 뒤였다. 뭘 찾으려 했던가. 뭘 알아내려 했는가 나는. 단지 바람의, 소리의 근원지를 찾으려 했을 뿐인가. 자신의 미욱스런 행동을 누가 관찰하고 있지나 않나 싶어 문득, 부끄러워졌다.

영안실로 향하는 공터에는 밭이라고도 할 수 없는, 작은 시누대밭이 있다. 바람 부는 방향 따라 마른 댓잎들이 몸을 부딪히며 내는 소리는 한정없이 스산했다. 그 소리에 섞여 간간이 들릴 듯 말 듯한 울음소리가 나는 것도 같았다. 공·터, 나즉하고도 느릿하게 발음을 하다 그 음 속에 숨어있는 공허함에 문득 소스라쳐 놀랐다.

대밭 모퉁이에는 검은색 롱코트를 입은 젊은 여자가 등을 보이고 서 있다. 뒷모습에서 느껴지는 고독감이 결코 예사롭지 않았다. 이곳에 오는 사람들은 슬프거나 그렇지 않거나 같이 모여 나름대로의 감정을 나누는데 그녀는 왜 홀로 서 있을까. 누굴 잃은 것일까. 자신의 눈물이 행여 죽은 이에게 누가 될까봐 눈물조차 내보일 수 없는 사람일까. 울고 싶어도 울지 못하는 사람들, 울어야 하는데 울지 않는 사람들, 그러나 누가 그들을 탓할 수 있을 것인가. 가시적인 눈앞에서 사라지는 것과, 가시적인 눈물 따위로 인연의 깊이를 가늠할 수는 없을 테니까. 영안실 출입문 앞에 서서 나는 잠시 미적거렸다. 죽음이라는 거, 사람들의 기억에서 사라진다는 것의 의미를 이제 생각해 볼 때가 되었다는, 결코 새삼스럽지 않은 자각 때문에.

손잡이를 잡는 순간 양쪽 문틈으로 바람이 비집고 들어갔는지 을씨년스런 쇳소리를 냈다. 엉뚱하게도 나는 그 소리를 바람난 여자의 흐느낌으로 들었다. 이 무슨 불경한 생각인가 싶어 그것들을 털어내며 황급히 안으로 들어섰다. 대기실엔 사람들 몇몇이서 난로를 에워싸고 앉아 있었다. 죽은 남자의 누이 부부가 슬프지도 기쁘지도 않은 담담한 표정으로 악수를 청했다.

"날씨가 갑자기 추워졌네요."

의례적인 위로를 하지 않아도 된다는 듯이 누이가 먼저 날씨 이야기로 입을 떼었다. 구차해지고 싶지 않다는 의도일까.

"큰 고통 없이 가셨나봐요."

"그럴 여력이나 있었겠어요?"

그렇게 말하는 그녀의 표정에 의미를 알 수 없는 희미한 미소가 떠올라 있었다. 그렇다고 따라서 웃을 수 없는 나는 게오르규의 〈25시〉를 떠올렸다. 안소니 퀸의 야릇한 웃음을. 병자 생활을 3년이나 했으니 그럴만도 하겠다싶어 그녀의 말을 수월하게 수긍하였다.

빈소로 향하는데 너무 적요해서 국화 화환이 보이지 않았다면 나는 발길을 멈추고 말았을 것이다. 이런 일에 늘 어색한 나는 남편을 돌아보며 우리가 너무 빨리 온 건 아닐까라는 의구의 눈길을 보냈다. 빈소 옆에 세워진 국화 화환이 그나마 쓸쓸한 자리를 메꿔주고 있었다. 죽은 사람에게는 왜 흰 국화만 보내야 하는 걸까. 싸아한 찬바람이 감도는 빈소를 보며 나는 문득 고정관념은 죄악과 같다는 생각을 하였다. 애도의 뜻을 표하는데 흰색이나 검정만이 적절하다는 관습이 깨어져서는 안 되는 것일까. 적요하다 못해 삭정이를 흔들고 지나가는 바람소리까지 들리는 빈소에 화사한 화환이 있다 해서 망자에게 누가 되겠는가.

마지막 보내는 길에 연지곤지 찍어 화장을 곱게 해서 보내듯 흰색의 꽃보다는 울긋불긋 화사한 꽃이 있다면 떠나는 그들의 발걸음도 좀 가뿐해지지 않을까.

역시 흑백 사진인 망자의 얼굴을 보니 일주일 전에 보았던 죽어가는 모습은 기억나지 않고 패기 넘치던 젊은 시절의 얼굴이 겹쳐졌다. 아내를 자랑하고 싶어 단칸방에 살던 내 집에 찾아와 기어이 하룻밤을 보내고 가던 그의 뒷모습을 보며 우리 부부는 얼마나 어처구니 없어했던가. 장가갔다고, 나도 아내가 생겼다고 포효하듯 외쳐대고 싶어 하던 그의 마음을 이해하지 못했다면 예의도 없는 망나니짓이라고 했을 것이다. 사람을 만나거나 헤어지는 일을 쉽게 하지 못하고, 아무에게나 마음을 기약하는 사람이 아니어서 나이 서른 중반을 넘겨서야 한 결혼이었다. 그랬으니 그 기쁨이 오죽 했겠는가. 것도 친구들이 모두 환성을 올릴만큼 예쁘고 음전한 여자였으니 충분히 이해 될 수밖에.

향을 꽂고 묵념을 한 뒤 나는 망자의 사진을 물끄러미 바라보다가 돌아섰다. 사진 속에서 그는 웃고 있었지만 왠지 그 웃음 속에는 죽음의 그늘이 드리워져 있는 것 같았다. 망자의 아내와 아이와 그의 형님이 일어서서 예를 갖추고 나자 아이가 안녕하세요 하고 낮은 소리로 인사를 했다. 내가 뭐라 대답할 말을 찾지 못하고 버벅대자 아이가 나를 빤히 올려다보았다. 물기가 남아있는 녀석의 초롱한 눈에 슬픔이 가득 고여 있다.

그래, 우린, 여기 있는 우리는 모두 안녕하지. 볼 수도 없고 들을 수도 없고 느낄 수도 없는 죽은 사람만 안녕하지 못한 거지. 아니지. 어쩌면 그야말로 영원히 안녕한 곳을 찾아 홀연히 떠나버렸을지도 모를 일이지. 남편이 그들과 몇 마디 위로의 말을 나누고 있는 틈을 타서 나는 밖으로 나왔다. 슬프다기보다 뭔가 석연치 않은 느낌들이 들쑥날쑥 혼란스러웠다.

한 번 고정되어버린 어떤 의식은 그것들을 배반하는 확실한 증거 앞에서도 완강하게 변화를 거부한다. 난로 옆에 앉아 종이컵에 따라진 짙은 갈색의 수정과를 한 모금 마시면서 나는 빈소의 색감이 좀 달라지면 얼마나 재미있을까 하고 엉뚱한 생각을 해냈다. 검정이나 흰색, 심지어는 음료조차 흑색에 가까운 빈소에 대해 생긴 불만이 만들어낸 어처구니없는 반란이었다. 오늘, 나 자신조차도 알 수 없게 자꾸만 뒤틀리는 결기가 느껴졌다. 남편의 친구가 죽어 애도의 뜻을 표하고자 문상을 왔는데 왜 이리 내 감정은 제멋대로인가.

그때 문득 어떤 느낌 하나가, 전체 안에서 어떤 한 부분이 자연스레 섞이지 못하고 뾰족하게 돌출되어 있는 것 같더니 마침내 의식 밖으로 걸어나와 실체를 드러냈다. 그것은 마치 영화 속의 화면같이 소용돌이쳤다가, 이 장면 저 장면 뒤죽박죽 되었다가, 멀어졌다가 혹은 가까워졌다가를 반복하더니 점차 뚜렷해졌다. 내 망막이, 분명히 빈소와는 어우러지지 않는 다른 색감이 있다는 것을 기억해준 것이다. 살아 있는 것들은 모두 흰색과 검정으로 서 있거나 움직였는데 그 중에 유채색을 하나 입력해 놓고 있었다. 나는 천천히 음료를 마시면서 그것의 정체를 더듬어 보았다. 무엇일까. 내가 이곳에서 만난 몇 안 되는 사람들을 떠올렸다. 우선 미망인. 그녀를 떠올리자 섬광처럼 스쳐가는 그 무엇이 있었다. 싱겁게도 내 커서는 첫 번째 대상에서 깜박거리며 다음 대상으로 옮겨가질 못했다. 머리 속에 혼돈이 왔다. 도대체 내가 뭘 잘못 보았단 말인가. 답답해진 나는 일어서서 다시 빈소로 향했다.

그녀와 남편이 얘기를 하고 있었다. 대부분 서울에 살고 있는 친구들은 지금 내려오고 있는 중이거나 밤에나 출발한다는 연락을 남편에게 전해왔다. 그래서 그는 친구들의 부탁대로 이것저것 신경을 쓰고 있었다. 가족들이 해야 할 일이겠지만 젊은 나이에 간 사람이라서 나이 든 어른들보다는 친구들이 준비하는 게 모양새도 나았고 또 냇가에서 멱감던 시절부터의 우정이라 어쩌면 마음이 더 가까웠을지도 모를 일이었다. 이제 그들의 자식들이 수염이 곰실곰실 돋는 나이가 되었으니 한 세대가 교체되는 시간 동안 그들은 서로의 인생을 걱정하고 때로는 사소한 것들에 훼방도 놓으며 살아왔다. 가끔씩은 자신들끼리 똘똘 뭉쳐 비밀을 갖기도 하고, 위태위태한 어떤 가정의 파탄을 막기 위해 첩보 작전을 펼치기도 했던, 적군과 아군의 두 진지를 스릴 있게 넘나들며 그들의 우정을 잘 유지해 온 사람들이었다.

내가 가까이 다가가자 그녀는 부탁드리겠습니다를 끝으로 제 자리로 돌아갔다. 결코 푸석한 목소리가 아니었다. 윤기 있는 소리는 아니었지만 슬픔이나 애절함 따위의 기색이 묻어나온 소리도 아니었다. 낮은 조명 아래서 그녀가 내게 등을 돌리고 화환 옆을 지나갈 때, 그때 그녀의 옷차림이 눈에 들어왔다. 일순, 내 의식 속에서는 그녀에 대한 모든 기억들이 일렬로 정돈되었다가 한 선으로 그리고 한 점으로 응축되었다. 흰색과 청색의 대비. 내 의혹은 어처구니없이 쉽게 풀렸다. 뭔가 이 빈소와 어울리지 않는 것이 바로 그녀의 바지였던 것이다. 석연치 않던 원인이 밝혀진 자리에서 나는 어리둥절해 멍하니 서 있었다.

우리가 잠시 서로 다른 과거의 착각 속에 있었던 건 아닐까. 그녀는 평상시의 시간을 살고 나는 그녀와 다른 과거나 미래의 시간을 사는. 아니면 두 사람의 시간이 반대로 바뀌었거나. 나는 짧은 순간이었지만 내 사고나 감각의 평형을 찾지 못하고 정지된 시간 속으로 함몰되는 느낌이 들었다. 남편의 빈소에서 청바지를 입고 있는 여자. 나는 좀 전 빈소에 있는 화환의 색깔들에 품었던 불만을 말끔히 거둬들였다. 어떤 관습이 뿌리를 내리는 데에는 반드시 타당한 이유가 있다. 그러므로 빈소에는 역시 흰색의 화환이 적격이라고, 기나긴 관습의 미덕에 찬사를 보내며 스스로의 가슴에 못을 박듯 쾅쾅 두들겨 새겨 버렸다.

좀 전에 보았던 누이가 구내 식당에 전화를 걸어 따뜻한 찌개를 예약하고는 나와 시선이 부딪히자 예의 그 멋쩍은 웃음을 웃었다. 우리는 예의를 갖춰서 웃음을 참아야 할 만큼 그렇게 어려운 사이는 아니었지만 그렇다고 나까지 웃을 수는 없었다. 그녀의 웃음에 신경이 모아졌다. 그 웃음의 의미는 무엇일까.

그 때 영안실의 관리실 전화벨이 울리기 시작했다. 따르릉, 따르릉……. 고막을 뚫고 폐부의 심연까지 한없이 침투했다가 마지못해 사라지는 신호음. 제 요구가 받아들여지지 않으면 더 기를 써서 울어대는 아이처럼 전화벨 소리는 끈질겼다. 아니 마지막 숨을 넘기는 사람의 집

념처럼 필사적이다. 누군가 또 숨을 거두려 하고 있는 걸까. 필시 시신을 안장하기까지의 번거로움을 벗고 싶어 가족 중 누군가 집요하게 수화기를 잡고 있는지도. 병원 영안실을 찾고자 하는 저쪽의 끈질김이 어느 정도인지 짐작이 갔다. 나는 귀를 막았다. 벨소리는 여전히 귓바퀴를 맴돌며 아우성이다. 더 이상 견디는 것은 가학이었다. 나는 조금 빠른 걸음으로 걸어가서 안쪽을 살필 여유를 갖지 않고 사무실의 문을 확 잡아당겼다. 잠긴 문은 열리지 않고 성깔 부린 내 손바닥만 알루미늄 손잡이에 긁히고 말았다.

옅은 상처 위로 피가 서서히 배어나기 시작했다. 새빨간 피가 반원을 그리며 봉긋하게 솟아오르면 나는 그것을 훑어내 버렸다. 벤 자국이 말끔히 드러났다가 금세 피가 주변으로 번져갔다. 옅은 상처의 푼수치고는 피가 솟는 건 제법이었다. 호주머니를 뒤지다가 화장실로 달려갔다. 화장지를 뜯어 다친 엄지손가락을 가볍게 동여매고는 다른 네 손가락으로 감싸쥐었다. 상처의 수습이 끝나자 나는 손을 씻기 위해 세면대로 가서 거울에 비친 자신의 얼굴을 들여다보았다. 내가 울었던가. 눈시울이 붉어져 있다. 아직 물기도 남아 있다. 상처의 아픔이 그리 컸던가, 그 상처를 빌미로 나는 울고 싶어했던가. 나는 거울 속의 충혈된 내 눈을 들여다보면서 자꾸만 솟구쳐 올라오는 아릿한 슬픔을 목젖 밑으로 밀어넣었다.

우리는 죽은 이들이 아직도

우리 곁에 가까이 있기를 진실로 바라는가?

우리가 감추고 싶은 비열함은 없는가?

우리가 두려워하는 내면의 야비함은 없는가?

– 앨프레드 테니슨 『인 메모리엄』 中 일부

입관식 준비를 시작하자 여자는 영안실 앞에서 소리 죽여 울었다. 여자의 뒷모습을 보면서 어쩌면 떠나보내는 슬픔보다도 남아있는 자신의 처지가 더 슬퍼서 우는 것일지도 모르겠다는 얄궂은 생각이 불쑥 치솟았다. 그럴 수도 있겠다. 긴 병에 효자 없다는데 3년이면 강산도 변하는데 그 연약한 인간의 마음이 변하지 않겠는가. 이제 지칠 대로 지쳐 망자에 대한 여자의 애정도 닳창나 버렸을 것이다. 현실은 사랑보다 더 간절하고 우선하는 것인지도 모른다. 한 가정의 실질적인 가장이 된다는 건 생각보다 훨씬 버겁고 고통스러운 일이었을 것이다. 그게 어디, 사랑을 섬기는 애틋한 슬픔 따위에 비할 것인가.

아이는 엄마가 울면 같이 울고 엄마가 마른 한숨을 들이쉬면 저도 같이 한숨을 내쉬곤 하였다. 그나마 시간이 좀 지나자 여자의 훌쩍이는 소리도 멎어버리고 죽은 남자 혼자서 떠날 차비를 하고 있는 모양이다. 문쪽에 서 있던 나는 여자가 고개를 들어 출입문 쪽을 바라볼 때마다 그녀의 눈과 마주쳤다. 행여 그녀가 민망해 할까 싶어 나는 그럴 때마다 못 본 척 해버렸다. 여자는 등 뒤로 자신의 내부를 들여다보는 내 눈빛이 투사되고 있다는 걸 의식하고 있었을까. 아님 문을 열고 들어올 누군가를 기다리고 있는 것일까. 그렇다면 그녀가 그토록 시선을 보내며 기다리는 사람은 누구일까. 아니, 그녀는 너무나 적막한 이 순간이 고통스러

94

운 것일지도 모른다. 차라리 사람들이 끊임없이 들락거리며 그녀의 가슴으로 파고드는 아픈 이 상황을 분산시킨다면 견디기가 한결 수월할지도. 혼란스러운 나는 가능한 한 그녀에게 최소한의 눈길만 던지려 했고 보는 일은 최대한 억제하려 했다.

아이가 갑자기 숨을 거칠게 쉬기 시작했다. 이 녀석이 엄마보다 더 고통스러운 건 아닐까. 살을 섞고 산 아내보다, 뭐, 살이라는 건 감촉에 불과한 것일 테니 그것에 대한 기억에서 잊혀지면 그 상황에서 부여한 중요한 의미도 상실해 버릴 테니까 피를 물려받은, 가장 본질적인 유전자를 물려받은 아이는 아버지의 죽음을 자신의 뼛속까지 받아들일지도 모른다는 생각을 하였다. 왜 그 유행가 가사도 있지 않은가. 님이라는 글자에 점 하나만 찍으면 남이 된다는 노랫말. 하지만 아버지와 자식의 관계는 아무리 점을 많이 찍거나 지워도 변하지 않는다. 아니 변할 수 없다. 남녀 간의 애정 문제를 이렇게 통쾌하게 풍자한 노래가 또 있을까.

아이는 나이답지 않게, 지 아버지가 의젓하게 키웠다. 아내가 집을 비운 사이 아이와 함께 하루를 보내며 그가 아이에게 무엇을 가르쳤는지 알 것 같았다. 친구들 중에서도 맏형 같아 그들은 농담 반 진담 반으로 형님이라고 불렀다. 가난하게 살면서도 결코 가난해 하지 않던, 마음이 깊어 한없이 퍼내주어도 줄 마음이 늘 남아있던 사람이었다. 그는 아이가 태어났을 때부터 자신의 목숨이 소멸되고 있다는 것을 감지하고 있었을까. 아이의 이름을 환이라고 불렀다.

아이가 허둥대는 것을 보고만 있을 수 없어 나는 아이의 손을 잡고 밖으로 나왔다. 밝은 데에서 보니 얼굴빛이 예사롭지 않다. 체한 것이 분명했다. 등을 두드리다가 나는 아이의 옷을 걷어올리고 손바닥으로 배를 문질러 주었다. 팽팽하게 긴장돼 있던 복부의 힘이 조금 풀리는가 싶더니 토사물이 주루룩 눈앞에 쏟아졌다. 약을 사서 먹이며 간간이 내놓는 말을 간추려 보니 아빠가 죽었다는 사실이 대단히 큰 충격이었던 것 같다. 어쩌면 엄마보다는 아빠하고 더 가까웠을지도 모르는 이 아이가 지금 이 순간 가장 절망하고 있는지도 모를 일이다. 아이의 병은 죽음에 대한 내부적 절망과 생에 대한 육체적 의욕이 갈등하여 생긴 것이었다.

삶과 죽음. 근원은 같다하지만 살아있는 사람들은 당연히 삶이 더 소중하고 그 쪽에 애착을 가질 수밖에 없을 것이다. 저 아이가 그렇듯 삶에 대한 경이로움은 영안실 안에서도 빛을 발하고 있었다. 너른 우주에 한갓 미물처럼 왔다가 다른 사람의 반평생에 속하는 시간을 살다 가면서 용케도 한 점 혈육을 떨어뜨리고 가는 것을 다행으로 여겨야 할지 불행이라고 해야 할지.

아이를 데리고 돌아와 보니 모두 영안실로 들어가고 빈소에는 모르는 사람 둘이만 앉아 있었다. 아이를 앞세워 영안실로 들어갔다. 아이를 위하는 일이 어떤 것인지는 모르지만 마지막 아버지의 모습을 보여줘야 한다는 생각 때문이었다. 이미 저승길을 위한 준비는 끝나고 입관 직전이었다. 그의 막내 누이인 승희가 우리 오빠 불쌍해서 어쩌냐며 가죽만 남은 오빠의 얼굴을 쓰다듬으며 섧게 울었다. 그 여자 또한 울고 있었다. 나중에 남편이 그랬다. 승희는 동우가 가장 아끼던 누이여서 가슴이 아팠을 거라고. 그의 어머니가 동우를 덤받이로 데리고 이 씨 집안에 들

어와 처음이자 마지막으로 낳은 자식이 승희였으니 오누이의 사랑이 오
죽이나 각별했을까. 동우 씨보다 두 살 아래인 여동생을 포함해서 죽은
본처의 자식이 셋이나 있었지만 동우 씨가 용케도 집안을 잘 이끌어 왔
었다. 참았던 슬픔을 토해내는지 훌쩍이던 아이가 으앙 하고 울음보를
터트렸다.

갑자기 목울대가 답답하고 뜨끔거리기 시작했다. 한 해에 두 번씩이
나 같은 장소에서 아직 살아야 할 날이 많은 사람들을 보낸다는 것은
가슴을 싸아하게 하는 통증보다도 더 강한 허무감을 느끼게 했다. 봄에
는 스물여덟의 꽃같이 예쁜 동서를 이곳에서 보냈다. 정말, 꽃같이 예
쁜 여자였다. 그 때도 시신을 닦아내며 길 떠나는 망자의 뒷수습을 하
던 염쟁이 아저씨들이 이구동성으로 그랬다. 참말로 그림같이 이쁘요
이. 날마다 몇 사람씩 옷을 입히요만 이렇게 이쁜 색시는 처음이요. 화
사하게 볼연지를 찍고 나자 의식이 없는 그녀는 그야말로 백치미인의
절정을 느끼게 했다. 나는 시신이 그렇게 아름다울 수 있다는 사실에
전율했었다.

설마 저 사람이 그렇게 건장했던 사람이었으리라고 누군들 상상할
수 있겠는가. 줄어든 몸피, 가죽만 남은 피부, 그 형상을 보면 어떻게 사
람이라 할 수 있을까. 머리는 이미 칠순을 넘긴 노인처럼 서리가 내려
있었다. 얼마나 고통이 많았으면 저렇게 탈색되고 말았을까. 눈감고 죽
어버리면, 오장육부를 뒤흔들던 번뇌도 부질없는 것이 되고 말 것을, 그
는 무엇 때문에 그리 고통 받았을까. 아무리 사랑했던 사람들일지라도
몸이 떠나버리면 잊혀지고 그러면 그만인 것을, 그 무엇에 그리도 집착

했단 말인가.

바보 같은 남자, 내게는 못 살겠으면 죽어야지, 당당하게 말하더니 무슨 미련이 그리 많아 눈을 감지 못하는지. 결혼한 지 삼 년쯤 되었을 때였다. 나는 남편과 심한 갈등을 하고 있었으며 헤어져야 한다면 지금이라고 생각하고 구체적으로 계획을 세워보기도 하였다. 그때 그가 나를 찾아왔다. 안부를 묻는 그에게 나는 살아가기가 너무 힘들다고 했다. 그의 대답이 걸작이었다. 그렇게 힘들면 죽어버리면 되지 못마땅한 세상 뭐하러 고생을 하며 살아요. 보아하니 승규하고 잘 안 맞는 모양인데 헤어지쇼, 구태여 아웅다웅하며 같이 살 필요가 있소. 지구상의 인구 중 절반은 남잔데, 였다. 그를 잘 알지 못했던 나는 그의 말이 괴씸해서 이혼하겠다는 생각을 말끔히 버리고 남편을 사랑하는 일에 더 억척을 부렸다. 지금도 가끔씩 그의 통쾌한 해법을 떠올리며 쓴웃음을 짓기도 하는데, 정작 그 말을 한 사람이 먼저 가버리다니.

화가 났다. 저렇게 허무하게 가버리는 것을. 살아있는 사람들은 제 몸뚱어리 움직이기 귀찮아서, 신경 쓰기 싫어서 괜스레 그의 아내 고생한다고 마치 원치 않는 짐짝처럼 빨리 부려 버리고 싶어 했다. 그 때까지만 해도 동우, 그 사람을 생각해서 편안하게 해주고 싶은 마음에서 그가 빨리 가기를 바란다고 생각했다. 참 대단한 친구들이었다. 실제로 우리 모두는 그의 아내가 고생한다는 사실에 지나치게 반응해서 어떻게든 그녀에게 도움을 주고자 안달을 했다. 그러면서도 그런 것들이 그녀에게 무슨 도움이 되겠느냐고 한 술 더 떠서 안타까워하기까지 했다. 어쩌면 그 때부터 그녀는 변해갔는지 모른다.

　지금, 내 눈 속에는 그 사람이 생생하게 살고 있다. 그의 부드러운 음성과 말버릇, 그리고 정갈하면서도 결코 까다롭지 않은 그만이 지닌 성품, 심지어는 계란 프라이를 만들던 섬세함까지도. 아, 그의 프라이 기법은 대단했었다. 아이들이 두엇씩 딸린 친구들이 모이면 그는 열 몇 개의 달걀 프라이를 즐겨 만들곤 했다. 기름 두른 팬이 달궈지면 달걀을 깨서 익히는데 그는 단 한 번도 노른자가 흰자의 정중앙을 벗어난 적이 없었다. 그 모습을 지켜보는 부인네들의 입이 딱 벌어질 지경이었다. 프라이를 할 때마다 흰자와 노른자가 항상 뒤섞이는 나는 그의 프라이 기법이 신기에 달해 있다고 감탄하였다.

　그의 육신이 땅 속에서 형체도 없이 스러지고 그의 얼굴을 떠올리려 안간힘을 써도 기억되지 않을 때에도 그의 프라이 이야기는 겨운 추억으로 여전히 우리에게서 살고 있을까. 그 때쯤 우리는 그와 함께 살았던 시절을 회억하며, 이미 과거가 되어버린 그의 이야기를 하며, 그런 이야기를 할 수 있게 자신들이 살아있다는 사실에 눈빛을 빛낼지도 모를 일이다. 그들 중 누군가는 죽은 자에 대한 넋두리보다는 산 자의 사소한 근심을 듣는 것이 훨씬 낫다고 말하게 될지도 모른다. 그들의 생이 아무리 독한 상처로 이루어졌다 해도.

　저녁때가 되자 대전에서 한 친구 부부가 도착했다. 유난히 정이 많은 그 부인은 나를 보자마자 눈물부터 흘렸다. 같이 울어주지 못하는 나는 참 난감했다. 슬픔보다는 어떤 오기가 나를 내차게 만들고 있었다. 그들과 함께 빈소로 갔더니 상복으로 갈아입은 여자가 허리끈을 이리저리 돌려보며 옷매무새를 살피고 있다. 나와 시선이 부딪힌 여자가 재빨리 자신의 마음을 들키지 않으려 단속한다는 것을 느꼈다. 나는 그런 여자를 외면했다. 방금 전에 도착한 친구 부부를 빈소로 올려 보내고는 그 자리를 빠져나왔다. 여자가 그들을 어떻게 대하든, 가령 자신을 허위로 가장하고 통곡을 하며 맞든 웃는 얼굴로 맞든 지금 이 자리의 미망인은 그녀라고 생각했기 때문이다.

일주일 전이었다. 이처럼 지독한 감기가 또 있을까 싶을 만큼 올 겨울 감기는 지독했다. 그런데 남자가 감기에 걸리고 말았다. 저항력 약한 사람이 견뎌내기는 역부족이었다. 폐렴으로 진전된 것은 당연한 결과였다. 복수가 차올랐다. 결국은 중환자실에서 꽤 오랜 시간을 보낼 때였다. 하필이면 문병을 가기로 한 날 함박눈이 내렸다. 나는 병원을 향해 달리는 차 안에서 유리창으로 덤벼드는 탐스런 눈을 바라보고 있었다. 그것들은 내 시선을 온통 잡아두었다가 어느 순간 조용히 사그라들곤 하였다. 눈은 내 눈앞에 있다가 곧 사라져 버리면서도 자신을 기억해 달라고 투정하지 않았다. 사랑스런, 그러면서도 강한 그 무엇을 내포하고 있었다.

사람들은 스러져가면서도 자신을 기억해 주길 원한다. 실체보다는 좀더 나은, 강한 모습으로 기억되고 싶어 한다. 굳이 그러지 않아도 자신의 분신이나 그들이 남긴 족적으로 인하여 오래도록 기억에 남게 되는데도 안달이다. 그게 눈과 인간의 차이다. 흔적을 남기지 않는 것과 남기는 것의 차이, 약하면서도 강한 것과 강해 보이면서도 약한 것의 차이. 본질로 돌아가 돌고 도는 순환 과정은 같으나 가시적인 것의 차이는 분명히 있었다.

환자를 보니 명이 다 한 것 같았다. 머리는 거의 백발이 되었고 우물 속처럼 깊어진 눈은 초점 없이 떠 있는데 그것조차도 힘겨워하는 눈치였다. 다물어지지 않는 입술 사이로 한껏 벌어진 이빨들이 허물어져가는 수수대문 같아 보였다. 이제 곧 그는 이승의 사람들 사이에서 떠나고 말 것이다. 그러면 사람들은 궂은 날을 탓하듯 잠시 언짢아하거나 고민하거나 기껏 조금 슬퍼하고는 곧 잊을 것임이 분명했다. 그는 지금 무슨 생각을 하고 있을까. 누구나 죽기 전에 하는 생각이 왜 더 사랑하지 않았을까 라는데 참말 그도 그럴까. 혹여 왜 사랑했을까 인지도 모를 일이다.

나는 여자를 보았다. 순간 저승사자를 떠올렸다. 여자의 검은 옷 때문이었다. 하필이면 상복 같은 검정 옷 일색일 게 뭐람. 그러나 내가 저승사자를 연상했음에도 여자의 얼굴은 생기가 넘쳐흘렀다. 화장 덕분이라 해도 화장발 위로 묻어나오는 생기는 어쩔 수 없이 그 모습을 숨기지 못했다. 여자의 모습이나 태도가 내게 예전에 느꼈던 페르몬 냄새의 기운을 상기 시켰다. 뿐만 아니라 조금의 우울한 기운마저 이제는 사라지고 없었다.

나는 좀 질리는 기분이었다. 그녀의 사랑도 이제 지쳐서 다른 사랑을 찾아 도망쳐 버렸는지 모른다. 애정이 없는, 어서 죽기만을 기다리는 사람의 목숨은 얼마나 구차한 것인가. 그러면서도 나는 자신을 추궁했다. 내가 잘못 생각하고 있는 거라고. 그게 어때서 나는 거부반응을 일으키고 있는가라고 자문했다. 초라한 환자 옆에 앉아있는 사람이라도 산 사람 같아야지 둘 다 죽어가는 모습이라면 뭐 좋을 게 있다고. 그녀의 화색 좋은 얼굴을 보면서 친구들은 한결같이 한시름 놓는 눈치인데 왜 나만 유독 쉰 음식 억지로 떠넘기는 것 같은 거북함이 생겼는지 모르겠다. 그 남자 옆에 죽음의 그림자가 가까이 있음을 예감했기 때문일까. 발길이 떨어지지 않아 훌훌 날지 못하는 영혼을 생각했기 때문일까.

아직 도착하지 않은 친구들을 기다리며 나는 작년 여름을 기억해냈다. 그 때, 병문안을 가서 환자가 우선한다는 것을 보고는 사람 좋은 남편은 간호하는 사람이 건강해야 한다며 그녀를 데리고 갈비집으로 갔다. 허기가 졌던지 그녀는 점심을 아주 맛있게 먹었다. 환이 엄마가 건강해야 동우를 간호할 수 있어요. 마음 편하게 갖고 느긋하게 견디세요. 그녀는 그런 말을 하지 않아도 잘 할 수 있을 것 같았다. 갈비를 맛있게 먹고 찻집에 가서 칵테일을 한 잔 멋지게 들 수 있는 여자라면 자신의 운명에 대해서 그리 낙담하지 않을 거라는 확신을 나는 그 때 가졌다. 그 여자는 너무 건강해서, 본능적인 욕망들이 몸 곳곳에서 넘쳐나고 있었기 때문이다. 그것은 단지 성적 욕망만이 아닌, 생에 대한 갈증이나 죄악, 심지어는 금지된 모든 것에 대한 억제할 수 없는 욕망까지 섞여 있는 것 같았다. 금지된 것엔 늘 마성이 존재해서 기쁨과 예비 된 상처가 공존하고 있다 해도 그것들이 여자에게 현실을 버팅기게 하는 에너지를 제공했다면 그녀의 행위에 대한 면죄부는 마련된 셈이었다.

늘 그랬던 것처럼 환이 엄마를 데리고 휴게실로 나왔다. 의례적인 인사치례를 한 마디씩 하더니 남자들은 이구동성으로 그녀를 위해서 동우 씨가 빨리 가야 한다고 말했다. 나는 그 날 그녀에게 따스한 눈길을 보낼 수 없었다. 그리고 돌아오는 고속도로에서 남편과 조금 심하게 다퉜다.

"당신 문병 간 사람의 태도가 그게 뭐야. 미안해서 혼났어."

"문병가면 꼭 호들갑스럽게 말을 해야 하나요?"

나는 의도적으로 엇나가기 시작했다.

"환이 엄마, 참 안 됐잖아. 그래도 그 여자니까 그만큼 참고 견뎌냈지."

"안 견디면요, 도망이라도 가야한다는 건가요?"

"당신은 참 지독한 데가 있어 그거 알아?"

"지독한 여자는 그 여자에요. 어떻게 중환자실에서 남편이 다 죽어가고 있는데……."

나는 혹시 내가 질투하고 있는 건 아닌지 싶어 다음 말을 삼켜 버렸다. 그의 친구들이 너나없이 이 여자를 영웅으로 만들어가고 있는 것에 대한 못마땅함과 성숙한 여자에게서 뿜어나오는 농염한 기(氣)에 대한 여자로서의 질투가 내 판단력을 흐리고 있는 건 아닌지 해서 나는 입을 다물었다. 남편이 다 죽어가고 있는데 그가 며칠이나 이 세상에 살아 있을지 모르는데 어떻게 화장을 하고 밝은 웃음을 지니고 있을 수 있죠? 라는 말을 목젖 밑으로 밀어 넣어 버렸다.

"요즘 세상이 어느 세상이야? 환이 엄마나 되니까 누가 도와주지 않아도 묵묵히 그 생활을 견뎌낸 거야."

"그렇다고 언제 죽을지 모르는 사람을 앞에 두고 빨리 죽어야 한다고 야단들인 심보는 또 뭐에요? 더구나 환이 엄마까지 있는데. 그러니 그 여자는 진짜로 빨리 죽길 바라고 있을 거 아녜요?"

"설마 그러기야 하겠어. 친구들은 미안하니까 그렇지. 벌써 환자로 생활한 지가 몇 년이야?"

"착각들 하지 마세요. 당신들이 아무리 가까운 친구라 해도 그 여자는 아내에요. 그리고 그게 환이 엄마의 운명이라면 어쩌겠어요. 자신이 선택한 운명인 걸요. 그것에 대해 누가 이러쿵저러쿵 할 수 있어요?"

그 날 나는 필요 이상으로 감정의 날을 세웠고 그래서 남편의 논리가 아무리 따스한 것이라 해도 나는 그의 말에 동조하지 않았다.

겨울 해는 쉽게 진다. 아직 서쪽 하늘에 햇살이 남아 있지만 그 따스한 기운을 감지하기는 어려웠다. 추위가 몰려왔다. 바람은 멎었지만 마른 강치가 그 기승을 더해갔다. 그렇게 모진 사람이 아니었는데 날씨가 이리 고약한지 모르겠다. 사람들이 다니지 않은 질척한 땅에는 면도날 같은 살얼음이 내려앉기 시작하였다. 남편은 밤샘을 하고 내일 장지까지 가기로 되어 있어서 나는 서울에서 내려오는 친구들이 도착하면 그들을 잠깐 만나고 광주로 내려갈 참이었다.

대기실엔 난방이 되어있지 않아 난로 하나로는 바깥 기온에 가까운 실내를 감당해낼 수가 없었다. 더구나 새로 온 문상객들이 빈소를 다녀나오면 난로는 그들에게 양보해야 했다. 그들이 차 한 잔을 마시고 돌아가고 나면 나는 잠시 난로 옆에 앉아 추위를 녹이곤 하였다. 퇴근한 사람들이 몰려들자 나는 구석에 서서 떨고 있다가 생각해낸 것이 남편의 파카였다. 밤샘을 대비해서 차안에 넣어두었던 그걸 꺼내 입기로 했다.

밖으로 나오려 문을 열자 산욕열에 들뜬 사람이 냉동실에 들어간 것처럼 지독한 한기가 덮쳐왔다. 그래도 꽤 긴 시간을 버텨야 하기 때문에 나는 용기를 내 밖으로 뛰쳐나갔다.

차가 주차장 끝에 있어서 그 곳으로 가려면 작은 시누대밭 옆을 지나가야 했다. 바람은 한결 잦아들어 낮은 숨을 쉬고 있지만 살갗에 닿는 감촉은 여전히 에이듯 날카로웠다. 이를 앙다물고 빠른 걸음으로 걸었다. 병원이 시내에서 떨어져 워낙 고지대에 있기 때문에 서녘 하늘이 한결 낮아 보였다. 겨울 하늘처럼 청명한 하늘은 없을 것이다. 더구나 마른강치를 하는 날의 쪽빛 하늘은 손끝만 대도 쨍하며 갈라질 것 같이 맑고 차갑고 투명해 보였다. 이런 날은 서러울 것 없는 사람도 괜히 하늘을 올려다보면 설운 느낌을 갖게 된다. 어느새 대지 위엔 어둠이 긴 휘장을 드리우고 있었다. 샛별이 하나 둘 돋기 시작하였다.

저만치 시누대밭이 보였다. 그 작은 대밭을 돌자 바로 눈앞에 봉고차가 있고 젊은 남자가 일을 보는지 옆모습을 보이며 서 있었다. 한참을 기다려도 그 자세 그대로였다. 봉고차 뒤로는 언덕이어서 남자와 봉고차 사이로 지나갈 수밖에 없었다. 남자와 차 사이로 지나쳐야 하지만 그것이 불편해서 파카를 포기하고 돌아갈 수도 없었다. 나는 반사적으로 시선을 땅에 두고 뛰었다. 남자의 뒤를 지나치자 곧 차가 보였다. 차의 문을 열고 옷을 꺼내 입는 동작을 느릿하게 하며 남자가 일을 보고 마무리하는 시간을 계산하였다. 그 시간 동안 남자로부터 등을 돌리고 하늘을 올려다보았다.

시간을 죽이자. 화가, 누구였던가. 명창준이던가. 그의 작품을 보면서 나는 유년의 겨울 하늘을 떠올렸다. 눈이 시리도록 슬프고 아름다운 겨울 하늘이었다. 그렇게 아름다운 하늘 아래서 살아보지 않은 사람은 그런 하늘빛을 표현해내지 못할 것이다. 시간이 제법 지났다고 판단되자 나는 문을 열고 나와 차의 문을 잠그며 이제 남자가 그 자리를 떠났을 거라는 확신으로 봉고차가 서 있던 자리를 바라보았다. 아악! 나도 모르게 손바닥으로 입을 막아 소리가 퍼져나가질 못하게 하였다. 내 소리를 들으면 그 남자가 쫓아올 것 같았다. 남자는 일부러 내 쪽으로 성기를 내밀고 서서 마스터베이션 중이었다.

대기실에는 어느 직장에서 온 것 같은 여자들이 모여 앉아 떠들고 있었다. 시청에 근무하는 동우 씨의 형님 동료들인 모양이었다. 그들은 차를 마시며 잡담 끝에 소리 내어 웃기도 했다. 나름대로 삼가느라 톤을 낮춘 둔중한 웃음소리가 천장으로 솟구쳤다 바닥으로 흩어져 내려앉을 때 나는 그들이 여기에 왜 왔을까를 생각했다. 누군가 소리를 낮춰 코미디를 연출했는지 한 여자가 참지 못해 큰소리로 깔깔거리자 그들도 주춤하는 눈치였다.

불현듯 그들 사이로 비집고 들어가 그들의 멱아지를 잡고 흔들어대고 싶었다. 죽은 사람과는 상관없는 그들이 왜 이 곳에 와서 나오는 웃음을 참아야 하고 맘 놓고 떠들지 못하고 소리를 죽여가며 앉아 있는지 알 수가 없었다. 어쩜 그들에게 자꾸 관심이 가는 건 이곳에서 자유롭지 못한 내가 그들과 한 패가 되고 싶은 욕구 때문인지도 모르겠다. 나는 몇 발자국 앞으로 나서서 내게는 관심 따위를 두지 않는 그들 틈에 끼어 이 사람 저 사람을 쳐다보며 그들이 지껄이는 이야기를 알아들었다는 듯이 고개를 주억거려 보았다.

신기하게도 벌겋게 달궈진 난로의 심지가 방금 전에 보았던 그 남자의 부풀린 성기로 둔갑하는 압박에서 벗어날 수 있었다. 나는 그들 속으로 더 깊숙이 들어가고 싶었다. 그들을 따라 오징어 땅콩을 꾸역꾸역 밀어넣으며 그들 흉내를 내보았다. 미소를 짓기도 하고 다른 사람과 눈을 맞춰보기도 하였다. 그러나 불안한 건 여전했다. 그들은 빈소에 온 사람답게 잘 어울려 보이는데 나는 오늘 그 누구와도 융화되지 못하고 주변만 맴돌고 있다는 느낌에서 헤어날 수 없었다.

"어? 당신 여기 있었네? 창수네랑 차 한 잔 하자고 아까 찾았었는데."

출입문을 밀고 들어서며 남편이 말했다. 모여있던 여자들이 소지품을 챙겨들고 일어섰다. 그네들이 몰려나가자 자리가 텅 비었다.

"이렇게 되었어도 환이 엄마는 보험회사에 계속 다니겠지요?"

창수 씨 부인이 내 옆에 앉으며 우울한 표정으로 물었다.

"글쎄요. 당분간은 그러지 않을까요? 특별히 다른 일을 찾을 때까지는요. 시댁에서 누가 도와줄 것 같지도 않고요. 어쨌든 환이하고 두 사람 먹고 살아야 할 테니까요."

"이럴 줄 알았으면 몇 달 미뤄보는 건데 그랬어요. 환이네를 돕는다고 무리해서 큰 적금을 들어주었거든요. 나는 계를 해서 빨리 몫 돈을 타려고 했는데……. 회사를 믿는 거니까 상관없지만 환이 엄마가 친정인 서울로 가버리면 어쩌나 하는 불안감이 생겨서요."

"뭐, 무슨 문제야 생기겠어요? 환이 엄마, 공과 사를 구별할 줄 아는 사람인데요. 도와준 사람들에게 많이 고마워하고 있어요."

"환이 엄마가 보험회사에 다니면서부터 환이 아빠의 병이 심해졌다고 하던데 혹시 따로 들은 말 없나요?"

"환이 아빠는 이미 치료가 불가능 했었잖아요? 그걸 모르는 사람이 없었는데 그런 말을 하세요?"

내 목소리에 격앙된 감정이 묻어 있다는 걸 알아챈 여자가 재빨리 일어서서 종이컵에 뜨거운 물을 따라왔다. 약은 여자 같으니라고. 속이 훤히 들여다보이는 소리를 해놓고는, 자신의 본심을 들키자 그걸 무마시키기 위해 두 사람에 대한 험담이나 늘어놓다니. 어쩌면 환이 엄마는 이런 관계들에 대한 역겨움을 은폐하기 위해 가장 없이 자신을 드러내는지도 모르겠다.

상처의 고통이란 그것을 받아들이는 자의 태도에 따라 다르게 반응할 테니까. 내가 환이 엄마를 탐색하긴 했지만, 결코 그녀에게 따스한 시선을 주지 않았지만, 그러나 나는 이제 보아서는 안 될 것을 보았다 해도 침묵할 것이다. 어쩌면 그녀는 주변 사람들에게 미리감치 자신의 감정의 보호막을 한꺼풀 벗어버리고 솔직한 모습으로 나섰을지도 모를 일이다. 가장 진실된 인간의 모습으로 서 있는지도. 대부분의 진실은 오히려 규정되거나 관습화된 것들 이면에 존재하지 않던가. 일순, 나는 살아있는 자에 대한 예우는 망자에 대한 예우이기도 하다는 생각을 하였다.

"나도 방금 들었지 뭐에요. 간경화인 환자가 줄담배를 태웠다면 짐작할 수 있잖아요."

여자가 종이컵을 내게 들이밀며 다시 시작할 태세였다.

"누구나 살아 있는 것 그 자체가 고통일 때가 있잖아요? 하물며 환자
가 뭐 그리 즐거운 일이 많았겠어요?"

"아니, 그런 거 말고요. 환이 고모가 그랬는데 빨리 눈을 감아 아무것
도 보지 않았으면 좋겠다고 했대요."

"환이 아빠는 죽음을 두려워한 사람이 아니었어요. 생사가 일여라는
것을 아는 사람이었거든요. 구차하게 살려 하지도 않았지만 죽어가면서
도 경을 읽고, 의연하게 죽으려고 애쓴 사람이었어요. 어쩌면 인간의 육
신은 사라지지만 그의 본질은 영원히 죽지 않는다는 것을 믿고 있었을
거에요. 그런 사람이 고통스런 현실을 빨리 떠나고 싶지 않았겠어요?"

나는 부러 건조한 목소리로 책을 읽듯 또박또박, 그 여자가 내 옆에서
도망치도록 정나미가 뚝뚝 떨어지는 소리를 내질렀다.

"환이 엄마 때문이 아니고요?"

"……"

아둔하고 성가신 이 여자를 어떻게 떼버릴까 고민하고 있는데 출입
문 밖에서 통곡 소리가 들려왔다.

어머니와 딸로 보이는 두 여자가 서로 몸을 의지한 채 꺼억꺽 숨이 넘
어갈 듯 울어대며 들어왔다. 그들을 앞세운 병원 직원이 3이라는 숫자
가 써있는 환이네의 맞은편에 그들을 밀어 넣으며 여기가 당신네들이
삼일 동안 있을 곳이라는 말없는 암시를 주고 나갔다. 너무나 적요해서
울음소리라도 들리길 바라던 빈소들이 갑자기 소란스러워졌다. 뭔가 살
아 움직이는 것 같은 활기가 생겨났다. 잠들어 있던 모든 것들이 깨어나
는 느낌이었다. 그래, 빈소는 빈소답게 이래야 해. 아직, 아무것도 준비

되지 않았지만 3번의 빈소는 가득 차 있었다, 슬픔으로, 울음소리로. 살아있는 것들의 움직임으로.

레미콘 기사의 사고사였다. 그의 어머니는 장가 한 번 못 가보고 죽은 삼대 독자인 아들의 죽음에 대하여, 그 슬픔에 대하여, 그 억울함에 대하여, 그 모든 감정들을 통곡으로 다 표현하였다. 저 어머니는 내가 이곳을 떠나고 내 집으로 돌아가 편안히 먹고 자고 웃고 얘기하는 동안에도 슬피 울고 있을 것이다. 어디 소리 내는 울음뿐이랴. 가슴을 쥐어뜯으며 참말로 견딜 수 없는 밤을 보낼 것이다. 그 까닭은 예기치 않은 아들의 죽음으로 자신의 생이 무너질 것이고 가족들의 삶이 조각 날 것이기 때문이다. 어찌 그것만이라고 말할 수 있을까. 그런 것들을 생각하기 이전에 어머니는 자신의 분신을 잃은 슬픔 때문에 그 이상의 어떤 것도 생각하지 못할 것이다.

나는 문득 터무니없는 생각을 하였다. 그녀의 아들은 어쩜 행복한 죽음이 아니었을까 하는. 육신이 갈래갈래 찢겨져 형체를 만들지 못할 지경이었을망정 그를 기억하는 사람들은 그의 죽음을 슬퍼하고 있지 않은가. 누구나 한 번은 죽는 것, 죽은 사람을 위하여 통곡해 줄 사람이 있는 자와, 살아 있는 사람들로부터 외면당하는 구차한 영혼이 된 자의 차이를 생각해 보았다. 사랑이란 결코 영원한 것은 아니라는 것을 알면서도 말이다.

그 밤, 집으로 돌아온 나는 오래도록 잠들지 못하다가 새벽녘이 되어서야 잠이 들었다. 그러나 생전 처음 꾸는 이상한 꿈들로 깊은 잠을 이루지 못했다. 왜 그런 꿈을 꾸게 되었을까. 종잡을 수 없이 들쑥날쑥한 꿈 중에서 한 가지만은 확실하게 기억되었다. 환이 엄마였다. 맥락 없이 그녀가 면사포를 쓰고 있는 모습이 선명하게 보였다. 살아있는 자들의 욕망이란 얼마나 잔인하고 비겁하고 어처구니없는 것들이란 말인가. 스스로 부끄럽고 안타까워 나는 점점 자기연민 속으로 빠져들었다.

산장의 여자

산장의 여자

그 여자의 성능 좋은 승용차가 급경사의 언덕배기를 내려가는 소리를 의식하며 2층으로 향하는 계단 입구에 선다. 뭔가 하고 싶은 말끝을 잘려버린, 석연치 않은 감정에 뒤돌아보니 그 차는 벌써 길모퉁이를 돌아버렸고 내 시야에 들어온 것은 오후 나절의 햇빛에 졸고 있는 담양호였다. 잘 길들여진 말처럼 날렵하고 윤기 있는 그녀의 외제차는 저 호수 위에서도 달릴 수 있을까, 날 수 있을까. 그래서 현실을 건너 뛰어 다른 세계로 비상하는 길을 열어줄 수 있을까. 부질없는 사념이라는 자각에 이르자 갑자기 자신이 우습게 느껴진다. 비상이라니, 언감생심 그런 걸 꿈꿔본 적은 없다. 그럼에도 지금은 자신이 딛고 서 있는 땅이 허방이 아니길 바라는 것조차 욕심이 되어버렸다. 그렇게 현실은 꿈을 배반하고 그로부터 싹튼 비애가 자신을 갉아댔다.

한 계단씩 발길을 떼어본다. 계단의 끝을 올려다본다. 열 번 남짓만 발걸음을 옮기면 나는 2층에 오를 수 있다. 그런데도 그 계단이 아득해 보인다. 내 삶의 무게가 아무리 무거울 때에도 나는 한 번에 두 계단을 건너뛰지 않았다. 단연코 내 삶 속에서 비상을 꿈꾸지 않았다. 그랬어도 나는 어느 틈에, 무엇엔가 휩쓸려 엘리베이터 안에 갇혀 숨을 몰아쉬다가 차가운 땅바닥에 패댕이쳐져 있었다. 내 의지와는 상관없는, 내 삶의 불청객은 무엇이었을까.

방안으로 들어와 경대 앞에 앉는다. 권태로움이 굳은살처럼 박혀 있는 푸석한 얼굴의 낯선 여자가 내 앞에 있다. 거울 속의 여자를 향해 자조하듯 이를 드러내 웃어본다. 습한 내 웃음에 그 여자의 햇살처럼 가벼운 웃음이 겹쳐진다. 아지랑이를 보듯 현기증이 인다. 내 웃음은 그 여자의 웃음 속으로 빨려 들어가 소(沼)를 만들다 사라지고 만다. 정신을 차려야지, 두 눈을 부릅뜨고 살아도 나는 그녀의 웃음을 닮을 수 없다. 양지는 음지를 포용하고 어둠은 빛에 의해 소멸된다 하지만, 그 모두가 진리라 해도 나는 신뢰하지 않는다. 세상 사람들이 말하는 진리라는 것이 내게는 진리가 되지 못했기 때문이다. 한 치의 그늘도 없이 밝았던 나는 예고 없이 덮쳐온 불운의 회오리에 휘말려 습하고 너저분한 세계로 던져졌기 때문이다.

그 여자의 웃음이 아니어도 어쩔 수 없이 나는 작아진다. 자신에게 화를 낸다. 나는 왜 그렇게 쉽게 대답해 버렸을까에 대해서. 아무리 자위나 자조 섞인 생각을 따로따로 헤집어 넣어 봐도 짓눌리는 가슴은 어쩔 수가 없다. 그 여자의 호기심을 좀더 길게 끌어가던가, 아니면 시침을 딱 떼고 질문의 의도를 모르는 척 에둘러댔을 수도 있었는데.

"나무가 편치 않으면 화분의 흙도 물을 거부해요. 사는 게 버거우면 욕망도 줄어들죠.”

　순간 그 여자의 표정 속에 절제된 희열이 꽃잎 벙글 듯 아주 섬세하고 침착하게 번져갔다. 그것은 분명 안도감이었으며, 주체할 수 없을 정도의 감정을 억제하는 과정이 내재되어 있었다. 왜일까. 그녀는 무엇 때문에 혼자 사는 여자의 성에 대해 궁금증을 드러내며 나를 알고 싶어 하는 것일까. 도무지 모를 일이다. 그녀의 태도 때문에 나는 더 심술이 나 있는지 모른다. 차라리 그래요, 라며 조금은 솔직하게 자신의 궁금증이 풀린 뒤의 통쾌한 표정을 보였으면 나는 아무렇지 않게 지나쳤을지도 모른다. 어쩌면 그것조차도 가식이겠지만. 그 여자의 눈빛이나 내뱉는 말 속에 들어있는 미묘한 뉘앙스에서 이미 나는 그 여자가 궁금해하는 게 무엇인지 알았기 때문이다.

　그 때만 해도 나는 그녀로 인하여 내가 갈등을 가질 그 무엇이 없다고 판단했다. 세상을 산 경험만으로도 그 여자는 내 상대가 되지 못한다고 생각했다. 그러나 내 대답에 만족한 그 여자가 표정을 드러내지 않으며, 짐짓 자신은 그런 것에는 관심이 없다는 식의 다른 말로 화제를 돌렸을 때 나는 참담함을 느껴야 했다. 내 집을 드나드는 손님들이 그랬고, 남편도 그랬다. 그 여자 또한 나를 자신의 궁금증을 풀어내는 도구 정도로만 생각하고 있는 건 아닌지 모르겠다.

　그때 나도 그랬을까. 결혼하기 전, 이십대가 갖는 나름의 자신감과 톡톡 튀는 재기발랄함으로 타인의 가슴에 얼마나 많은 못질을 했을까. 막임관한 소위의 치기, 그것만큼이나 나는 삶에 대한 자신감을 가지고 있었다. 그래서 나도 어느 땐가는 힘없는 퇴역 군인이 된다는 사실 따위는 염두에도 없었다. 내가 장애아이를 데리고 산장을 운영하며 살 줄 어떻게 알았겠는가. 자신의 운명을 미리 예측할 수 있다면 인간은 좀더 겸손해지거나 무모한 생을 살지 않을 것이다. 간담회 취재를 하든, 누군가를 인터뷰 할 때든 나는 거침없이 마이크를 들이밀고 그들의 가슴을 난도질했다. '부인에게 약점을 잡혔나요?' '위자료는 얼마나 주기로 했습니까?' '자식에게 거부당한 심정이 어떻습니까?' 그렇게 해서 나는 상사들로부터 직업의식이 철저하다는 소리를 들으며 흡족해 했다.

그들은, 이미 인생의 오욕칠정을 터득한 그들은 아무것도 두려울 게 없던 내 미숙의 소치를 놀놀하게 바라보며 입으로만 그렇게 말했을 것이다. 그때만 해도 나는 상처라든가, 산다는 것이 어떤 것인지 알지 못했다. 그건 내가 아직 소중한 무엇을, 그 누구를 잃어버려 본 경험이 없다는 뜻이 될 수도 있었다. 내가 임신을 하고 잡지사를 그만 둘 때까지 얼마나 많은 이들을 괴롭혔을지를 떠올리자 가슴을 쥐어뜯기는 쓸쓸한 속죄감이 몰려든다.

아들 방의 벨이 울리고 있다. 한약을 달여 먹였다는 생각에 이르자 재빨리 일어섰다. 습관이란 그렇게 무서웠다. 같은 방을 쓰다가 아들이 중학생이 되자 따로 방을 옮겨 주었다. 그때 아들 방에 벨을 달아주었는데 녀석은 엄마를 부를 때 벨을 사용한다는 것이 내키지 않는다고 했다. 그리고는 한동안 징그럽고도 탁한 변성기의 목소리로 엄마를 부르더니, 차츰 벨을 누르는 횟수가 늘고 그러다가 이제는 아예 아름답지 못한 그 목소리조차 들을 수가 없다. 그럴 수밖에 없을 거라는 추측을 하지만 왠지 쓸쓸해지는 느낌이다.

왜 아니 그럴까. 수염이 제법 곰실곰실하게 나 있는 녀석이 아무리 어머라고는 하지만 소변본다고, 옷 갈아 입혀달라고 엄마를 부르려면 좀 멋쩍기도 할 것이다. 방안의 가구나 공부하는 책들을 최대한 낮게 배치해 놓았는데도 내 손이 필요할 때가 있다. 앉아서 할 수 있는 일 이외에는 내가 다 도와야 한다. 얼마 전에는 점심 도시락을 들고 학교에 조금 늦게 도착했더니 녀석이 화를 냈다. 소변을 참느라 인상이 온통 찌그러져 있었다. 그 날은 집으로 돌아오면서 입술을 얼마나 물어뜯었는지 피멍이 들어 있었다. 그뿐 아니라 뜨거운 것이 울컥울컥 올라올 때마다 주먹으로 가슴을 두드려 팼다. 그래도 시원치 않아 호숫가에 차를 세우고 내려가 돌팔매질을 했다. 그리고 목청이 찢기는 아픔을 느낄 때까지 대상 없는 욕을 실컷 해댔다. 그러지 않으면 가슴속에서 증오만 키울 것 같았다. 그러면 나는 결국 완벽한 파멸에 이를 것이다.

지금도 나는 충분히 침잠돼 있지만 더 이상은 안 된다. 내가 가라앉으면 또 한 생명이 어떻게 살아야 할지 뻔히 보이기 때문이다. 그래서 나는 미치지 않기 위해서 가끔 미친 나를 상상하곤 한다. 정신분열증 증세를 보인다는 건 무엇인가가 준 아픈 상처를 치료하는 몸부림의 일종이지 않을까. 그건 이미 자기 발견을 위한 항로에 들어섰다는 증거일 수도 있다. 세상엔 위장된 정상이 하도 많으니까 정신병은 어느 면에서는 위선적인 정상성보다 더 바람직할지도 모른다. 아무리 그렇게 생각을 해도 나는 내 자신이 온전한지에 대해서 확신할 수가 없다.

아들이 있는 방문을 열자 책꽂이의 가장 위쪽에 꽂아둔 책을 꺼내 달라고 한다. 말로 하지 않고 손가락으로 가리키는 것으로 보아 또 『베로

니카, 죽기로 결심하다』인가 보다. 작년 겨울 방학 때 읽다가 화장대 위에 두었는데, 아들이 가져다 읽고는 제법 어른스럽게 소감을 이야기했다. 그렇지만 나는 그 책을 녀석의 손이 닿지 않는 높은 곳에 꽂아 버렸다. 죽음을 시도해본 사람은 생을 더 가열차게 산다는 걸 얘기하고 있지만, 치열해질 삶에 대한 열망을 위해 죽음을 선택한다는 것은, 결과론적으로 보면 건강한 현상은 아니다. 너는 여느 사람들과 똑같다고, 그들보다 더 강하게 살지 않으면 안 된다는 것을 말해도 제 성품 누구 못 주고 여리고 착한 것은 변함이 없다. 이제는 사내답게 키우려는 노력도 하지 않는다. 사내답다는 것이 무엇인가. 하긴 기골이 장대한 지 애비는 남아도는 정력 때문에 발정 난 수캐처럼 늘 헉헉대지 않았던가. 결국은 애비노릇까지도 포기한 인간이지 않던가. 책을 건네주며 산책을 하자고 말했더니 아들은 좀 귀찮은 표정이지만 거부하지는 않았다.

밖으로 나와 보니 산벚꽃으로 채색된 산들이 영락없는 수채화다. 아지랑이 때문인가, 현기증 일게 하는 저 신기루의 현상은. 저 아름다움도 잠시일 거라는 생각에 이르자 허탈감에 빠져든다. 나는 왜 눈앞의 현실 자체에 머무르지 못하고 그 이상의 것을 앞지르려 하는지 모르겠다. 멀리 호수의 끝자락에 구릉이 보인다. 그 곳을 향해 10분 정도만 걸어가면 낮은 산등성이에 여섯 가구가 사는 마을이 나온다. '등촌'이다. 등성이에 있는 마을이라는 뜻일 것이다. 도시 사람들처럼 윤기있는 생활을 하는 건 아니지만 산나물을 채취하고, 비탈진 산허리에 더러 농작물을 가꾸며 평온하게 산다. 그렇지만 그들은 한결같이 맑다. 나는 그들을 보며 밝은 게 아니고 맑다고 생각했다.

저녁이 되고 홀로 남게 되었을 때, 그들의 집에서 새어나오는 여섯 개의 불빛을 보면서 내 두려움을 물리치곤 한다. 이렇게 세상과 격리되어 살면서도 나는 여전히 사람이 두렵고 산천이 두렵고 세상이 두렵다. 날아다니는 하루살이까지도 다 볼 수 있는 대낮에는 그나마 위안이 되지만 한 치 앞에 있는 사람조차도 알아볼 수 없는 밤이 되면 나는 내 육신과 영혼이 작아지는 것을 느낀다. 웅크리고 웅크려서 더 이상 표면적을 줄일 수 없게 될 때까지 웅크린다. 그렇게 해도, 그 작은 나를 지킬 용기가 생기지 않는다. 역시 어둠은 빛을 이기지 못하는 것일까.

그들은 나를 음식점의 주인이라 하지 않고 그냥 아줌마라고 부른다. 나도 그들을 부를 때, 호칭에 아첨을 더하지 않고 다만 소박하게 아주머니나 아저씨로 부른다. 제법 성인 티가 나는 그들의 아이들은 그냥 이름만 불러도 개의치 않을 뿐더러, 가까운 사이처럼 나를 잘 따른다. 그 한 가지만으로도 나와 그들 사이는 참 편안해진다. 그들은 그냥 내 이웃일 뿐이다. 그들의 한 아이가 다리를 다쳤을 때, 차가 있는 내게 달려와 도움을 요청함으로 해서 우리는 친구가 되었다.

내가 그들을 좋아하는 가장 큰 이유는 내 아들을 불구자로 보지 않고 친구로 대한다는 것이다. 이곳 아이들은 주말이면 이 산장에 몰려와서 아들과 함께 부메랑 던지기를 하며 놀다 간다. 그들의 놀이를 지켜보며, 나는 슬프게 웃는다. 슬프되, 가식은 섞여있지 않다. 최소한 슬픔 속에는 그런 불순물들이 끼어들지 않아 순수하다고 나는 믿고 있다. 그네들은 휠체어에 앉은 내 아들을 동정하지도 않으며 그렇다고 스스로들 뻐기지도 않는다. 부메랑 던지기를 하면서도 규칙을 어기면, 누구나 마찬가지로 아들의 머리에도 금세 군밤이 날아온다. 그런 아이들이 아들을 동정해서 그들의 행위에 허위나 과장이 섞여들었다면 나는 오히려 분노할지도 모른다. 그래서 나는 이런저런 복잡한 생각 없이 아들이 유쾌하게 노는 이 시간을 참 소중하게 생각한다.

벌써 부메랑을 삼십 개쯤 샀는데도 다 잃어버렸다. 그중 대부분은 숲 속으로 사라졌겠고 또 몇 개는 아이들이 돌아가다 주워 갔을지도 모를 일이다. 언젠가는 잃어버린 부메랑을 찾아 나서려고 생각하고 있다. 왠지 사라진 부메랑에는, 그것을 던진 아이들의 순수와 희망과 절망과 슬픔 따위의 온갖 것들이 모두 실려 있을 것 같다. 날아간 희망을, 슬픔을 복원시켜주는 일은, 아름다운 인간으로 다시 돌아오게 해주는 원천이 되지 않을까 싶다.

문득 주방에 신경을 쓰지 않았다는 생각이 미치자 아들을 방에 데려다 주고 홀 안으로 들어섰다. 아줌마는 벌써 한바탕 설거지를 끝내고 커피를 마시고 있는 중이었다.

"거시기, 2층 맨 끝 방에 있는 손님이 사모님을 좀 보자고 두 번이나 말합디다. 지 혼자 온 것도 아니고 여자랑 같이 왔음서 뭐할라고 그렇게 치근덕거리는지 원."

"아줌마, 말조심 하라고 했잖아요. 여기 오신 손님들은 다 우릴 보고 오는 게 아니겠어요? 그러니 신경 쓰이지 않게 잘 해야지요. 말 한 마디라도 신중히 하세요."

"오메, 사모님은 뭔 말을 그렇게 하요? 지들이 재미 볼라고 오지 우리 볼라고 온다요? 혹 사모님 보러 온다고 말하면 그건 맞는 얘기요만은.

저 남자 말이요, 뻔뻔하기도 하요. 우리가 알고 있는 여자만도 세 번째 아니요. 염치도 좋소."

"또 쓸데없는 말씀하신다. 우리는 그런 것까지 신경 안 써도 돼요. 손님이 오면 편하게 모시기만 하면 되지. 저 사람들도 우리가 편하니까 오는 거잖아요. 어쨌든 아저씨가 그렇게 미우세요? 그래도 이번 달에 월급 받으면 한약방에 가신다고 했잖아요."

"그건 또 어찌 알았수? 우리 사모님은 속일래야 속일 수가 없다니께. 내가 그놈의 인간 좋아서 약 해주는 줄 아슈? 부실하기가 짝이 없어서 벌써부터 빌빌거리요안. 그 인간 아프면 수발 하는 내가 힘든께 그러제."

"그것이 남편을 사랑한다는 징조 아니예요?"

"오메, 내가 사모님 앞에서 쓸데없는 소릴 했소."

어제 전화로 아줌마가 누군가와 수다를 떨며 하는 소리를 듣고 한 말이지만 그녀는 곧 나를 의식하며 자신의 가슴을 쿵쿵 두드린다. 부지런하고 음식 솜씨가 좋아 이곳에서 삼 년째 일하고 있지만 아무렇게나 내뱉는 그녀의 말투 때문에 나는 신경을 써야 했다. 남편이 다방 아가씨와 살림을 차린 곳에 가서 머리채를 잡고 싸운 경험이 있는 그녀는 남녀의 이야기만 나오면 흥분을 참지 못한다. 그래서 손님들이 와도 괜스레 눈을 불켜뜨거나 시큰둥하게 대할 때가 많다. 어쩌면 그게 아줌마의 사랑 방식인지도 모른다. 그래서 남편이 자신만의 남자이길 바라고 자신만의 사랑이길 바랬으니 그 기대가 배반당했을 때 분노나 절망은 하늘 끝이 높은 줄 몰랐을 것이다.

나는 남편을 그렇게 사랑해 본 적이 있던가. 동물적 사랑이야 그가 원할 때마다 이루어졌지만 진심으로 그를 향해 마음을 연 기억이 없다. 때때로 그가 나를 불쌍히 여기듯 나 또한 그가 사는 방식을 보며 연민스러워 했다. 그래서 우리는 서로를 불쌍히 여겼지만 결코 동질의 것은 아니었다. 그의 삶은 먹고 마시고 사랑을 사냥하고 배설하는 게 대부분이었다. 정말 그는 누가 뭐래도 어머니의 자식이었다. 그때 나는 단세포적 삶을 사는 남편이 끔찍하리만치 싫었다. 마치 인간 이전의 호랑이와 곰의 동굴에 잡혀와 사는 착각이 들었다. 존재성이 없는 동물. 아, 그때의 그들은 인간이 되기 위해 자신을 가학적일만치 가다듬었지 않은가.

나는 용케도 5년을 그 소굴에서 버텼고 그 동안에 내게 남은 건 퀭해진 눈과 쇠약해진 신경뿐이었다. 내게 사랑 따윈 한 움큼도 남지 않았다. 사랑이 없었으므로 내겐 미움도 남지 않았다. 누군가에 대한 미움조차 없는 가슴은 건조한 사막처럼 모래 바람만 흩날렸다. 지금도 나는 그렇게 황량한가 자문해 볼 때가 있다. 아주머니를 보며 나도 그녀처럼 따뜻한 가슴으로 푸진 사랑을 하고 싶다는 생각을 한다. 내가 만일, 우리 아줌마처럼 그런 방식으로 남편을 사랑하고 시어머니를 공경했더라면 이렇게 앙상한 모습으로 살지 않아도 되었을 것이다.

문 앞에 서서 노크를 하고 마음속으로 숫자를 센다. 다섯까지 센 후에야 대답이 들리고 나는 잠시 틈을 두었다가 문을 열었다. 마주 앉은 두 남녀는 채 숨기지 못한 행복을 어쩔 수 없다는 듯 내보인다. 이럴 때 그들은 아무렇지 않은데 내가 왜 계면쩍어 하는지 알 수가 없다. 나는 스스로의 어색함을 잘 단속해야 함으로 조금 긴장한다. 그들에게 내가 어색하게 대하면 그들은 이곳을 다시 찾아오지 않는다.

"부족한 것은 없으세요? "

차마, 나를 부르셨나요 하는 말은 못하지만 목소리는 최대한 밝은 톤으로 올린다. 사십 후반쯤의 남자. 룸서비스를 꼭 내게 시키는 남자. 1년에 한두 번은 여자를 바꾸면서도 마치 지겨운 제 집 찾아드는 남편들처럼 아무런 내색 없이 이 집을 찾는 남자. 어쨌든 나를 대하는 남자의 표정엔 항상 호감이 들어 있다. 그러나 처음 본 여자는 결코 그렇지 않다. 내게서 무언가를 찾아내겠다는 시선으로 내 전신을 주욱 훑어본다. '이런 일을 하는 여자들의 팔자란 다 그런 거지, 하물며 남편도 없이 사는 여자인데 더 말해 뭐하나' 하는 경멸의 눈빛이 느껴진다.

이제 나는 그런 일들에 자신을 소모하지 않는다. 그들은 내 손님일 뿐이니까. 처음엔 모욕감으로 맨몸에 얼음을 뒤집어쓴 것처럼 차가운 전율이 스치기도 했지만 이제는 노련한 주인 행세를 곧잘 한다. 어느 때든 그들에게 여유로운 미소를 보낸다. 그 남자는 내 집 단골이다. 처음엔 주인여자를 한 번 희롱해보고자 하는 행동을 넌지시 보이기도 했지만 한결같은 내 태도에 마음을 바꾸었는지 친구 대하듯 한다. 남자는 지금도 용건이 있어서가 아니라 자신이 온 것을 내게 신고하기 위해 나를 부른 것 같다. 나는 필요한 게 있으면 언제든 불러달라고 말하며 그 자리를 뜬다.

오늘 낮에 왔던 그 여자가 내게 말했다.
"선생님은 이런 생활과는 전혀 어울리지 않아요."
그 여자는 내게 꼭 선생님이라고 했다. 그것은 자신의 품위를 손상시키지 않겠다는 의도인지도 모른다. 내게 예우를 해줌으로써 제 위상까지 높이겠다는 심사인지도. 일상사에서 필요한 건 다 가진 여자가, 기껏해야 식당에서 음식과 웃음과 심지어는 없는 마음까지 지어내어 팔아야하는 여자에게 굳이 선생님이라고 부르는 이유는 무얼까. 그리고 그런 나를 찾아다니는 까닭은 무엇일까. 있는 거라고는 제 스스로는 움직이지 못하는 불구의 아들과 산장이라고 불리우는 이 음식점 말고는 아무것도 없는 여자를 한 달 사이에 세 번이나 찾아왔다. 하긴 그 여자보다는 내가 먼저 세상을 살기 시작했으니까 선생이라는 호칭에 대한 과민 반응을 보이지 않아도 될지 모른다.

"그럼 내게 어울리는 생활은 어떤 거라고 생각해요?"

"음, 잡지사 기자나 아님 뭐 방송국의 프리랜서라든가 그런 건 잘 어울릴 것 같아요."

"아, 생활이 아니라 직업을 얘기하는군요. 혹시 투시력을 갖고 있는 거 아녜요? 내가 예전에 잡지사 기자였다는 걸 알고 하는 말 같아서요. 정 선생이 인생이라는 걸 조금 더 살아보면 뜻대로 되지 않는 일이 많다는 걸 깨닫게 될까요? 그걸 깨닫지 못하고 죽을 수 있을 만큼 정 선생의 생활에 굴곡이 없다면 더욱 좋겠지만."

그건 악담일 수도 있다. 너는 늘 그렇게 미숙한 생을 살다가 인생을 마감해라 하는 그런 유의 악담. 어쨌든 그 여자는 오늘로 세 번째 나를 찾아와서 혼자 사는 여자의 성생활은 어떤가를 알아내는 것이 목적인 듯 제 딴에는 조심스럽지만 집요하게 그 문제를 물고 늘어졌다. 내가 아무렇지 않게, 금욕적인 생활을 하다 보니 내 여성성은 퇴화해 버렸다고

말하자 그 여자는

"선생님 같은 분이 어떻게 이런 장사를 하는지 모르겠어요. 그런데도 선생님은 내색 없이 참 잘 꾸려나가시더군요."

칭찬인지 비아냥인지 모를 말로 시치미를 떼며 일어섰다.

나는 그녀를 배웅하며 제발 그만 좀 왔으면 좋겠다는 말을 하려다가 참는다. 차라리 여러 사람이 와서 음식을 먹고 그들 나름대로 떠들다 돌아가는 편이 좋겠다. 그녀는 늘 혼자 와서 나를 만나고 싶어 한다. 단순히 혼자 사는 여자에 대한 호기심만은 아닌 것 같다. 전화를 해서 그 상냥한 목소리로 바쁘신데 죄송합니다 라며 만날 시간을 약속하고 오는데 거절하기도 어렵다. 한 달 전에 그녀는 친구와 함께 이 산자락을 지나다가 시장해서 들렀다며 점심을 먹고 갔었는데 그녀가 내 집에 자꾸 오는 것은 무슨 목적이 있지 싶었지만 도무지 짐작 가는 것은 없다.

처음, 이곳으로 이사를 왔을 때는 정말이지 막막했다. 기암절벽 위에 혼자 섰을 때 이런 기분이었을까 싶었다. 이혼을 하기 위해 가정법원을 들락거리면서 그런 생각을 하였다. 어디 가서 어떻게 살아도 이런 굴욕감에서는 벗어날 수 있을 거라는. 남편은 그래도 제 핏줄이라 위선을 가장하고서라도 윤진이는 내가 키울까 하고 물었다. 나는 그의 말을 마음이 없는 책임과 의무는 소용없다고 차갑게 받았다. 때로는 그런 것들이 사람 사이의 관계를 지탱해 주는 가장 좋은 비결이라는 생각을 그때는 할 수 없었다. 하긴 그런 여유가 있었다 해도 그때 아이는 나 아니면 누구도 키울 수 없는 상태였다.

결국 시댁에서 나오는 날 나는 누구의 도움도 받지 않고 이 산장으로 짐을 옮겼다. 처음엔 산장을 받지 않겠다고 했다가 나는 아이를 위해 내 자존심을 포기했다. 그런 아이를 데리고 남의 셋방살이를 하는 것도 무리일 것 같아서였다. 5년 동안이나 나를 보아온 시어머니의 기사는 꼭 두 번 나를 태워다 주겠다고 말하고는 정원 한 켠에 서서 자꾸 안경을 닦아댔다. 시어머니는 미장원에 간다고 집을 비웠고 남편은 동이 틀 무렵까지 양주를 마셔대더니 세상 모르고 잠들어 있었다. 그 모든 것들이 나를 구차하게 하지 않아 나는 눈물을 보이지 않고 씩씩하게 그 집을 나설 수 있었다. 그런데 벌써 십 년이 훌쩍 지나가 버렸다. 지금 내게 남은 건 무엇인가.

습진이 생겨 군데군데 갈라진 손을 내려다보고 있다. 결혼하기 전에는 밥 한 번 지어보지 않았던 손이다. 대학을 졸업하고 잡지사에 다니면서 나는 행복했다. 내가 만난 사람들의 이야기가, 내가 편집한 글이 활자화되어 나온 날은 가족들이 파티를 해주었다. 어머니와 아버지는 언제나 화평했고 오빠나 언니는 막내인 내 말이라면 기꺼이 다 받아 주었다. 나는 문제가 없었고 그렇게 3년이 지났다.

어머니나 언니의 강요에 마지못해 몇 번인가 선을 보았고 결혼할 의사가 없었던 나는 매번 떼를 쓰다시피 자리를 옮겨 짜장면을 먹었다. 그러다 그를 만났다. 그는 내게 무좀처럼 고약하게 접근하여 소중한 것들을 망가뜨리고 결혼하지 않으면 안 될 상황으로 몰고 갔다. 누군가의 소개로 선을 본 다음날부터 집요하게 전화를 걸어와 귀찮아서 약속을 했다. 만나면 따귀를 한대 쳐줄 생각으로.

그러나 그를 만나 차를 마시고 따귀를 때릴 여유도 없이 술집으로 붙들려가서 만취한 채 나는 그의 정액을 받아 그의 아이를 갖게 되었다. 걸리적거려서 줄기를 끊어 버리려고 잡았던 억새풀에 손을 베이고 색깔도 없는 그 독은 내 전신에 퍼져 영혼까지 망치게 했다. 운명이었는지 입덧도 없이 두 달이 지나 병원에 가보았더니 내 자궁에 생명이 자라고 있었다. 결국 임신 4개월째에 나는 가족들에게 강간당한 여자이고 싶지 않아 그를 사랑한다고 말했다. 신성성을 잃어버린 내 결혼은 이미 그 때부터 불행의 전조를 담고 있었다. 남들 다 해서 사는 결혼인데 나라고 견디지 못하랴 싶었다. 애초부터 기대하는 게 없기 때문에 억지로 꿰맞춰 살면 살아지려니 했다.

그건 나 자신을 생각해 보지 않은 결과의 소치였다. 나는 결코 살아지려니 식의 그런 생활을 할 수 없는 여자였으니 말이다. 결국 나는 내면이 거세된 상태에서 동전 한 닢보다도 가치 없는 결혼 서약을 하고 만 셈이었다. 그는 결국 멀쩡한 나를 데려다 사계절 내내 균을 죽이는 약을 발라야 하는 여자로 만들었다. 그들은 무좀균처럼 형태도 없이 내게 스며들어 서서히 나를 파멸시켜 갔다.

이제는 겨울이면 동상까지 겹쳐 밤잠을 설칠 때가 있다. 발갛게 부어오른 손가락 사이를 긁어대며 시원한 쾌감을 느꼈다. 그러면서 나도 모르게 열꽃처럼 피어나는 열망에 전율할 때가 있다. 하체가 젖어드는 걸 느끼며 나는 쓸쓸하기가 짝이 없는 웃음을 웃었다. 나는 아직 살아있는 걸까. 내 안의 여자는 그 오랜 시간 동안 치욕으로 몸서리를 쳤으면서도 죽지 않고 살아 있었던 것일까. 욕정을 채운 남편의 등을 보며 나는 끓임없이 수치스러워 해야 했다. 과연 내 욕망은 없었는지, 있었다면 나의 그것과 그의 그것은 다르지 않다는 것으로 자신을 괴롭혔다.

오늘 낮에 그 여자는 내 손을 측은하다는 듯이 바라보았다. 나도 모르게 습진이 생겨서요 해놓고는 변명한 자신이 또 구차해 보였다. 그런 것들이 싫어 나는 친정하고도 연락을 안 하고 지낸다. 네가 왜 그렇게 살아야 하니? 이미 나는 어머니가 알고 있는 것보다 훨씬 더 그렇게 살고 있는데 친정 엄마는 조금 알고 있으면서도 금방이라도 울 것 같은 표정을 하시기 때문이다. 나는 사랑한 사람과 결혼했기 때문에 어머니 앞에서 불행해서는 안 되었다.

시어머니는 그런 나를 무척이나 싫어했다. 언제나 낡아서 쓰러질 것 같은 울타리를 두른 그녀는 냄새를 풍기며 쥐나 고양이 어떤 짐승도 잘 넘나들도록 헐겁게 열어두었다. 열일곱에 발 디딘 요정에서 습관처럼 굳어진 성은 그녀의 생 전체를 지배했다. 고관대작이었던 남편의 아버지를 만나 결국 횡재를 한 셈이었고 그런 경력으로 얻은 돈으로 게임을 하듯 인생을 즐기며 살았다. 하긴 아들 하나를 두었지만 평생 미혼이었던 그녀에게 거리낄 게 없었으니 늘 당당했다.

언제였던가. 한복을 차려 입어야 하는 새댁 시절이었을 것이다. 입덧이 끝나고 결혼식을 올린 나는 부러 한복을 더 입어야 하는 처지였다. 2층에서 내려오다 시어머니 방에서 나는 감창(感愴) 소리를 들었다. 현관에는 그녀가 수족처럼 부리는 이씨의 신발이 있고 파출부 아줌마가 시장에 갔음을 상기했다. 나는 어머니를 위해서가 아니라 아이와 나를 위해서 소리 죽여 2층으로 올라왔다. 유리창을 열고 뜨락을 내다보니 자목련이 어지럽게 흩날리고 있었다. 대문은 열려 있었다.

눈으로 보지 않았어도 느낌이라는 게 있는 건지 그 후 어머니와 나 사이에 감도는 깔깔한 공기의 버성김은 걷히지 않았다. 그 때부터 나는 어머니의 그런 삶은 운명에 의해서가 아니라 어머니 스스로 원한 길이었다고 단정했다. 나는 시어머니를 노류장화로밖에 보지 않았고 어머니는 나에게 가정부 이상의 대접은 하지 않았다. 그렇지 않았으면, 내가 그녀를 사람으로 보았으면 더 못 견뎌했을 것이고 나는 훨씬 더 빨리 그들로부터 자유로울 수 있었을 것이다.

학교에 가서 아들에게 점심을 먹이고 돌아오는 길이었다. 산모퉁이를 도는 순간 햇살이 눈을 찔러 급정거를 하고 말았다. 아들을 등하교시키기 위해 중고 시장에서 구입한 낡은 차는 타이어 자국을 길게 끌고 반대편 차선을 넘어 멈춰섰다. 한적한 길이라서 사고는 생기지 않았지만 왠지 쓸쓸함이 몰려들었다. 가슴속에서 무언가가 쏟아져 나와 불꽃놀이를 하듯 확 피어오르는 느낌이 들었다.

그것은 예기치 못한 사건이었다. 내가 이곳에서 무슨 일을 당했다 해도 달려와 줄 사람이 몇이나 될까. 기껏해야 친정붙이 정도이겠고 내가 없으면 세상을 제대로 살아낼 것 같지 않는 아들뿐이라는 생각에 가슴이 저며들었다. 여태껏 살아온 날들이 무엇이었나 싶었다. 내 삶이 하향 조정된 것에 대한 분노로 나는 보이지 않는 무엇인가와 싸우고 있었다. 자신을 학대하는 것으로 망가진 자존심을 인정하지 않으려 몸부림 쳤다. 기껏해야 내 자존심 축내지 않기 위해서 아들과 아비를 떼어놓으려

필사적 노력을 했었다. 아들을 위해서, 라는 명분으로 내가 담을 쌓고
차단한 길이 어디 한 두개였던가. 어쩜 나는 이 아이가 없었다면 그렇게
독하게 살 수 없었을 것이다. 어느 길쯤에서 스스로를 내려놓고 많은 것
들을 합리화시키며 편안하게 쉬었을지도 모른다. 길을 사선으로 가로질
러 생긴 시커먼 바퀴 자국을 보자 섬뜩해졌다. 섬광처럼 지나가는 생각,
어쩜 내 삶도 저런 거였지 싶어서였다. 스스로 택한 삶의 무게에 짓눌려
더 큰 업을 지어가다가 결국은 그 업력에 끌려 다닐 수밖에 없는 생.

　시동을 걸고 심호흡을 하고 나자 다시 눈이 부셨다. 좀 전의 경험으로
하여 두려움을 느낀 나는 차안의 이곳저곳을 뒤져 선글라스를 찾아냈
다. 어떤 감각이든 둔해지는 게 있으면 예민해지는 게 있는 모양이다.
한낮에는 눈이 부셔 선글라스를 끼지 않으면 눈을 뜰 수가 없다. 안과의
젊은 의사는 의아스럽다는 표정으로 시력이 너무 좋아 그렇다고 했다.
나는 의사에게 항의하듯 물었다. 좋은 게 뭐가 문제죠? 좋은 게 꼭 좋은
것만은 아니랍니다. 세상엔 너무 좋아 부작용을 일으키는 것들도 있죠.
좋은 것이 때로는 독이 되기도 한다는 의미입니다.

　나는 그 말을 곱씹으며 망연히 서 있었다. 눈을 감고 싶은 내부에서의
욕구와 눈을 뜨고 바라보는 세상과의 지나친 괴리가 빚어낸 현상일까.
선글라스를 끼지 않으면 아름다운 산천초목도 바라 볼 수 없는 눈을 가
진 자의 번거로움은 차라리 서글픔에 가깝다. 그래서 나는 늘 산그늘 진
계곡을 즐겨 바라보았던가. 그 서글픔을 극복하는 길은, 햇빛 반짝이는
세상을 찡그리지 않고 바라보려면 나는 어떻게 해야 하는 걸까. 나와 세
상과의 괴리를 어떻게 극복해야 할까. 닫아버린 내 마음의 빗장은 내가

열 수밖에 없다는 생각을 하며 변속 기어를 작동했다.

헉헉거리는 차를 끌고 간신히 경사진 언덕을 올라왔다. 주차장에는 낯설지 않은 차가 한 대 서 있었다. 주방으로 들어서니 아주머니가 그릇들을 소리나게 정돈하며 손짓을 한다. 방안에 남자 혼자서 식사를 하고 있다.

"이 방은 아직 추울텐데 2층으로 모시지 그랬어요?"

"2층이 따뜻헝게 글로 가라해도 듣지를 않는구만요. 그 뿐만 아니라 오늘은 사모님에 대해 꼬치꼬치 캐묻소안. 늘 사모님만 불러쌌는 것이 좀 수상하드만."

나는 쉿 하는 동작을 보이며 커피 잔을 쟁반에 받쳐 들고 손님에게로 갔다.

"오늘은 혼자 오셨네요?"

늦은 점심을 먹던 남자가 눈빛으로 말을 받는다. 표정이 순진한 아이 같기도 하고 좀 느물거린다는 생각이 들기도 한다. 나는 그의 맞은편에 앉으며 산장으로 혼자 점심을 먹으러 온 사내의 심리를 유추해 본다. 바람을 맞았는지, 상대와 헤어져 또 다른 상대를 구하러 왔는지 알 수 없지만 까닭을 밝히지 않는 한 내가 굳이 긁어 부스럼을 낼 필요는 없다. 누구든 숨겨둔 발톱은 있기 마련이고 나는 다만 그걸 건드리지 않으면 되는 것이다. 그런 나를 몇 번 흘끔거리더니 주방 아주머니는 헛기침을 하며 개밥그릇을 들고 밖으로 나갔다.

"혼자 살기 무섭지 않아요?"

아주머니가 나가자 남자는 아주 친숙한 사람에게 말하듯 묻는다. 그 목소리가 너무 다정해서 꼭 오라비 같다는 생각이 들었다. 따뜻한 것 중에서도 가장 느낌이 좋은 건 역시 사람의 정일 것이다. 하긴 식당 주인에게 그 정도의 질문이야 얼마든지 할 수 있는 거 아닌가. 역시 내가 짐작한 대로 그는 가을 하늘같이 맑고 투명한 남자는 아닌 모양이다. 가을 하늘 같이 투명한 남자, 한때는 그런 남자와 같이 사는 소박한 꿈을 꾸었다. 열심히 일하고 들어오는 남편을 위해 요리책을 들여다보며 서툰 요리를 만들고 잠에서 깨어난 아이의 건강한 울음소리를 들으며, 더도 덜도 말고 남들이 갖는 만큼의 행복을 누리고 싶었다. 허나 그것은 내게 그저 꿈이었을 따름이다. 나는 그의 질문에 대답을 할 것인지 잠시 망설인다. 그 대답을 하고 나면 내 생활을 끄집어 내놓아야 대답할 수 있는 남자의 질문은 계속 될 것이다.

"처음엔 무서웠지만 지금은 괜찮아요. 그때는 아들도 어렸고 해서 관리인을 두었거든요."

"왜 헤어졌는지 말해줄 수 있소?"

세상을 향해 조금씩 나를 드러내는 일을 시도하면 사람들은 이렇게 기다려 주지 않는다. 두꺼운 껍질을 열고 속살을 조금씩 내보이다가 화들짝 놀라 숨어드는 조갯살처럼 나는 다시 문을 닫고 싶어진다. 그렇지만 나는 의식적으로 마음 한 구석에 숨 쉴 수 있는 공간을 만들어야 한다는 것에 의식을 집중한다.

"가끔씩 저를 찾아오는 여자 손님이 있어요. 서른 후반이라고 자신이 말했는데 실제의 그녀는 훨씬 젊어 보이죠. 투명하게 잘 가꾼 그녀의 피부를 보고 있으면 한 번 어루만져 주고 싶은 충동이 일 만큼 아직 풋풋

함이 느껴지는 여자예요. 어쨌든 그녀의 외양을 보면 생활이 안정적일 거라는 생각이 들고 성격도 밝은 사람이지요. 아무것도 모자람이 없을 것 같은 그녀가 왜 하필 저를 찾아오는지는 모르지만 저를 통해 뭔가를 확인하고 싶어해요. 손님도 이 여자처럼 뭔가 알아야 할 것이 있는 거에요, 아님 단순한 호기심인가요?"

"아니, 아니, 나는 그럴 의도는 아니요. 단지 부인이 지나치리만치 자신을 절제하고 있는 것 같아서 물어본 것뿐이요."

"그럴지도 모르지요. 손님께서 느끼시는 그런 것들 때문에 저는 더 힘들게 살았을 거에요. 한 귀퉁이쯤 비워두고 살았다면 생이 바뀌었을지도 모르죠."

"뭘 그리 어렵게 살았소? 삶이 모두 같은 것 같지만 자세히 들여다보면 모두 다른 모습이라는 건 나도 알아요. 더 중요한 건, 삶은 긴 것 같으나 찰나라는 데 있지요. 그럼에도 굳이 주체하기 어렵게 살 건 뭐 있소? 부인을 보면 녹이 쇠에서 나서 다시 그 쇠를 녹슬게 하는 것을 보고 있는 기분이오. 지금 우리 앞에 놓여있는 이 시간이 행복하면 됐지 이후의 시간까지 미리 걱정하며 살 건 없잖소?"

"그런가 봐요. 인생이란 의지대로 살아지는 게 아닌데 말예요. 그때는 아무것도 생각할 겨를이 없었어요. 인연을 끊으러 나갔다가 덜미를 잡혔고, 내게 아이가 생겼다는 것을 알았을 때 도덕적 수치감보다는 완벽한 내 삶에 흠집이 생겼다는 것에 자포자기했으니까요."

"너무 자학하지 마시오. 남은 생이 더 소중하니까."

"이제 남편이나 시어머니에게 아무런 감정도 없어요. 체념으로서가 아니라 그들과 나의 삶이 다르다는 것을 인정하는 의미에서 받아들이는 거죠. 그들을 이해하니까 내 삶이 소중해지는 거 있죠. 내년 봄엔 시내로 집을 옮길까 해요. 무엇을 하든 사람들 속에서 당당하게 살아보고 싶어졌어요. 그리고 아들을 위해서 세상을 넓혀줘야겠어요.”

사람의 마음이란 참 묘하다. 너그러울 때에는 이렇듯 들바람 차오르듯 세상을 다 받아들이다가도 한 번 옹졸해지면 바늘 하나 꽂을 자리가 없으니 말이다. 사랑이라는 것만 해도 그렇다. 내가 원하던 사랑은 그렇게 구차스런 것하고는 다르다고, 그래서 다른 그 사랑을 찾기 위해서, 그 사랑을 지키기 위해서 반항의 몸짓을 하러 나갔다가 나는 만신창이가 되어 버렸는데 지금 이 순간에는 사랑도 별거 아니라는, 그저 인생의 한 부분이고 과정일 뿐이라는 생각이 든다.

바깥에 나갔던 아주머니가 들어오며 문을 연 사이 무리하게 밟는 가속기 소리가 들려왔다. 그녀도 뭔가 심상찮은 느낌을 받았는지 다시 문을 열고 빼꼼히 고개를 내민다. 곧 이어 차가 멈추고 문을 닫는 소리가 가슴이 철렁하도록 세차다. 그제서야 나는 방에서 나와 문을 열고 주차장을 내다보았다. 낯익은 차다. 웬 일일까, 연락도 없이. 계단을 올라오는 여자의 하이힐 소리와 함께 여자의 머리가 보이고 반짝이는 목걸이가 보였다. 그러나 오늘 여자는 결코 느긋하지 않다. 내게 질문을 던질 때의, 속이 뒤집힐 것 같은 그 여유로움이 없다. 그녀의 다음 말을 기다리던 나는 늘 참지 못하고 앞지르곤 하지 않았던가.

“무슨, 일이 있어요? 안색이 안 좋아요.”

여자가 내 앞에 멈춰 서서 억지웃음을 답례로 보내고는 그대로 홀 안으로 들어갔다. 어리둥절해진 나는 여유를 부리듯 느릿하게 그 여자의 뒤를 따라갔다.

"선생님, 어디 괜찮은 남자 없을까요? 주변에 그런 남자 있으면 소개해 주세요."

"진짜 무슨 일이 있나봐요?"

"중국으로 출장 간 남편이 출장기간을 1주일 연장했다네요. 한 남자만 바라보고 사는 일이 이토록 숨 막히는지 몰랐어요. 따분한 일상에 숨통이 막혀서 살 수가 없어요. 남자라도 만나야 살 것 같아요."

탁자를 사이에 두고 그녀의 맞은편에 앉으려는 내게 그녀가 하는 말이다. 평소의 그녀의 태도와 너무 달라 어리둥절해진 건 오히려 나였다.

전에 남편이 말했다. 당신은 누구와 결혼했어도 마찬가지였을 거야라고. 그는 내게 삼류 여관을 운영하는 친구에게서 들은 이야기를 하고 있었다. 당신, 여관에 오는 사람들의 이야기를 한 번 들어보지 않을래? 당신은 물론 그들을 벌레 보듯 상상하겠지만 그들에겐 모두 사연이 있어. 그들에게 여관방은 하나의 소우주야. 그때 나는 코웃음을 쳤지 싶다. 그래, 당신은 우습다고 생각하겠지만 그 좁고 지저분한 여관방이 그곳을 찾아오는 사람들에게는 사랑을 나누고 생을 충전하는 아늑한 장소가 된다는 거야. 그때 나는 그랬을 거다. 무슨 씨알도 안 먹힐 소리를 하는 거냐고. 사내들이 자신들의 떳떳치 못한 욕망을 교묘하게 합리화시킨 거라고 말이다. 여관엔 남자만 오는 게 아냐. 남자의 수만큼 여자도 같이 온다는 걸 알아야지. 그런 세상에 살면서 당신 혼자 순결한 척하지

마, 역겨워. 차라리 나같이 드러내놓고 솔직하게 행동하는 게 더 낫지 않아?

그 말을 들은 지 한 달 만에 이혼을 했다. 그들에게 뭔가를 기대하느니 내가 떠나는 게 낫다는 생각을 했다. 지금 음식점에 혼자 와서 점심을 먹고 있는 저 남자와 저 여자는 무엇이 채워지지 않아서 그렇게 방황하고 있을까. 과연 그들에게 완벽한 채움은 가능할 것인가. 인생의 유한성을 체득해버린 사람들의 허무를 무엇으로 채울 수 있을 것인가.

내가 마련해준 자리에서 두어 시간 술을 마신 남자와 여자가 방에서 나온다.

"선생님, 우리 노래방 같이 가요."

웬만큼 취기가 오른 여자가 상기된 표정으로 내게 말한다. 내가 뭐라고 대답할 사이도 없이 아들 방에서 벨이 울린다.

"아들이 나를 찾네요. 두 분 즐거운 시간 보내세요."

그들은 미련 없이 자리를 뜬다. 나란히 나가는 두 사람의 뒷모습이 매우 잘 어울린다는 생각이 든다. 그들이 시야에서 사라지자 갑자기 허기가 밀려든다. 나는 주방으로 내려가 냉장고에 있는 음식들을 모두 꺼내놓고 게걸스럽게 먹어댔다. 공격해 들어오는 용맹한 장수처럼 힘차게 밀려드는 포만감, 이 느낌을 얼마 만에 가져보는가. 나는 허리를 펴서 의자 등받이에 기대며 어둠이 내리기 전에 숲 속 이곳저곳에 버려진 부메랑들을 찾아 나서야겠다는 생각을 했다. 물을 건넜으니 이제 짐을 내려놓는 일만 남은 셈이다.

새들 날아오르다

새들 날아오르다

비에 젖어 추락한 새가 있지 않을까, 조바심이 이는 날이에요. 지분거리는 가을비가 벌써 사흘째거든요. 좀 가슴 아픈 이야기를 해야겠어요. 오늘도 여느 때처럼 잘잤니? 라는 아침 인사를 하려다가 사지를 늘어뜨린 내 친구를 발견하였습니다. 그 옆에서 그의 아내는 안타깝게 맴돌기도 하고 부리로 콕콕 쪼아대기도 하며 허둥대고 있었어요. 아, 그녀의 목소리는 또 얼마나 아픔을 자아내게 하던지. 유일한 내 가족이었던 그가 왜 죽었는지 영문을 몰라 나는 어리둥절했지요.

그가 나처럼 충분하진 못할지라도 크게 부족함은 없으리라 믿고 있었거든요. 그런데 아니었습니다. 그를 묻어주기 위해 주검을 들어올리며 나는 큰 실수를 했다는 걸 깨달았거든요. 그의 영양을 생각해서 푸른 배춧잎을 구하고, 음악을 들을 땐 부러 볼륨을 높였으면서도 겨울이 다 가서는데 둥지를 만들어 주어야겠다는 생각을 미처 하지 못한 것입니다. 또 하나, 먹이통은 늘 들여다보았으면서도 나는 왜 물통이 말라 있다는 것을 알지 못했을까요? 내 친구의 사인(死因)이 수분 부족이었는지 뼛속을 파고드는 시린 늦가을 바람 때문이었는지 모르지만 나는 참 허망했습니다.

어둑해질 무렵에야 퇴근한 나는 화장지에 싼 그를 들고 아파트 담벼락 아래로 갔습니다. 우산 없이, 그리 키가 크지 않은 은행나무 아래에 섰습니다. 아파트 관리인들이 쓸어 모은 은행잎이 제 몸 사를 날을 기다리며 오롯이 모여 있었지요. 그러고 보니 나는 왜 그를 묻어주어야 한다고 생각했는지 모르겠어요. 풀꽃 하나 피워내는 아련한 아픔이 일어서였는지도 모르겠고요. 아님 무릇 생명 있는 것들이 죽었을 땐 땅을 파고 묻어야 한다는 내 의식이 행동으로 자연스럽게 이어졌는지도 모르겠어요.

돌멩이로 야트막한 구덩이를 파고 친구를 묻었지요. 그리고 노란 은행잎을 높다랗게 쌓아 주었습니다. 그러면서도 이 무슨 부질없는 짓인가 하는 생각은 끊임없이 들었습니다. 그렇지만 그도 내 가족이었는걸요. 문득 가족이라는 의미를 잠깐, 아주 잠깐 생각했답니다. 짙어진 어둠이 묘하게도 안정감을 주었습니다. 때문에 느릿한 걸음으로 관리실로 향했습니다.

혼자 남은 금정조를 생각하며 관리실 입구에 들어서다가 5층의 그녀를 만났습니다. 그녀의 헝클어진 머리가 꼭 까치집 같았어요. 내 의식 속에 있는 새의 집은 까치 둥지로 대변할 수 있거든요. 아 참, 까치는 상서로운 새였지요. 결코 그럴 리는 없겠지만 세상 사람 모두가 흉조라 해도 나만은 까치를 길조라 해야 돼요. 까치 울음소리만이 내게 유일한 희망이었던 시절이 있었거든요. 그건 그렇고 노란빛을 내는 뭔가를 가슴에 품은 그녀가 빠르게 내 앞을 지나쳤어요. 얼핏 보았는데도 그녀의 눈빛이 예사롭지 않았어요. 나는 이곳에서 3년을 살았지만 가끔 엘리베이터 안에서 만나는 사람들과 인사를 주고받은 일 이외에는 마음까지 트고 사는 사람이 없답니다. 언젠가 내 칼럼이 J신문의 여성 코너에 실렸는데, 어느 주부가 보았는지 반상회에서 내 이야기가 오고갔던 모양입니다. 그 후론 그들이 조금 적극적인 방법으로 인사를 했지만 그뿐이었지요.

나는 그녀의 흐트러진 모습이며 형형한 눈빛, 그리고 빼앗기지 않으려고 움켜안은 그 노란빛의 무엇에 잠깐 신경이 모아졌지요. 그러나 그건 수없이 일어나는 다른 사건들처럼 일과성 관심이었는지도 모르겠어요. TV를 보면서 청소년 가장인 아이들이 나오면 저 아이를 어떻게든 도와야 할 텐데 잠깐씩 생각하고 그 다음날 잊는달지, 장마철에 아침마다 신문을 펼치면서 배달하는 아이에게 우의 하나 마련해 주어야겠다고 생각하다가 가을을 맞고, 그 생각만은 여전히 하고 있는 그런 류의 관심인지도 모르겠어요. 내 집으로 돌아와 현관문을 걸고 내일 학원에서 강의할 내용을 준비하며 나는 그녀를 잊었으니까요.

사람들은 어느 경우든 멸해지는 것, 사라지는 것에 대한 비애를 숨기지 못하더군요. 그 상태를, 상황을 그대로 유지할 수 없다는 아쉬움 때문일까요. 저만 해도 그래요. 특별하게 기다려야 할 것도 기다려 주는 것도 없는데 해질녘이면 자꾸 뭔가 기다려지고 뒤돌아봐지곤 해요. 인간이 쓸쓸함을 느끼는 시간도 이때가 아닌가 싶어요. 떠나간 사람을 그리워하는 것도, 돌아오지 못할 사람이라는 것을 뻔히 알면서도 문 앞을 서성이는 것도 이 때이지 않던가요? 그녀도 그랬나 봅니다.

토요일 강의를 끝내고 퇴근하는 길이었습니다. 비는 여전히 자지러질 듯 내려서 사람의 오장을 들쑤시고 있었지요. 비가 오지 않았다면 해가 설핏할 때라고 말할 수 있었을까요? 관리실 문 앞에서 서성이던 그녀가 나를 보더니 외면하는 것이었어요. 그녀가 나를 알아본 것이지요. 그런 자신의 모습을 보이고 싶지 않다는 뜻이었어요. 나라도 그랬을 겁니다. 그녀의 얼굴은 눈물로 범벅이 되어 있었으니까요.

나는 상황을 판단했음에도 그 자리에 붙박이듯 서 있었어요. 뇌의 한쪽에서는 그녀의 입장을 배려해라 명령했는데도 내 가슴은 지나치게 더워지고 있었으니까요. 그녀가 나를 피해 빗속으로 뛰쳐나가더군요. 나는 스스로도 알 수 없는 일이라 생각되었어요. 그녀에게 갖는 내 관심이 일과성이 아니라는 사실을 그제서야 깨달은 겁니다.

"아, 글씨 준일이가 보고 싶다고 저 야단 아니요. 비가 옹께 더 못살겠는갑소."

경비실 아저씨가 문을 열고 나왔습니다. 그는 짐짓 걱정스럽다는 듯이 말했지만 성가시다는 표정이 역력했어요. 아침저녁 눈인사나 하는 내게 그런 말을 하는 걸로 보아 어지간히 답답했나 봅니다.

"비가 옹께 준일이 입혀야 헌다고 비옷을 품고 나왔소안. 저 번 날은 시장통에서 애기 운동화 한 짝을 줏어와서는 준일이 준다고 들고갑디다. 문 앞에 쪼그리고 앉아있는 것도 하루 이틀이지 원."

"아저씨가 뭘 그리 걱정하세요. 가족들이 있을텐데요."

"아이고, 가족도 가족 나름이지라우. 사정이 다른 사람허고 틀리요
안?"

그래요. 사람들은 저마다 각기 다른 까닭을 지니고 있지요. 그래서 우
리는 역지사지라는 말을 내세워 자신을 변명하고 합리화하곤 하잖아요.
나는 그녀가 아이 잃은 슬픔에서 헤어나지 못한다는 것을 알았어요. 그
렇지만 저 지경까지 된 건 그녀의 의지가 약한 탓이라 생각했답니다. 세
상엔 자식을 버리고 달아나는 어미도 있는데 죽은 자식 생각으로 자신
을 무너뜨리다니요. 그녀는 감정이 그리도 많은가 보죠. 살아가면서 소
진해야 할 것들이 얼마나 많은데 그렇게 감정 조절을 못 한답니까. 나는
어머니의 마음을 모릅니다. 어떤 형태인지 무슨 색깔인지 그리고 맛으
로 표현하면 어떤 맛인지 아무것도 모릅니다. 따라서 자식의 마음도 어
떠한지 잘 알지 못해요. 단 한 가지 억지로라도 말해야 한다면 나는 씁
쓸한 느낌이라고 그렇게는 말 할 수 있습니다.

그런데도 나는 그 날 밤 잠을 제대로 이루지 못했어요. 참 못난 여자
구나, 왜 자신을 스스로 추스리지 못하고 방황하는 걸까라는 생각도 들
고 어머니의 마음은 그런 게 아닐 거라는 막연한 추측을 하며 밤새 뒤척
였답니다. 그러다보니 그녀의 남편이나 가족들은 왜 그녀를 그렇게 방
치해 두는지 모르겠다는 생각이 들더군요. 그녀는 왜 관리인에게까지
지청구를 들어야 할까요. 타인의 삶에 대해서는 늘 방관적이었던 내게
왜 이런 변화가 생기는지 도대체 모르겠어요. 그녀가 자꾸만 내 삶 속으
로 파고들 것 같은, 달갑지 않은 예감까지 드는군요.

저번 목요일엔 밤 늦게서야 집에 돌아왔습니다. 문을 열고 스위치를

찾아 누르자 눈부신 빛이 일순간에 몰려와 눈을 뜰 수가 없었어요. 갑자기 달라진 명암에 동공이 확대되어 눈살을 찌뿌릴 수밖에 없었답니다. 익숙해진 환경, 내 것으로 여겼던 것들 안에서도 이렇듯 눈부셔 하는데 너른 세상 밖에 홀로 섰을 때, 그때는 오죽 했겠어요. 세상을 향해 한 걸음씩 내디딜 때마다 나는 눈이 부시다 못해 시려서 눈을 뜰 수가 없었답니다. 눈만 시린 게 아니었지요. 온 몸이 시려서 한속이 들었어요. 늦게 들어온 그 날은 조금 서글픈 생각이 들었을 겁니다. 잘 잊고 살다가도 가끔씩은 생각나는 사람들이 있기 때문이지요. 마음을 좀 뎁히고 싶었습니다.

진토닉에 두 조각씩 넣던 얼음을 그 날은 한 조각만 넣어 들었어요. 그리고 흔들의자에 앉아 밖을 보니 방송국이 보이데요. 그 주위에 흩어져 있는 불빛들이 터무니없이 따뜻해 보였지요. 방송국 송전탑에서부터 그 아래로 죽 늘어선 주택들의 불빛을 내려다보고 있으니 문득 성냥팔이 소녀가 생각났습니다. 가정이라는 아늑한 울타리 안에서 행복에 겨워 있는 사람들을 유리창 너머로 바라볼 때 소녀의 심정이 어떠했는지 조금은 이해가 되더군요.

참, 그렇지요. 가정이라는 틀 안에 있다고 해서 모두가 행복한 건 아니겠군요. 세상엔 완벽한 게 없으니까요. 그 성이 부러워 넘겨다보면 깨지고 부서진 갈등의 잔해들이 너저분하게 널려있기도 하니까요. 어쨌든 남들은 귀여워 어쩔 줄 모르는 강아지조차 쓰다듬어 주지 못하는 내게도 이런 감정들이 남아 있다는 게 신기하기까지 합니다. 어쩜 그게 나의 전부는 아닐 거라는 생각도 해봅니다. 인색한 건 자신에게 일뿐이지 타인에겐 그렇지 않았으니까요. 내가 쌓은 작은 성을 넘보지 않는 한 나는 누구에게도 우호적이고자 노력했거든요. 모르겠어요. 그건 단지 내 생각일 뿐인지도.

고개를 돌렸어요. 사고가 난 건 아닐까요? 내 시선이 어느 한 곳에서 고정되었습니다. 아파트 담을 따라 나있는 2차선 도로를 건너는 사람이 보였거든요. 노란 비옷을 입은 이였어요. 늦은 시간에 안심하고 달리던 총알택시가 소리를 내지르며 급정거했어요. 그 순간 나는 아득한 곳에서 들려오는 외침 소리를 들었답니다. 나는 그 소리를 알아들을 수 있었어요. 어두운 방에 갇혀서 소리조차 마음대로 낼 수 없던 시절이 나에게도 있었거든요. 내부로부터 치밀어 오르는 항변을 억누르고 정작 나는 아득한 소리밖에 내지 못했답니다. 그런 소리라도 낼 수 없었다면 나는 폐쇄공포에서 헤어나지 못했겠지요. 나는 더 이상 그대로 있을 수가 없어 뛰어 내려갔어요. 내가 도착했을 때 그녀는 길바닥에 몸을 사리고 앉아 오들오들 떨고 있었지요. 그 날은 비가 오지 않았는데도 그녀는 노란 비옷을 입고 있었답니다.

그녀를 데리고 엘리베이터를 탔어요. 그때까지만 해도 나는 그녀 집으로 데려다 주어야겠다고 생각했었지요. 4층이 지나는 것을 본 그녀가 갑자기 내게 달려들더니 손을 흔드는 거에요. 자기 집에 가지 않겠다는 뜻이었어요. 이런 경우엔 어떻게 해야 할지 도무지 모르겠더라고요. 그렇지만 그녀를 억지로 데려다 줘야겠다는 생각은 들지 않았어요. 5층에서 멈춘 엘리베이터의 문이 열렸습니다. 그녀가 나를 제치고 재빨리 8

층의 버튼을 눌렀어요. 그녀를 데리고 내 집으로 왔습니다. 잠그지 않았던 문은 힘들이지 않아도 열렸어요.

현관에 들어선 그녀가 갑자기 경계의 눈빛을 보이더군요. 왜 안 그러겠어요. 내가 만들어 놓은 공간의 질서 안에서 그녀가 어떻게 자유로울 수 있겠어요? 그녀는 5층에서 내리길 단호히 거부했던 것처럼 낯선 곳에서의 움츠림도 단호했습니다. 나는 그녀가 마음을 닫았다는 걸 알았지요. 마음을 여닫는 일에 서툴지 않다는 것을요. 특히 닫는 일에 능숙하다는 것을. 나는 그녀가 바닥에 놓인 진토닉 잔에 시선을 주는 것을 놓치지 않았어요.

"술 한 잔 하실래요?"

그녀가 희미하게 웃었습니다. 나는 갖고 있는 술잔 중에서 가장 화려한 잔을 꺼내 술을 따랐지요. 물론 그 잔은 아직 한 번도 사용해 보지 않은 거였어요. 술잔을 받은 그녀는 단번에 마셔버리더군요. 그리고는 내게 잔을 내미는 거예요. 진토닉을 두 잔 마신 그녀는 거실의 온기에 긴장이 풀렸는지 그대로 소파에 기대어 잠이 들었습니다.

그때서야 나는 인터폰을 들고 그녀의 남편에게 조심스럽게 말했답니다. 그랬더니 그녀의 남편이 뭐라 했는지 아세요? 잠들었으면 그대로 놔두세요 라고 대수롭지 않게 말하는 거예요. 그대로 놔두세요 라는 목소리에 담긴 싸늘한 느낌, 언젠가 내게 깊이 각인된 것 같은 냉혹함이 가슴을 깊이 후비더군요. 나를 질리게 했어요. 남편이라는 사람이 어떻게 그럴 수 있을까요? 나는 왜 그녀의 삶에 이렇듯 말려들어야 하는지 짜증스럽기도 하고 화가 나기도 했습니다. 그녀는 그 날 밤 깊은 잠을

잤지만, 나는 둔탁한 물체로 얻어맞은 것 같은 진동상태의 흔들림에서
쉽게 헤어날 수가 없었어요.

거기까지는 괜찮았어요. 문제는 다음날 저녁이었지요. 11시가 다 되
어 엘리베이터에서 내리는데 그녀가 나를 기다리고 있는 거예요. 다행
히 그 날은 노란 비옷을 입지 않아서 조금 안심했습니다. 나는 내 공간
안으로 타인을 들여 본 적이 거의 없었기 때문에 그녀를 흔쾌히 맞지는
못했어요. 그 날 밤 그녀의 눈동자는 뭔가 적의를 품은 듯 했습니다. 그
렇지만 얼굴이 좀 푸슬푸슬한 것을 제외하면 저번 날처럼 불안해 보이
지는 않았답니다. 내가 옷을 갈아입고 차를 끓이는 동안 소파에 앉아보
기도 하고 이곳저곳을 기웃거리기도 하며 스스로 어색한 느낌을 감추려
애를 쓰더군요. 그래서 나는 차를 내지 말고 차라리 그녀 옆에 있어줄
걸 하고 후회했답니다. 내가 찻잔을 그녀 앞으로 놓자 그녀가 말했어요.

"왜, 새가 한 마리뿐이지요? 그리고 둥지도 없구요. 말 못하는 짐승이
지만 쓸쓸하다거나 아프다거나 하는 감정을 갖고 있을……."

"며칠 전에 한 마리가 죽었어요. 아직 조류원에 들르지 못했군요. 혼
자 남은 저 새를 위해서라도 둥지를 빨리 채워줘야겠어요."

"채우겠다구요? 그것도 남은 새를 위해서? 새 한 마리를 넣어준다고
해서 둥지가 채워질 것 같아요. 비워진 그릇에 물을 담듯 그렇게 확실하
게 채울 수 있냐구요? 또 채워진다고 해서 원래대로 회복되나요."

그녀가 가소롭다는 웃음을 지으며 입에 대려던 찻잔을 그냥 내려놓
았어요. 찻잔과 접시가 부딪쳐 나는 소리와, 날이 선 그녀 목소리의 섬
칫한 화음에 나는 엷은 진저리를 쳤지요. 그런 내 모습을 보았는지 그녀

는 서둘러 목소리를 누그러뜨려 말하더군요. 하지만 빈정대는 어투는 여전했지요.

"병이 들었었나 보죠? 병원에는 가보았나요? 아니지요, 병원에 가면 뭐 한답니까. 우리 아이는 제 발로 걸어 들어가서 죽어나왔는걸요."

"병원에서, 죽었어요?"

"아무려면 어때요. 의사 그깟 것이 뭐 대순가요. 자식이 죽었어도 멀쩡히 살고 있는 에미 애비도 있는데요. 우리 준일이에게 나같은 엄마 백 명이 있으면 뭐 하겠어요. 비가 오면 몸이 젖고 눈이 오면 얼마나 추울까요. 그 애는 유난히 추위를 많이 탔는데……. 따뜻한 잠자리에서 일어나도 내 새끼는 땅 속에서 얼마나 추울까 걱정이 되고 맛있는 음식을 놓고도 그 아이 생각이 나서, 정말 살 수가 없어요."

그녀의 목소리가 어찌나 힘겨운지 생나무 껍질 벗기는 소리처럼 들렸어요. 처음으로 새끼 잃은 어미의 간절한 눈빛을 나는 보았답니다. 아아, 저 눈빛, 어미의 눈빛. 어미라는, 같은 명사임에도 불구하고 어쩌면 그리 격차가 심할까요. 그러고 보니 생각나는 게 있는데요. 내가 어머니에 대해 갖고 있는 어두운 불신감 가운데 단 한 가지 빛나는 게 있어요. 그 기억은 눈물보다 진하게 남아 있지요.

네 살인가 다섯 살 때였을 거예요. 그때는 어머니와 함께 살았지요. 흘러가는 모든 것은 한 때라 했나요. 비록 가난하게 살았지만 내게 있어선 유일하게 깔깔거릴 수 있던 시절이었어요. 다른 모든 것들이 부족하다 해도 어머니의 품안에선 상쇄가 되었으니까요. 결코 기억에서 지우고 싶지 않은 소중한 때였습니다. 그게 아마 소아마비였던가봐요. 한밤

중이었는데 내 입이 돌아가고 눈동자가 이상해지자 어머니는 나를 업고 읍내 병원을 향해 뛰기 시작하더군요. 등에 업힌 내 귀에 간간이 이런 소리가 들렸어요.

'정현아, 제발 살아만다오. 네가 살아만 주면 내 너를 위해 무슨 일이든 다 하마.'

빗물 같은 눈물이 앞을 가리면 그녀는 멈춰섰지요. 허리를 굽혀 소맷자락으로 얼굴을 쓰윽 문지르곤 다시 달렸어요. 그랬는데 불행인지 다행인지 나는 건강해졌고 그녀 스스로 한 약속을 쉽게도 깨고 말더군요. 내 어머니가 나를 업고 병원으로 달릴 때의 심정과 그녀가 검사실에서 아이의 고통을 지켜볼 때의 그 심정은 같았을까요? 정말 똑같았을까요?

짧은 침묵을 깨고 그녀가 기운 없는 목소리로 다시 말을 이어갔어요.

"우리 준일이는 골수를 뽑히다 죽었답니다. 차마 눈뜨고는 볼 수가 없었지요. 그럴 때 남편이라도 옆에 있었으면 좀 나았을까요?"

"그럼, 아이 아빠는 같이 있지 않았다는 얘긴가요?"

"수술이 취소되자 눈 좀 붙이고 오겠다고 집에 갔었지요."

참 어이없게도 여기서 '호미도 날이언마는 낫같이 들 리도 없다'는 고려가요가 생각났습니다. 자식 사랑 깊이로 치면야 어머니가 아버지를 따를 수 없다고도 하지만 자잘한 정이야 어찌 어머니를 능가하겠습니까. 어쨌든 어미는 가슴 졸이고 있는데 아비는 한가하게 집이나 들락거리고 있었다니요. 그녀의 아픔이 위족이 되어 내게 전이되는 것 같았어요.

"아이는 저항할 힘을 잃었는지 그다지 뒤채지도 않더군요. 움직임이 약한 것조차 아픔이 되었어요. 견딜 수 없어 내가 그랬지요. 아가, 준일아, 아프다고 소리 치고 몸을 움직여 엄살이라도 부려봐. 어린 네가 왜 이런 고통을 당해야 하는지 몸으로라도 거부해 보이란 말이다. 준일아, 네가 일어나 다시 우리의 식탁에 앉을 수만 있다면, 그 짧은 다리를 흔들며 엄마, 물 줘라고 하게 된다면 이제는 망설임 없이 너를 안아주겠다구요. 아이의 뇌를 향하여 폭력이 가해질 때마다 내 가슴에서는 선혈이 솟더군요. 그러다가 마침내 아이의 머리가 움직이지 않고, 눈이 감기고, 손발이 차가워졌어요⋯⋯."

그녀의 목소리가 잦아들었어요. 그녀를 위로해 줘야 한다는 생각은 들었지만 나는 어떻게 해야 할지 몰랐어요. 그래서 시선을 방송국 쪽으로 돌렸습니다. 평소엔 따스해 보이던 불빛이 이때만큼은 더 답답하게 하더군요. 세상은 왜 이렇게 둘로 나눠져야 하지요. 밝음과 어둠, 기쁨과 슬픔 그런 배면들이 적절이 어우러진 세상이라면 얼마나 좋을까요.

"누군가 나를 불렀어요. 검사실로 들어가보니 준일이가 수술대 위에서 뛰어내리고 있었어요. 분명히 뛰어내렸는데 아이는 조금씩 떠오르고 있었지요. 병실 유리창을 넘더니 이파리가 넓적한 오동나무 위를 지나 멀어졌어요. 아이는 하얀 날개를 달고 있었어요. 그 날은 왜 그리 높이 날아오르는지 잡을 수가 없더라구요."

그녀의 눈빛은 이미 제 것이 아니었습니다. 그녀가 벌떡 일어서더니 내게로 다가왔어요.

"멀리서 아이가 날 부르고 있었어요. 나는 다가가서 아이의 손을 잡고 옷을 벗었어요. 그리고 젖무덤에 아이의 손을 묻어 주었지요."

그녀는 옷을 벗기 시작했어요. 걸치고 있던 카디건을 벗어던지고 굴

빛 나는 브라우스까지 벗더군요. 마침내 얇은 속옷 사이로 그녀의 젖가
슴이 드러났어요. 어머니의 젖가슴이.

"그런데 사람들이 막 웃더라구요. 나더러 미쳤다고. 아이가 젖을 찾
는데 젖을 물려야지요. 에미가 어떻게 모른 척 해요?"

그 여자는 사흘 정도 나를 찾지 않았어요. 어떻게 지낼까 궁금하기는
했지만 만나볼 생각은 하지 않았습니다. 그녀가 다시 나를 찾은 건 종일
스산한 바람이 불고 흐린 날이었어요. 구름이 한층 낮아 보이는 밤이었
지요. 그 날은 나도 지쳐 있었답니다. 차 마시겠냐고 묻자 그녀는 냉수
를 달라고 했어요. 물 컵을 받아 단숨에 들이킨 그녀는 찬물처럼 시리게
웃더군요.

"고마워요. 내게 관심 가져주는 사람이 아무도 없어요. 아니, 준일이
의 빈자리를 허전해 하는 사람이 아무도 없어요. 빈 말이라도 우리 준일
이 보고 싶다고 말해 주는 사람이 아무도 없단 말이에요."

나는 조금씩 그녀의 아픔에 빠져들기 시작했지요. 아이를 잃은 아픔
외에 또 다른 슬픔을 가진 그녀를 어떻게 모른 체 하겠어요.

"가족이 있잖아요? 준일이 아빠도 있고 형도 있는 것 같던데……."

"있으면 뭐 하겠어요. 그들은 준일이를 아예 잊어버렸는데요. 준일이
방에 걸려있는 별 그림을 봐도 무감각하고 식탁 의자가 비어 있어도 그
들은 아무렇지도 않아요. 나는 가슴에 멍이 들어 손 댈 수가 없을 지경
인데. 두 사람의 웃음소리가 거실 안을 흘러다닐 때면 그들을 죽여버리
고 싶을 만큼 미워요."

"가족이란 것도 별 거 아니군요. 슬픔을 공유하지 못하는 가족을 가족이라 할 수 있나요?"

내 말에 그녀가 조소 섞인 웃음을 흘렸어요.

"각자의 역할을 갖고 있다고 해서, 형이나 아버지라고 부를 수 있다고 해서 다 가족이 되는 줄 아세요? 가족들의 사랑이란, 더구나 부모자식간의 사랑이란 어떤 등식이 없어야 돼요. 그저 단순한 감정의 포화상태일 뿐이니까요."

"그런데 왜 아이의 아버지나 형은 그렇지 못한 거죠?"

그녀가 다시 깊은 한숨을 쉬더군요.

"선생님은 결혼 하셨어요?"

"아니요."

"다른 건 몰라도, 절대로 해서는 안 될 게 한 가지 있어요……."

"……"

"제 어머니가 그러시더군요. '옛날에 처녀가 본처 소생이 있는 집으로 시집을 가서 자식을 낳았단다. 제 자식은 포동포동 살이 오르는데 본처 자식은 아무리 잘 해주어도 마르고 밉상이 돼가는 게야. 시어머니가 하룻밤은 지켜보기로 했단다. 그 어미는 지 자식은 저만치 등 뒤로 밀어 놓고 본처 아이를 품고 자더란다. 시어머니는 흡족한 웃음을 머금고 눈길을 거두려다 놀라고 말았단다. 뭉실뭉실 하얀 구름 같은 것이 어미의 젖가슴께에서 흘러나오는데 품고 자는 아이에겐 그것이 흘러가지 않고 등 뒤의 지 아이에게만 흘러가더란다. 그게 어디 쉬운 일이냐만 진심으로 베풀어라' 그러시더군요. 나는 어머니의 말을 잊어본 적이 없어요.

주문처럼 뇌이며 살았지만, 그랬어도 엉망이 되고 말았는 걸요. 그런 고통 아세요? 더러 강박관념이라고도 할 수 있는……."

"남편을 사랑하시나요?"

"사랑하지요. 그런데 틈이 있어야 들어가지요."

"그럼 아직도?"

"남편은 열두 살짜리 아이의 옷을 입혀주고, 화장실까지 따라가 주지요. 나는 준일이가 태어나서 다섯 살이 될 때까지 큰 아이를 의식하지 않고 안아주고 업어준 기억이 별로 없어요. 그때는 왜 그런 일들이 큰 아이를 위하는 거라 생각했는지 한스럽군요. 내가 아이의 어깨를 감싸 주기만 해도 그 애는 사나운 개 앞에 선 듯한 표정을 지우지 않아요. 큰 아이를 내 자식처럼 생각했다면 위선이라고 하시겠죠? 남편은 어떤지 아세요? 누군가의 그림자를 여직 밟고 있는지 나에게 마음을 열지 않아요. 과거라는 동굴에 깊이 숨어 있거든요. 그나마 서걱거림을 면할 수 있었던 것은 준일이 때문이었는데 이제 어떻게 해야 할까요. 오늘 낮엔 준일이 무덤에 갔다 왔어요. 날씨가 그래선지 더 보고 싶더라고요."

자그마한 아이의 무덤을 떠올리니 가슴이 아려옵니다. 내 친구의 무덤은 어땠는지 아세요. 늦잠을 잔 어느 일요일, 아침 겸 점심으로 먹을 부식을 사기 위해 수퍼에 가는 길이었습니다. 아주 미세한 바람이었는데도 은행나무 이파리 하나가 내 어깨 위로 날아와 앉았어요. 올려다보니 아직 몇 개의 이파리가 나무를 지키고 있었지요. 모르겠어요. 이파리가 나무를 지키고 있는지 나무가 이파리를 떠나보내지 않으려 하는지는.

문득 죽은 새 생각이 나서 다가가 보았더니 나무 밑에 쌓아준 낙엽들이 보이지 않았어요. 친구의 무덤은 온통 파헤쳐져 있고요. 가슴속에서 서까래 무너지는 소리가 들렸습니다. 도대체 누구의 소행이었을까요? 틀림없이 도둑고양이나 쥐가 그랬을 거예요. 늦은 밤 담 밑을 어슬렁거리는 고양이를 본 적이 있거든요. 쥐는 또 어떤가요. 쉴 새 없이 이빨을 갈아대야 하잖아요. 콘크리트 벽을 갉아대지는 못할 테고, 그렇다고 하필 새의 무덤을 팔 게 뭐랍니까. 괘씸하기 짝이 없군요. 그 작고 날카로운 이빨로 파헤치는 모습을 충분히 상상할 수 있어요.

나도 그랬거든요. 내게 아무런 잘못도 하지 않은 세상을 향해 이를 갈았지요. 잘 다져진 인주처럼 가슴에 꾹꾹 박힌 한 사람의 기억 때문에 더욱 그랬을 겁니다. 도대체 관리인들은 뭘 하길래 들짐승들이 판을 치도록 방치하는지 모르겠어요. 누군가 그쪽으로 다가오는 기척이 있었지만 나는 그대로 서 있었어요. 그들은 나를 좀 이상한 눈빛으로 바라보았을 겁니다. 하지만 대순가요. 그들이 내 심정을 어떻게 알겠어요.

그녀가 쓸어내리던 가슴에 두 손을 모으더니 힘을 주어 누르기 시작했어요. 견디기 어려운가 봐요. 그녀의 명치를 마사지 해줘야 한다고 생각하면서도 선뜻 손이 가지질 않았어요. 타인과의 접촉을 별로 해 보지 못한 나는 이럴 때 난감해져요. 사람과 사람이 어울려 산다는 게 결국 살을 부비고 어루만져 주는 그런 것일 텐데요. 내겐 그런 것들이 왜 그리 어려운지 모르겠어요. 아픔을 느끼게 하는 최소 강도의 자극은 진화의 정도가 낮을수록 강해진다지요. 감정의 진화 정도가 낮은 내 가슴은 그녀의 통증을 쉽게 감지하지 못하나봐요. 통증이 좀 잦아들었는지 그녀가 멋쩍게 웃었어요. 그리고 말하더군요.

"뻐꾸기를 키워보지 그러세요?"

"뻐꾸기를요? 그보다 고아원에 가본 적 있나요?"

"그런다고 뭐가 달라지겠어요. 뻐꾸기처럼 다 밀어내면 그만일 텐
데요."

그녀가 덧붙여 말했어요. 자신은 뻐꾸기 알을 품어준 그 어미새에 불
과하다구요. 남편이나 큰아들은 그녀에게 그들의 영역을 허용하지 않았
어요. 제 각각의 감정을 틀어쥐고 좀처럼 풀어주지 않았답니다. 심지어
는 위선 섞인 적선조차도 허락치 않았답니다. 마침내 꼬이기 시작한 그
녀의 감정이 바르게 풀릴 성싶지 않대요. 어쩜 산다는 것은 갈망하면서
도 외면되는 것들이 많은지도 모르겠어요.

며칠 동안 들여다보지 않았다가 어느 날 수업 중에, 길게 자라난 손톱
을 보고 난처해 했던 것처럼 나는 그녀를 보며 그랬습니다. 그녀는 누군
가의 도움을 받고 싶어했어요. 그런데 나는 그럴 수가 없거든요. 내가
가정을 이루고 산 경험은, 그것도 가족이라고 할 수 있다면 고아원 생활
이 전부인데 그녀는 지금 가족의 따뜻한 관심을 원하고 있거든요. 내가
혼자서 이만큼이라도 살아갈 수 있는 것은 절대로 남에게 기대지 않겠
다는 자립심 때문이었을 겁니다. 한 번 기대기 시작하면 내가 지켜온 모
든 것이 무너져 버릴 것 같았거든요. 혼자 이끌어가는 버거운 삶에서도
더러는 버리지 못할 기쁨들도 있었지요. 그렇지만 나는 그것조차 편안
하게 누려보지 못했답니다. 그때 나에게 있어 삶은 유연해질 기미를 보
이지 않았거든요.

어디 그뿐인가요. 그녀가 마음 닫는 일에 능숙하듯 내가 한 번 입은 상처에 대한 복원력은 쉽게 만들어지지 않았어요. 빗장을 지른 내 마음 속엔 기쁨이나 슬픔 따위의 감정들이 쉽게 들어서질 못했답니다. 물론 그 이면에는 또 하나의 지독한 결심이 숨어 있었지요. 나는 버려졌지만 정말 단단하고 단단하게 자라서 절대로 무너지지 않고 살아야겠다는 생각 말입니다.

어느 날 신문에, 잃어버린 사람을 찾아주는 직업이 소개되었더군요. 잃었다는 건 물론 실수일 수도 있지만 부주의일 수도 있잖겠어요? 소중하게 여기지 않은 것을 잃었는데 그걸 굳이 찾아줘서 어쩌겠다는 건지 알 수가 없더라고요. 세월이 흘러 이미 각자의 생활에 익숙해져 있는 사람도 있겠지요. 그리고 현재 어우러져 살고 있는 사람들에게 자신의 족적을 보이고 싶지 않은 사람도 있을 것이고요. 그런데 굳이 찾아줄 필요가 있을까요. 잊었으면 잊은대로, 잊혀졌으면 잊혀진대로 살아가면 되는 거 아닌가요? 만나서 잠시 반가운 눈물이야 흘릴 테지만 그 눈물 뒤에 따를 고통은 또 얼마나 많겠습니까? 하긴 사람 사는 것 자체가 고통이 아니던가요. 그런데 내가 왜 이렇게 흥분을 하는지 모르겠네요. 사람들은 가보지 않은 길에 대한 아쉬움을 늘 갖고 있잖아요. 그렇지만 나는 결코 잃어버린 사람을 찾아주는 곳 따위에 전화하는 일은 하지 않겠어요.

오늘밤엔 그녀가 숨을 헐떡거리며 찾아왔어요.

"컴퓨터요……."

무슨 일이냐고 묻는 내게 그녀는 말했어요.

　"오늘 낮에 컴퓨터가 집안으로 들어왔어요. 남편이 큰아이를 위해 사들인 겁니다. 동생 잃은 허전함으로 준성이가 방황할 것 같아 마음 잡아주려 산 거라고 그랬어요. 그럴 테죠. 살아있는 인간은 살아야 하니까. 요새 세상에 죽은 사람 애도하는 기간이 따로 있답니까. 상을 벗는 기간이 법으로 정해진 것도 아닌데요."

　나는 그녀가 무너져버릴 것만 같아 손을 잡아 소파에 앉혔어요.

　"그리움이 커지니 없는 것도 보이대요. 방금 전이었어요. 저녁 식사를 끝내고 설거지를 하다보니 컴퓨터 앞에 남편과 준일이가 나란히 앉아 있지 뭐예요. 순간 소멸된 줄 알았던 감정이 촘촘히 일어서는 것을 분명히 느꼈어요. 아득한 미로에서 빛을 찾았는가 싶어 다가가 아이를 안았지요. 그런데 아이가 기겁을 하며 나를 떠밀지 뭡니까. 순간의 행복한 꿈이 좌르르 쏟아졌습니다. 깨진 꿈은 날이 섰지요. 이미 절제와 균형에서 이탈한 내 감정은 날을 세우고 차가운 사금파리가 되었어요. 모성이 빚어낸 착시 현상으로 인해 나는 더 이상 비참해질 수 없는 곳까지 치달았음을 느꼈지요. 나는 그들에게 다가갔어요. 세상에서 가장 다정스레 앉아있는 그들에게로."

　"가서 있는 힘을 다하여 컴퓨터를 밀어뜨렸어요. 그리고는 나도 모르게 고함을 쳤지요. 나, 하루를 살아도 이 집 식구들에게 인정받으며 살고 싶어. 엄마로, 아내로, 그리고 인간으로 살고 싶단 말이야. 외로워서 별만 그리다 죽은 내 아들이 너무 불쌍해. 똑같은 자식인데 당신은 어쩜 그럴 수 있지? 당신, 그리고 너, 준일이 생각 한 번이라도 해 봤어? 두 사람 사이가 너무나 촘촘하게 얽혀있어 우리 준일이는 끼어들 여지가

없었단 말이야. 준일이를 볼 때마다 어떤 기분이 들었는지 알아? 해저
물녘 마루 끝에 혼자 앉아있는 아이를 보는 느낌이었어. 독수리 오형제
만화 영화가 준일이의 유일한 낙이었다는 거 당신은 알 리가 없지. 당연
히……."

　분명히 격하게 외쳐댔을 이야기를 하면서 그녀는 지쳐버렸습니다.
어쩜 그 순간을 떠올리고 있는지도 모르겠어요. 그녀의 목소리가 점점
잦아들고 눈꺼풀이 풀려 나는 이부자리를 준비했지요. 이불을 펴면서
엊그제 묻은 내 친구를 생각했습니다. 그에게 필요했던 건 감미로운 음
악이 아니라 포근한 둥지와 목을 축일 물이었다는 걸 확실히 깨달았어
요. 지금 그녀에게 필요한 것도 그런 걸 거에요.

　내 방안에, 내 침대에 나 아닌 다른 사람의 잠자리를 마련한 건 처음
이었어요. 막연히 이 자리에 누군가 같이 누워야 할 사람이 있다면 그
사람은 나를 낳아준 사람 밖에는 없다고 믿었거든요. 그러나 그런 일은
일어나지 않을 거라 생각했지요. 세상의 모든 진리 같은 법칙들도 내 곁
을 스치기만 했을 뿐이어서 나는 착시현상에 시달려야 했답니다. 아예
믿지 않거나 거리를 두는 게 나를 지키는 길이라 생각했지요. 그런데 세
상일은 장담할 게 아니라더니 이런 뜻하지 않은 일도 일어나네요. 잠깐
졸던 그녀는 내가 부축하여 방으로 데려가는 동안 잠이 달아났나 봐요.
주저하며 내게 묻더군요. 상처를 가진 사람은 타인의 상처를 보는 투시
력이 있나봅니다.

　"조금 전, 뻐꾸기 이야기를 할 때 고아원에 가보았느냐고……."
　"그래요. 당신은 자식을 잃었지만 나는 어머니를 잃었어요."

나는 오랫동안 묻어 두었던 이야기를 하고 말았어요.

"그럼, 선생님도?"

"자식이야 낳을 수도 있지만 부모는, 어머니는 그럴 수 있나요? 당신은 준일이 생각으로 고통스럽기라도 하잖아요. 그립기도 하구요. 내 그리움은 너무 닳아서 빛깔이나 모양조차 없어졌어요. 아픔조차도 없어진 걸요. 그렇게 되는 과정이 어땠는지 짐작할 수 있어요?"

"선생님의 어머니는 살아 계시나요?"

"아무려면 어때요. 내게선 이미 모든 게 삭제되어 버렸는데."

"어머니는 선생님보다 더 많이 우셨을 거예요. 틀림없이 그럴 수밖에 없는 사연이 있을 거구요. 어머니 마음을……."

"당신은 어떻게 그리 잘 알죠? 어머니가 돼봐서? 그럼 내 마음도 잘 알겠네요?"

"……"

"어머니가 어린 나를 고아원에 두고 가며 독백처럼 말했어요. 미안하다고. 사는 게 무엇인지도 모르는 어린 나이에 널 낳아 두려웠단다. 내 품안에서 너를 키워보려고 발버둥을 쳤지만 이럴 수밖에 없구나 라고. 당신 말처럼 그럴 수밖에 없었다 칩시다. 그럼, 나는 어쩌지요? 내 어머니가 나를 리허설 없이 낳았듯이 나는 어린 시절을 다시 살 수 없어요. 가슴에 피가 맺히도록 절실히 필요할 때 그녀는 내 곁에 있지 않았어요."

그녀가 뻐꾸기 알을 키워준 어미새였다면 내 어머니는 뻐꾸기 알을 낳은 어미였을까요? 아님 그녀의 말처럼 내가 알고 있는 것 이외의 많

은 것이 어머니의 가슴속에 묻혀 있을까요. 어머니의 체취조차도 기억
하지 못하는 내가 어떻게 사랑을, 가족의 의미를 알겠어요. 그렇지만 표
면에 나타나는 감각의 기능보다 더 깊은 내면의 감정은 도저히 속일 수
가 없나봐요. 왜, 갑자기 헤어진 사람을 만나게 해 준다는 그 광고가 선
명하게 떠오르며 가슴이 뛰는지 모르겠어요. 창밖이 희뿌윰하게 동이
트고 있는 이 새벽에도 그녀는 내 침대에서 아주 평온하게 잠들어 있는
데요.

견딜 수 없네

견딜 수 없네

소설을 쓰는 여자가 찾아오기 전까지, 우리는 모두 그 사건을 잊어버리고 있었지. 세상이 워낙 빠르게 돌아가는 탓도 있지만, 남의 말 삼일이라고 했잖아. 제 등짝에 눌러붙은 검불조차도 감당하기 어려워 하루하루를 자맥질하듯 살아가는데, 아무리 기상천외한 사건이 생겼다한들 남의 일인데 얼마나 오래 붙들고 있겠어. 그런데 겨울이 봄에게 떠밀려 그 끝자락만 겨우 내보이고 있던 어느 해질녘에 한 여자가 불쑥 들어섰어. 진종일 아이스크림 같은 감미로운 햇발 때문에 마음이 싱숭생숭하던 날이었지. 당연히 세탁물을 맡기러 온 손님이려니 하고는 무슨 일로 왔지요? 하고 물었는데 반응이 없는 거야. 그래서 다림질하던 손을 잠시 멈추고 여자를 쳐다보았지.

빨간 자켓에 검정 바지를 입었는데 아주 잘 어울려 보였어. 평범한 옷을 입었는데도 세련미가 있어 보여 전문직을 가진 여자라고 생각했지. 그래서 나는 방을 구하러 온 줄 알았어. 지금이 이사철이잖아. 가끔씩은 저 언덕배기에 있는 작은 원룸을 얻으러 오는 사람도 있고 사글세방을 구하려는 사람이 들락거리기도 했기 때문이야. 근처에 국립대학이 있고 거리는 좀 떨어져 있지만 허리를 굽혀 올려다보면 법원의 건물이 보이는 곳이니 만큼, 이때쯤 되면 방을 구하려는 사람들이 더러 찾아오기도 하거든. 자격증을 가지고 부동산 중개업을 하는 건 아니지만 이 가게에서 이십여 년을 일하다보니 그렇게 되고 말았어. 처음에는 이웃들이 하도 사정사정 하길래 좋은 일 한다 셈 치고 빈방이 나오면 소개를 해주곤 했는데 이제는 부업처럼 되어버렸지 뭐야.

무슨 일로 오셨는데요? 하고 다시 물었지. 단아해 보이는 인상과는 달리 여자가 엉거주춤한 태도로 그 집을 가리키며 묻는 거야. 이 위의 한양세탁소 아줌마, 이제 나오지 않나요? 나는 피식 웃었지. 어느 할 일 없는 여자가 또 쓸데없는 이야기를 지껄였나보군. 아무리 그래도 그렇지. 언제 적 이야기를 다시 시작하려는 거야. 얌전하고 말 수 적은 세탁소 댁이 떠난 후에 그 여자가 책임져야할 문제를 가지고 찾아온 사람은 없었어. 내가 조금 격해졌던가, 그건 왜 물어요 라고 퉁박스럽게 대꾸했지. 들은 이야기가 있어서 찾아왔는데요. 궁금한 것이 좀 많아서……. 지난번에도 이 근처를 배회하다가 그냥 돌아갔습니다. 오늘도 버스를 기다리다가 사모님 혼자 계시는 것을 보고 용기를 냈습니다. 정말 그랬는지 알고 싶어서요.

여자는 정말 뭔가를 알고 싶은 눈치였어, 절실하게. 남의 이야기 좋아하는 여자들도 여러 부류가 있는데 그 여자는 어느 축에도 들지 않는, 자신이 궁금해하는 사건에 대해 최소한의 진심을 갖고 있는 것 같았어.

결코 남의 이야기를 하며 자신의 스트레스를 푼다거나 그 순간의 쾌감을 위해 말을 하는 사람 같지는 않았단 뜻이야. 나는 조금 자신을 누그러뜨렸지. 뭐가 그랬다는 거요? 여자가 자신이 궁금해하는 걸 풀어가도록 되물었지. 여자가 같은 질문을 하더구먼. 사실이냐구.

나도 모르게 다시 화가 치밀었어. 하지만 나는 어쩔 수 없이 그 이야기를 다시 해야 될 것 같아. 여자가 하는 이야기들이 너무 많이 왜곡돼 있으니 말이야. 그것은 사람들 사이를 지나다니는 동안 그들의 생각이 끼어들어서였겠지. 단지 그것이 세상 사람들의 보편적인 가슴이 아니길 나는 간절히 바랄 뿐이야. 사실, 말처럼 믿을 수 없는 게 또 어디 있어? 말 한 마디로 천냥 빚 갚는다지만, 말 한 마디로 소중하게 살아왔던 자신의 삶을 망가뜨릴 수도 있잖아. 그렇게 신뢰할 수 없는 말이라 해도 나는 이 시점에서 이야기를 하지 않을 수 없네. 명치끝이 자꾸 아파와서 견딜 수 없을지라도.

하루종일 햇빛을 받으며 일한 탓인지 해질녘이 되자 눈이 참 편안해졌어. 햇빛이 눈부셔서 찡그린 상태로 일을 해야 하거든. 손님들은 썬팅을 하라고 말하지만 선뜻 그래지지가 않네. 일하다가 가끔씩 고개를 들어 바라보는 바깥 풍경이 나를 행복하게 해주는 걸. 사철 변화하는 가로수의 모습이나, 길 건넛집의 옥상에 피어나는 꽃들이 얼마나 화사하게 웃고 있는데. 그 가운뎃집의 여름 옥상에는 제라늄이 만개하곤 하지. 눈 감으면 떠오르는 그 풍광들이 벌써부터 여름을 기다리게 하는 걸.

아름답진 않지만 눈길을 조금 멀리 주면 법원의 건물이 그 위용을 자랑하고 있지. 건물만 위압감을 주는 게 아니라 실제로 그 건물에서 일하는 사람들을 보면 왠지 주눅이 들 때가 있어. 좀 과장해서 말하면 나처럼 동네 일을 다 봐주며 활달하게 사는 사람이 없을 텐데도 그들이 옷을 들고 세탁소에 찾아오면 괜시리 뭘 잘못하지 않았나 해서 자신을 되돌아보기도 하지. 머리끝에서 발끝까지 흠이 없어 보이는 그들을 대하면, 삶도 정확하고 반듯해서 한 치의 오류도 범하지 않을 것 같거든. 정말 그들이 그런 건 아닐 테지만 왠지 사람 냄새가 나질 않아. 알아. 내가 그들에게 갖는 선입견이 지나치다는 걸 나도 모르진 않지.

사람에 대한 예의만 가지고도 충분히 행복하게 살고 있는 우리들에게 때때로 법이라는 굴레를 씌워 오히려 상처받고 망가지게 하는 경우도 있잖아. 어쩌면 내가 이렇게 거부감을 느끼는 것은, 법원에 근무하는 사람들에 대한 것이 아니라 법 자체에 대한 것일 거야. 사실 법이란 것은 우리 같은 사람들에게는 필요하지 않잖아. 단지 세상을 바로 세우거나, 속임수를 써서 무너뜨리려는 사람들에게 필요할 뿐이지.

어쨌든 1년 내내 지하에서 시간을 보내는 수퍼 댁보다야 태양의 혜택을 훨씬 많이 받는 내가 더 낫지만, 일조량이 너무 많아도 피로해지기 쉽거든. 사람의 일이든 사물의 일이든, 제가 필요한 양만큼 적당해야지 부족하거나 넘치면 꼭 화근이 되나봐. 누렇게 뜬 얼굴의 수퍼 댁을 볼 때마다 그런 생각이 들곤 해. 하긴 한양 세탁소의 여자도 그랬을 테지. 현실에서, 그 여자가 원하는 최소한의 생활 요건들이 갖추어졌었다면 그래도 떠났을까. 이를테면 남편의 사랑만이라도 온전했다면 제 속으로 낳은 자식들 팽개치고 제 한 몸 영화 누리고자 금빛 날개옷 찾아 날아갔을 거냐고.

날이 저물어가고 있네. 뜯어 제친 솔기자국이 잘 보이질 않아. 땅거미가 질 무렵의 어둠은 순식간에 몰려들기 때문에 이 부분까지만 마무리하고 불을 켜야지 하고 작정했다가는 그 시간까지 버티지 못하는 경우가 태반이야. 이렇게 금세 보이지 않게 되거든. 철이 바뀔 때마다 사람들의 몸에도 변화가 생기나봐. 봄에서 여름으로, 가을에서 겨울로 옮겨갈 때마다 수선을 맡기는 사람들이 늘어나는 것을 보면. 그것은 아마 시간이 축적되어 켜를 이루기 때문일 거야. 벌써 봄옷을 준비하는 사람들이 수선을 하기 위해 맡기고 간 옷들이 쌓여 재봉틀이 보이지 않을 지경이야.

하는 수 없이 일어서서 손을 뻗었지. 마지막 한 번만 드르륵 하고 바늘이 지나가면 되지만 접히는 부분을 정확히 하지 않으면 실수하게 되거든. 일어서야 할 때 일어서야지, 조금만 조금만 하다가 적절한 시기를 놓치면 다시 원위치로 돌아가는 게 불가능해. 사람이 만나고 헤어지는 것도 그렇고, 살아가는 일도 그래. 그래서 실수를 하게 되고. 까다로운 손님은 박음질 자국이 나 있는 것을 보면, 마치 용서할 수 없는 실수를 저지른 것처럼 내게 모욕을 주지. 아니 아줌마, 그 선 하나도 제대로 잡지 못하면서 어떻게 수선을 한다고 그러세요? 요즘에는 어떤 일을 해도 소비자의 욕구를 만족시키지 못하면 성공하지 못한다는 것을 아시는지 몰라. 그들이 내 수선 실력을 의심하며 야지랑을 떨 때에는 정말이지 그 옷이 얼마짜리이든 새것으로 안겨주어 쫓아버리고 싶어. 그건 정말 참을 수 없는 모욕이야. 내가 비록 일류 재단사는 아니지만 수선 경력이 얼만데. 세탁소의 주인 치고 나처럼 수선을 잘 하는 사람은 드물거든. 그건 남편 덕분이었어. 그가 일류 재단사였거든. 남편이 있었다면 박음 질 자국조차도 말끔히 없애줬을 거야.

한 발짝만 옮기면 수월할 테지만 그것마저도 번거롭게 여겨져서, 선 자리에서 깨금발을 딛고 길지 않은 몸을 길게 늘여보았어. 닿을 듯 닿을 듯 하던 스위치에 마침내 중지손가락이 닿으면서 균형을 잃은 몸이 휘 청였지. 반사적으로 재봉틀에 손을 짚어 넘어지는 것은 면했지만 조금 비애스러워지던 걸. 20년 전 이 도시에서 가장 잘 지어졌다는 이 아파트 가 들어섰을 때만 해도 손을 뻗어 형광등 스위치를 누르는 일은 이렇게 어렵지 않았어. 사물이 지닌 위치나 거리는 여전하지만 내 몸피나 감각 은 이렇게 퇴화해 버렸다는 자괴감이 좀 일었을 거야.

그때 서른 하나였던 내 젊음은 눈부실 만큼은 아니었어도, 농익은 과 일 같은 향기를 지니고 있어 간혹 냄새를 잘 맡는 사내들이 집적거리기 도 했지. 그로 인해 남편으로부터 손찌검을 당하기도 했어. 그 때는 억 울하고 섭섭했지만 그것이 남편의 사랑 방식이었음을 내가 왜 모를까. 나보다 더 고통스러운 건 그 사람이었을 거야. 거동이 불편할 정도는 아 니었지만 병이 조금씩 진행되어가던 시기였으니까.

찌르찌르 찌르르르, 쓰르라미 울음소리 같은 소리를 내며 두 개의 불 이 동시에 들어오네. 남은 하나, 드라이 기계 위의 형광등이 생의 끝을 연장해보려 눈을 부릅떠보는 환자처럼 안간힘을 다하다가 명줄을 놓아 버렸어. 망할 놈의 형광등, 하찮은 이런 것들까지 사람을 조롱하려 들다 니. 그 인간 떠난 지가 언젠데……. 좋을 때는 하하거리며 아무렇지 않게 잘 살고 있다가도, 생명 있는 것들이 스러져갈 때면 꼭 죽은 남편이 끼어들곤 해. 그것이 사람이든 동물이든 심지어는 사물일 때도 어김없이. 결국 나 역시 죽음을 향해 가고 있으면서도 그것에 대한 두려움을 갖고 있나봐. 아직, 죽음이 뭔지 모르던 시절, 삶에 대한 충일감으로 가득 차 있던 때에 가장 사랑하는 이를 보낸 충격이 아직도 내 안에서 어떤 작용을 하고 있나봐. 지금도 내 안에 남아 가끔씩 살아 꿈틀거리는 것을 보면 우린 두 사람 다 지독한 인연이었던 모양이지.

여자가 조금 걱정스런 눈빛으로 나를 바라보았어. 그녀의 시선을 피하려, 물기가 돋는 눈을 들어 밖을 보니 때마침 노인이 옆구리에 대바구니를 끼고 지나갔어. 노인의 고집도 대단하지. 하긴 노인에게 그런 소일거리조차 없다면 무슨 낙으로 살겠어. 한양 세탁소 여자가 떠나버리기 얼마 전의 일이 생각나서 나도 모르게 피식 웃음이 나오네. 그 여자가 떠난 지 1년이 넘었으니 벌써 꽤 오래 전의 일인 걸.

수퍼와는 달리 하루종일 햇볕이 좋은 상가의 옥상에 노인은 가을 내내 나물가지를 말렸어. 2층에서 세탁소를 하는 종식이네와 삿대질을 하며 싸웠어도 노인은 해가 뜨면 나물바가지를 들고 상가 옥상으로 오르곤 했지. 구태여 누가 판가름해주지 않아도 그리 넓지 않은 상가의 옥상은 세탁소 차지였어. 카페트나 이불 따위의 세탁물을 드라이클리닝하면 옥상에서 건조시키기 때문이지. 도시 근교의 시골 장에 가서 사온 고추가 거의 다 말라가던 어느 날 세탁소로 내려온 노인이 다짜고짜 세탁소댁의 멱살을 거머쥐었지. 노인은 그동안에 불편했던 심사를 보상이라도 받겠다는 듯이 움켜쥔 손에 악력을 가했어. 그 사이에 나물을 말리는 노인과 세탁물을 말리는 세탁소 댁과 불편함이 있었던가봐.

흰 와이셔츠에 단추를 달다가 봉변을 당한 세탁소 댁은 들고 있던 옷을 그대로 쥔 채 어찌할 바를 몰랐지. 차라리 노인의 손을 뿌리치며 맞대거리라도 했으면 상황이 좀 나아졌을까. 그러나 그녀는 그러질 못하고 쩔쩔매고만 있었지. 그 상황만 지켜본 사람들은 노인에게 제 정신이 아니라고 말했지. 처음엔 남의 일처럼 방관하며 재봉틀을 돌리고 있던 김씨까지도 같이 나섰어. 두 사람을 뜯어말리다가 노인을 잡은 손에 힘을 좀 실었었나봐. 중심을 잡지 못한 노인이 옷더미 위로 넘어졌지. 이렇게 되니 노인이나 김씨까지도 당황할 수밖에 없었지. 김씨가 허리를 굽혀 사과를 했어도 노인의 화는 풀리지 않았어.

물기가 흐르는 밍크이불을 옥상 난간에 널었다가 생긴 사건이었어. 이불에서 흘러나온 물이 다 마른 고추에 스며들어 퉁퉁 불어버린 것이지. 그 날 싸움 장소에 있던 두 여자에 의해 소문은 신나게 떠돌았지. 주변에 관심을 갖는 사람들, 부녀회라든가 소위 터주대감이라 불릴만한 여자들은 생계를 위해 그 장소를 이용하는 세탁소 댁에게 손을 들어 주었어. 지극히 이성적인 판단이었지만 노인은 섭섭했겠지. 혼자 사는 늙은이의 설움이라고 말이야.

그 날도 노인은 이럴 수가 있느냐며 저 문을 열고 들어섰어. 노인이 더 미운 것은 일을 만든 당사자인 세탁소 댁보다 김씨였대. 남자가 좀살스럽게 여자들의 일에 나선 것도 그렇지만 사내의 체면상 어떻게 지 마누라의 편을 들 수 있겠느냐는 것이었어. 결국 혼자 사는 설움이 노인의 가슴을 더욱 복받치게 한 것이지. 그 무심하던 김씨가 그래도 아내 편을 들었나봐. 그러니까 부부로 사는 거라며 여자들은 또 한바탕 깔깔거리며 웃어댔지.

　자식을 대하듯, 정성들인 나물 따위를 보내고 나면 받을 사람들을 생각해서 기쁘다기보다는 할 일이 없어진 허전함이 더 크다 하였어. 돌아가신 시아버지는 그렇다 치고라도 눈뜨고 살아있는 시어머니에 대한 예의도 갖추지 않는 그네들에게 무슨 정성이냐고 퉁박스럽게 물으면 노인은 그랬지. 나이가 먹을수록 어머니 손맛이, 고향 맛이 그리워지더라는 아들을 생각해서였지 며느리를 위한 것은 아니었다고. 그러니까 어머니를 그리워하는 아들을 위해서라고 당당하게 말하지만, 노인의 표정에 스치는 쓸쓸함을 내가 왜 모를까. 짐짓 말을 돌리지만 자식들과 멀어지고 싶지 않은 노인의 속내를 말이야. 아무리 멀리 떨어져 있어도 어머니의 마음은 그런 건가봐. 한양 세탁소의 여자, 이제 겨우 중학생이 된 두 아들을 두고 떠난 여자의 마음은 어땠을까. 그녀도 아이들을 생각하며 눈물지을까.

　땅거미가 어둑신하게 내려앉을 즈음, 집으로 돌아오는 차들로 좁은 아파트 입구가 분주해지기 시작했어. 돌아올 수 있어서, 돌아갈 수 있는 집이 있어서 사람들은 밖으로 나가 일을 하고 평온을 꿈꾸며 따스하게 불 켜진 제 보금자리로 찾아들 거야. 세탁소에도 사람들이 분주하게 드나들기 시작했지. 아침에 맡긴 세탁물이나 수선 옷을 찾아가기 위해서. 여자는 내가 신경 쓰지 않도록 들락거리는 사람들과 말을 하거나 걸려 있는 옷들을 살피고 있네. 무료할 것 같은데도 사람들과 얘기를 나누는 그녀의 표정이 환해 보여서 내가 한가해질 때까지 기다리겠다는 사인으로 여겨졌어. 혼자 하는 일이라 배달을 하려면 직장에서 딸이 돌아온 이후에나 가능하거든. 딸이 어느 대학을 나와 어느 증권회사에 근무한다는 것까지 알고 있는 사람들은 세탁물 배달에 대한 내 의무를 면제해 줬어. 물론 모두는 아니지만 대부분의 사람들이 그랬지. 아주 급할 땐 오른편의 주공 아파트에 사는 선이 엄마를 불러 배달을 시키곤 하지만 그런 경우는 자주 있지 않아.

저기, 수퍼 댁이 뭔가를 들고 가파른 2층 계단을 오르느라 숨을 몰아쉬고 있네. 인정 많은 그녀는 가끔 김치며 찌개 따위를 들고 세탁소로 향하곤 하지. 어쩌면 돌아가는 길에 내게 들를지도 몰라. 그리고는 이제 가봐야지, 가봐야지를 몇 번이나 되풀이하다가 삼십분 정도가 지나야 일어설 거야.

세탁소의 여자가 있을 땐 두 사람이 가깝게 지냈어. 어찌보면 친구가 될 수 없는 성격인데도 그들은 친하게 지냈지. 두 사람이 어울려 있는 것을 보면 수퍼 댁은 담장 위를 그악스럽게 기어오르는 능소화 같고, 세탁소 댁은 한갓진 들녘에 피어있는 들국화 같았거든. 언젠가 한 번 된통 싸우고 난 다음에 갑자기 가까워졌지. 그때도 수퍼 댁 혼자 끓는 물에 데인 것처럼 팔짝팔짝 뛰다가 스스로 화를 풀더라구. 지금 저 여자가 김씨에게 인정을 베푸는 것은 어쩌면 자책감에서 비롯된 것인지도 몰라. 한양 세탁소의 여자가 가족을 버리고 떠나기까지 수퍼 댁의 역할이 있었거든.

가끔, 그 남자가 찾아와서 캔맥주를 마시며 세탁소의 여자를 불러달라고 하면 수퍼 댁은 쪼르르 올라가서 여자를 데려다 주었대. 단골 손님을 놓치는 것도 싫지만 처음엔 호기심으로 들어주었던 거지. 남자는 퇴근길에 들러 생활용품을 한아름씩 사들고 갔으니 그녀에게는 큰 단골인 셈이었지. 수퍼 댁이 전화를 하면, 종식이네는 얼굴이 빨개져서 허둥지둥 나타나곤 했어. 잘 마시지 못하는 맥주를 두어 캔 마신 종식이네는 사람이 달라졌지. 평소에는 답답하리만치 말수 없고 얌전하던 여자가 대범해져서 자신의 감정을 서슴없이 표출하기도 했으니까. 그녀의 발음이 약간 불분명해지면서 수다스러워지면 남자는 그녀를 황홀하게 바라보는 거야. 수줍어서 말도 못하던 여자가 자신을 보며 환하게 웃는데 마음을 뺏기지 않을 남자가 어디 있겠어? 두 사람이 어떻게 만났는데요? 여자가 물었어. 당연한 질문이야. 세탁소라는 게 뻔하잖아. 부부가 하루종일 같이 일하고 있는데 다른 남자를 만나는 일이 가능하겠느냐는 거지.

김씨에게 못된 버릇이 있었나봐. 새벽 서너 시까지 컴퓨터에 빠져 있다가 늦게 잠이 들면 오후에나 세탁소에 나오곤 했대. 김씨가 컴퓨터를 하는 것에 대해서도 말들이 많았어. 밤마다 게임에 빠져있다는 말도 있었고, 채팅에 빠져 있다는 이도 있었지만 그걸 누가 알겠어? 같이 사는 아내조차 모르는데. 문을 닫고 집으로 돌아가면, 지친 몸 뉘여 잠들기가 일쑤인 그녀가 어떻게 알겠어.

출근길에 세탁물을 들고나와 맡기고 가던 그 남자가 세탁소의 여자에게 관심을 갖게 되었지. 남자가 올 때마다 여자가 혼자 있으니 눈여겨 보았을 거야. 서른 후반의 예쁘고 착한 여자를 자주 만나다보니 남자는 욕심이 생긴 게지. 그녀도 그랬을 거야. 그 남자, 저기 위엄있게 서 있는 법원에 근무하는 이였거든. 나이는 좀 들었지만 근사하게 생긴 외모에다 여자를 대하는 예의부터 달랐지. 얼마나 정중하게 잘 대해줬겠어? 기껏해야 세탁소의 안주인으로 괄시받거나 연민의 대상이 되기 십상이었던 여자가 처음으로 사람대접을 제대로 받았던 거지. 세탁소 댁이 언제 남편으로부터 그런 대접을 받아보았겠어? 모든 것이 남편과는 비교할 수가 없었겠지.

이해가 되기도 해. 더구나 김씨는 손님으로 온 아가씨에게 치근대다 된통 혼이 났다는 말이 들리기도 했거든. 상황이 그렇다 해도 사람들은 세탁소 댁이 조리돌림이라도 당해야 시원하겠다는 듯이 원성을 높였지만 나는 그러지 못했어. 그녀도 불쌍한 여자잖아. 아무리 부부의 일은 모른다 해도 최소한 내가 보기에는 그랬어.

나, 서른 셋에 남편을 잃었어. 열여덟 살에 그를 만나 연애하다가 대학을 중퇴하고 결혼해 버렸지. 같이 사는 동안 그는 나를 끔찍하게 아껴주었어. 젊은 시절이었으니 그랬겠지만, 혹시 그는 서둘러 가려고 내게 그렇게 많은 사랑을 퍼부었는지도 몰라. 다른 여자들은 평생 동안 받아야 그만큼이 될까, 남편의 사랑 말이야. 그게 사랑이라면. 그는 내가 없으면 살 수 없는 것처럼, 나와 한시도 떨어져 있지 않으려 했어. 내가 아프기라도 하면 어찌나 지극하게 돌보던지, 없는 약이라도 만들어 올 것 같은 사람이었거든. 그것이 병적인 집착이었다 해도 나는 그게 사랑이라고 믿었어. 그가 없으면 나도 하루해를 견디기가 힘들었거든. 그의 병이 깊어져 마지막 숨을 내쉬는 것을 보면서 나도 같이 따라가고 싶다는 생각을 하였지. 그러지 못했던 것은 내 눈앞에서 울고 있던 남매 때문이었어.

그 아이들, 지금은 내 삶의 버팀목으로 서 있지만 말이야. 지 아비를 빼닮은 아들을 보며 나는 지금도 그가 내 옆에 있는 것 같은 착각을 할 때가 있어. 그런 내가 어떻게 한양 세탁소 여자에게 손가락질을 할 수 있겠어? 여자의 행복이 무엇인지 알고 있는 내가.

어쩌나. 다림질이 되어있지 않은 바지의 주인이 오고 있네. 나는 수선하던 옷을 한쪽으로 밀어놓고 재빨리 일어서서 드라이클리닝 통의 문을 열어제쳤어. 다행히 남자의 바지가 얼른 눈에 띄었지. 바지를 들고 탁탁 털어 선을 맞췄지. 자칫 두 줄이 나올 수도 있으니 조심해야 해. 한 번 잡힌 주름은 다림질을 다시 해도 완벽하게 지워지지 않거든. 입고 다니다가 다시 드라이클리닝을 할 때쯤이나 슬며시 펴지지. 시간이 흘러야 치유되는 사람의 상처처럼 다리미 자국도 그래. 한 번 잘못 잡힌 주름을 숨겨보려고 그곳에 다리미를 여러 번 들이대다 보면 그 부분은 닳아서 헤지고 말아. 사람의 상처도 그렇잖아. 상처를 치료한답시고 자꾸 들쑤시면 딱정이가 내려앉을 새가 없어 오히려 덧나고 말잖아.

마침내 바지가 완성되었어. 다림질에도 나는 완성이라는 말을 사용하거든. 모든 사물에는 시작이 있으면 끝이 있잖아. 불만스런 표정으로 서 있던 남자는 재빠른 동작으로 바지를 완벽하게 다려낸 내 솜씨에 믿음이 가는 눈치였어. 다림질하는 과정을 보이면서 나는 의외로 단골을 확보했는걸. 흡족한 미소를 머금고 나가는 남자의 뒷모습을 눈으로 배웅하면서 나는 인생도 이렇듯 반듯하게 다림질할 수 있는 것이라면 얼마나 좋을까 하는 부질없는 생각을 잠깐 해봤어.

　한양 세탁소와 내가 운영하는 세탁소가 2차선의 길을 사이에 두고 마주보고 있잖아. 물론 정면은 아니지만 내가 일하는 이 자리에서 삼십도만 고개를 돌리면 서로 다 보이는 위치야. 같은 업종의 사람들이니 경쟁심도 있었을 거야. 재단사였던 남편에게 배운 수선 기술 덕분에 우리 세탁소에는 수선을 부탁하는 손님이 많은 편이지. 손님들은 냉정해서 세탁물에 대한 미숙함이 눈에 띄면 단박에 다른 곳으로 옮겨가 버리지. 성실성에 대한 반응은 손님들이 더 예민하니까.

　김씨조차 일에는 의욕이 없으니 세탁소 댁이 욕심을 부렸나봐. 아니면 이미 가족들을 버리려고 작정을 했던가. 서울에 살고 있는 사촌언니가 의상실을 하는데 그곳에서 재단기술을 배워오겠다며 상경을 했대. 김씨가 순순히 보내주었는지 모르지만, 세탁소 댁이 아이들을 돌보지 않고 서울로 간 걸 보면 아마 그들 부부 사이에 이미 금이 가 있었던 모양이야. 아내에 대한 소문보다 더 견딜 수 없는 건 당사자의 태도였겠지. 마음이 자꾸 멀어지는 아내를 붙잡지 못하고 서울로 보낸 걸 거야. 그녀는 어쩌면 초라한 누더기 옷을 벗어버리고 금빛 날개옷을 입고 싶었는지도 모르지.

　마음이 떠난 여자라 해서 몸까지 떠나보냈으니 모든 것이 끝나는 수밖에 더 있겠어? 법원의 그 남자는 좋은 기회로 생각하고 여자를 찾아다녔지. 세간의 입들은 남자가 그렇게 하도록 조종했다고 하지만 설마 그러기야 했겠어. 아니, 그럴 수도 있겠네. 세탁소 댁이 6개월 후에 돌아왔는데 이혼서류를 준비해서 가져왔다잖아. 우리 모두 그랬어. 그 남자의 각본에 의해 여자가 따랐을 뿐이라고. 세상 물정 모르고 평생을 세탁소 안에서만 산 순수한 여자가 어떻게 그런 술수를 부릴 줄 알았겠느냐고 남자에게 죄가를 더했지. 내가 처음에 그랬잖아. 법이란 건 좋은 세상을 만들기 위해서 필요하기도 하지만 속이거나 기만하고 무너뜨리는 데에도 필요하다고. 어쩌면 세탁소 댁은 그 남자가 친 그물망에 걸려 옴짝달싹 못하게 된 건지도 몰라. 설사 그 남자는 사랑이라는 이름으로 모든 것을 합리화 할지 모르지만. 세탁소 댁도 그렇게 믿고 싶겠지.

그나저나 그 남자, 대학생이 된 딸이 셋이나 있는 홀아비래. 그 딸들이 들판에 풀어놓은 망아지 같다는 것쯤은 이미 모르는 사람이 없으니 걱정이 안 될 수가 없네. 알고 보니 한양 세탁소 뒤의 아파트에 살고 있었어. 바보 같은 김씨는 무슨 생각으로 덜컥 도장을 찍어주었는지 몰라. 이미 돌이킬 수 없는 단계에 왔다고 생각했을까. 아무리 그렇다 해도 자신의 아이를 낳은 여자인데 그렇게 조용히 보낼 수 있었는지 몰라. 오히려 이웃 사람들이 그랬다니까. 그 남자의 집에 가서 김씨가 횡포를 부려도 그들은 할 말이 없는 거라고. 하긴 보이지 않는 사람들의 마음을 우리가 어찌 알겠어. 그들 사이에 무슨 일이 일어났었는지도. 모든 것은 변화하고, 상흔을 남기지만 그 변화 과정은 당사자들의 마음속에만 꼭꼭 숨어 있는데.

사람의 일들/변화와 아픔들을/견딜 수 없네.

있다가 없는 것/보이다 안 보이는 것/견딜 수 없네./시간을 견딜 수 없네.

시간의 모든 흔적들/그림자들/견딜 수 없네.

모든 흔적은 상흔(傷痕)이니/흐르고 변하는 것들이여/아프고 아
픈 것들이여.*

예상했던 대로 수퍼 댁이 횡단보도를 건너고 있네. 문을 열고 들어
서는 눈빛에 총총한 기운이 감돌고 있는 걸 보니 무슨 이야깃거리가
있나봐.

"언니, 김씨 있잖아. 애들 아빠가 하도 성화여서 내가 겉절이를 들고
가봤더니, 반찬이 우리집 것보다 훨씬 낫습디다."

"왜 자꾸 그래? 어머니가 와서 수발을 들고 있는데 아들 건사를 오죽
잘 하시겠어?"

"정말인가봐요, 위자료 받았다는 말이."

"또 쓸데없는 소릴 한다."

나는 감청색 바지에 날이 빳빳하게 서도록 다리미에 힘을 주면서 반
사적으로 여자를 건너다보았어. 처음 들어설 때와 마찬가지로 여자는
의자를 한구석에 밀어붙이고는 그대로 앉아 있었지. 자신의 자리가 좁
은 실내에서 최소한의 표면적이 되게 하려고 애쓴 흔적이 보여 오히려
내가 미안해졌어. 이제 그녀에게도 정직해질 필요가 있는 것 같아. 내가
김씨네 사건에 대해 그러질 않길 바라는 마음과 정직하게 얘기하는 것
과는 별개잖아. 정말이지 나는 김씨가 오해받는 게 싫었어. 그리고 솔직
하게 말하면 나도 세탁소를 하기 때문에 무슨 말을 함부로 전했다가는
경쟁심에서 그랬다는 오해를 받기 십상이잖아. 그래서 여자가 찾아와
그 이야기를 했을 때 조금 화를 냈던 거지. 여자가 의자에서 천천히 일

어서며 말했어.

"몇 년을 벌어도 모을 수 없는 돈을 받았으니 횡재했다고 그랬다는데요. 제가 여기까지 찾아온 이유는 그 말을 내게 하는 사람들도 김씨가 횡재했다고 생각했기 때문이에요."

세탁소의 김씨다운 말이었네. 살뜰한 정을 주지 못하고 늘 냉소적으로 아내를 대했던 남자였으니, 그렇게 말했을 거야. 말이란 게 얼마나 덧없는 거야? 그 말을 한 사람의 의도와는 달리 전하는 이의 의도가 섞이는 수많은 과정을 거치다보면 결국 원래의 의미는 사라지거나 왜곡돼버리잖아. 이 세탁소 안에 있는 옷만 봐도 그래. 저기 옷걸이에 반듯하게 걸려있는 옷을 보면 드라이클리닝 통 안의 옷들을 상상이나 할 수 있겠어? 얼마나 꾸깃꾸깃하고 냄새가 나는데. 그래도 말끔하게 다림질해서 그 옷을 입고 나가면 그들에겐 더할 나위 없는 자신의 표상이 되지.

사람들은 왜 모를까. 보이는 것, 들리는 것만으로는 아무것도 알 수 없다는 것을. 보이지 않고 들리지 않는 그 이면에 삶의 진실은 존재한다는 것을. 마찬가지야. 어느 남자가 아내를 다른 남자에게 보낸 대가로 받은 위자료를 들고 좋아하겠어. 삶의 페이소스지. 사실은 그 남자, 아내를 보내고 많이 아파했어. 세상엔 형식적으로 사는 부부들이 많다지만 아무리 그렇다 해도 부부로 살던 사람들이야. 하긴 돌아서면 남이라는 말도 있긴 하지만.

세탁소 댁이 서울에서 내려와 며칠을 보내고 다시 어디론가로 사라졌을 때 김씨조차 모습을 보이지 않았어. 하루 이틀도 아니고, 여러 날 동안 한양 세탁소의 문이 닫혀 있으니까 근처에 사는 사람들은 별일이 없기를 바라며 은근히 걱정을 했어. 그 여자 독한 건지, 생각을 하지 못할 만큼 사랑에 빠져 있었던 건지, 그도 아니면 번쩍이는 날개옷의 황홀함에 도취돼 있었는지 지금 생각하니 좀 우습네. 남편과 자식이 살고 있는 세탁소 뒤의 아파트에 들어가 살고 있었어. 김씨의 심정이 어땠을까.

문을 닫은 지 열흘쯤 흘러갔을 때 허랑함이 온 몸에 퍼진 모습으로 김씨가 나타났어. 한동안 사람들은 김씨와 마주치는 걸 두려워했지. 김씨의 눈 속에 담겼을 슬픔과 원망과 회한과 쓸쓸함 따위의 감정들을 읽고 싶지 않았겠지. 나도 언젠가 한 번 수퍼에 들렀다가 김씨와 마주쳤는데 그의 영혼이 방향감각을 잃고 한없이 떠돌고 있다는 것을 느꼈는걸. 사랑을 잃어본 사람은 같은 경험을 한 이의 영혼을 볼 수 있는 법이지. 들리는 말에 의하면 아내가 떠난 지 세 달 동안은 방문을 잠그지 않고 지낸 사람이야. 지금도 아내가 돌아오면 아이들과 살게 하겠다고 집을 마련해 두었다던데? 위자료를 받아 집을 샀다는 말이 그 뜻이었나봐. 어느 날, 법원의 그 남자가 세탁소에 서 있는 걸 봤거든.

이쯤 이야기했으니 더 이상 그런 말은 하지 않았으면 좋겠어. 나를 찾아온 여자에게도 나는 말하고 싶어. 행여 이런 사건을 다시 만난다 해도 정말 그랬느냐는 식의 질문을 들고 찾아다니지 말라고. 한 개인의 역사의 뒤안길에는 말로는 다 못할 피눈물의 사연들이 있다는 것을 헤아려 달라고. 김씨가 위자료를 받고 좋아했다는 말은 사람이라면 할 수 없다고 생각해. 어느 누구에겐가 김씨가 웃으며 그렇게 말했을 수도 있지만 그 말을 하는 사람의 심정을 헤아린다면 함부로 그 사실만을 떼어내어 전달할 수는 없을 거야. 말이란 단지 그 사람을 포장해줄 뿐이잖아. 꺼내어 보여줄 수 없는 마음을 포장지만 보고 다 보았다고 한다면 우리는 얼마나 많은 오류를 범하며 살게 될까.

그러고 보니 김씨에게도 책임이 있네. 사람들은 김씨가 아내를 보내고 난 후에 사네 못 사네 하면서 앓아누울 거라 생각했을지도 모르지. 그런데 잘 살고 있거든. 세탁소 옆의 작은 가게를 터서 영업장소를 넓히고 아침이면 일찍 나와 문을 열고 있으니 그렇게 보일 수도 있겠지. 그렇게 한들 김씨의 가슴 한복판에 새겨진 아픔과 슬픔이 쉽게 가시겠어? 그의 어머니가 아내 대신 자리를 지키고 앉아 있지만 어떻게 같을 수 있겠느냐구. 그깟 위자료 받은 것으로 모든 것을 대신 할 수 있겠느냐고 나를 찾아온 여자에게 묻고 싶어.

그러고 보니 세탁소 댁을 데려간 그 남자, 참 용의주도하군. 모든 가능성을, 세탁소 댁이 돌아올 가능성을 완벽하게 제거해 버렸잖아. 그 남자는 완전한 거래를 한 거야. 과연 법률을 아는 사람다운 조치였어. 그렇잖으면 그 남자의 사랑이 그렇게 완벽했든지. 세탁소 댁, 먼 후일에 그 완벽함에 대하여 가슴을 칠 일이 없으면 좋으련만. 그런 의미에서 보면 김씨도 마찬가지네. 위자료를 받은 건 자신의 아내가 돌아올 여지를 없애버리는 일인데.

지금도 꼼짝 않고 앉아 내가 움직이는 대로 눈망울을 굴리며 내 이야기를 듣고 있는 여자가 옳았어. 내가 아무리 아니라고 부정했어도, 침착하고 냉정하게 이야기하다 보니 결과는 그렇네. 결국 김씨는 선녀가 떠나면서 남기고 간 금빛 날개옷으로 평생 살 집을 마련하였어. 어쩌면 마음이 하늘에 있는 선녀보다는 그녀가 남기고 간 집이라는 물질이 더 소중했을지 누가 알아? 잃어버린 선녀를 찾아달라고 호소하던 나무꾼의 이야기는 그저 전설이었을 뿐인데, 나는 그걸 현실로 믿고 싶었나봐.

해끔한 김씨의 표정을 보며 비웃던 단골들을 매차게 쫓아버리던 기억을 떠올리니 갑자기 허망해지는 걸. 숨겨진 진실을 꿰뚫어 버린 후의 허망함이 이렇게 지독할 줄이야. 텅 빈 뱃속으로 공허한 시간들이 차곡차곡 쌓여드네. 삶에서, 인간에게 있어서 절대적인 가치란 존재하지 않나 봐. 정말 그랬느냐고 묻던 여자의 의도 속에는 그렇지 않길 바라는 마음이 더 크게 자리하고 있었던 게야. 문을 열고 나가던 여자의 쓸쓸한 뒷모습이 자꾸 눈에 밟히네. 그녀의 마음과 내 마음이 오버랩 되면서 합치되는 순간이야.

* 인용시, 정현종의 「견딜 수 없네」에서

윤사월

윤사월

아침, 잠에서 깨는 순간 간호사의 목소리가 되살아났다. 정기검진이 3일 후라는 걸 알고 계시죠? 이번엔 상태를 봐서 철근을 제거할 수도 있으니 준비를 하고 오시는 게 좋을 거에요. 어제 오후 전화를 받았을 때에는 아무 감정 없이 알았다고 대답했다. 그런데 간호사의 목소리가 되살아나는 순간 이유를 알 수 없는 짜증이 밀려들었다. 젠장, 철근 따위가 무슨 대수란 말인가. 사람을 상대하고 부대끼며 사는 일만 해도 벅찬데 그깟 쇠붙이 문제로 신경을 써야 하다니. 철근이 내 몸 안에 있든 없든 내게 그런 것들이 무슨 소용인가. 세상을 대하는 내 생각이 문제이지.

출근길에 보니 보도블록 틈 사이로 작은 고랑이 만들어져 빗물이 흘러들고 있었다. 어젯밤 내내 여윈잠을 잔 이유가 짐작되었다. 작달비였다면 기척이라도 냈을 테지만 가랑비는 도둑고양이처럼 의뭉스럽게 내려 나를 속였다. 아침에 일어나 밖을 보았을 때 아무런 기색도 없이 변화된 주변 환경을 보면 배반감이 느껴지곤 했다. 지난밤 뒤척인 이유도 마찬가지였지 싶다.

간혹 폭풍 앞에 몸을 내맡긴 나무처럼 고통스럽게 흔들리다 뜬눈으로 아침을 맞을 때에도 모든 것들은 달라진 게 없이 반듯하게 제 자리를 지키고 있는데 항시 방황하며 흔들리는 건 자신뿐이었다. 삶을, 시간을 완전한 내 것으로 끌어가지 못하는 내가 세상으로부터 고립되는 것이 어찌 그런 일 뿐이겠느냐는 궁색한 자위를 해보지만 내 삶이 획기적으로 변하지 않는 한 그런 문제에서 쉽게 벗어날 수 없을 것 같다. 설령 모든 문이 비상구일지라도 나는 내 자신을 가둔 굴레에서 쉽게 탈출하지 못할 것이다. 하찮은 일상의 변화조차도 모호한 낯설음으로 느껴지는데 어떻게 획기적인 대변혁를 꿈꿀 수 있을 것인가.

시계를 보니 출근시간에 맞추려면 빠듯할 것 같다. 걸음을 좀더 빨리 해야겠다는 생각을 하는 순간 신발 밑창을 통해 길쭉한 물체의 감촉이 느껴졌다. 섬뜩한 느낌이 들어 발을 떼고 보니 지독하게 녹이 슨 대못이었다. 어디 공사장에서나 있어야할 못이 이런 도로에서 뒹굴고 있다니. 못은 심하게 부식되어 곧 바스라질 것 같았다. 아마 어젯밤 비에 산화는 급속도로 진행되었을 것이다. 나는 앙갚음이라도 하듯 그 못을 발로 차 버렸다. 어젯밤의 비가 그랬듯이 자신의 존재를 명확하게 드러내지 않고 슬그머니 다가와 상대를 잠식해가는 것들이 세상엔 너무 많다.

가랑비가 질척거리는 이런 날은 손님도 없을 뿐더러 아무리 조심해도 뭔가 일이 꼭 터지고야 만다. 하다못해 몇백 원짜리 머리핀을 슬쩍하다 들켜서 우는 척하는 아이라도 봐야 하루해가 넘어가곤 했다. 하찮은 조바심이 쌓여 징크스를 만들어간다는 생각을 털어내려 창고 옆에 있는 수돗가로 가서 밀걸레를 꽉꽉 눌러 밟았다. 얼마나 오랫동안 사용했는지 헤질대로 해진 걸레는 실날이 너슬너슬해져 융처럼 부드러웠다. 물을 퍼부어 이리저리 흔들어대다가 발로 밟으면 실밥 같은 조각들이 떨어져 나갔다. 머지않아 사그랑이 되면 더러운 것을 닦아내는 자격조차 박탈당하고 쓰레기통에 처박히게 될 것이다. 하찮은 걸레일지라도 익숙해진 것과 결별하는 일은 내게 감정을 만들었다.

하긴 이 걸레가 유난히 빨리 해진 원인은 내게도 있다. 가게 안에 사건이 생겨 사장이 화를 벌컥 낸다거나 가끔씩 여직원들의 장난기가 발동하여 나를 난처하게 만들 때면 천연스럽게 같이 응해주지 못하고 멀뚱거리는 자신이 싫어 나는 이 밀걸레를 밀며 시선을 바닥에 두었다. 말하자면 바닥은 내 무감증을 들키지 않기 위한 도피처가 되어주는 셈이다.

바닥은 늘 나를 받아주는 유일한 장소였다. 부도 수표를 받았다거나 반품 할 수 없는 물건을 현금으로 바꿔 주었을 때 사장의 두꺼운 목엔 힘줄이 울룩불룩 돋아났다. 길길이 날뛰는 사장을 아무런 감정 없이 쳐다보는 자신이 소름 돋도록 싫어서 나는 그럴 때마다 바닥을 닦아댔다. 아니 그보다 더 정확한 이유는, 흥분한 사장이 무표정의 내 얼굴을 보면 더 화가 나서 즉시 해고시킬지도 모른다는 두려움이 그렇게 도망치도록 하였다. 밀걸레대를 잡은 손에 힘을 주어 한바탕 바닥을 닦고 나면 등줄기에서 땀이 솟기 시작하고 가슴 저 밑바닥에서부터 온기가 서서히 올라오기 시작했다. 얼굴에 수액 같은 땀방울이 도돌도돌 맺힐 즈음이면 사람들의 감정도 제 자리로 돌아가 평정을 되찾고 있었다.

부러 다리에 힘을 주지 않아도 더 이상 남루해질 것이 없는 걸레의 물기는 쉬이 빠져나갔다. 그걸 들고 가게 안으로 들어가서 바닥을 닦기 시작했다. 어제 하루 종일 이곳을 스쳐간 사람은 몇이나 될까. 그들이 지나간 자리마다 희뿌연 삶의 분진이 무수히 떨어져 있었다. 각기 다른 먼지, 다른 냄새, 다른 슬픔이나 기쁨의 부스러기들이 뒤엉켜 그들이 보낸 시간의 족적을 남기고 있다. 지금 순간순간의 상황이 저 감시용 모니터 화면에 담기는 것처럼.

화면에 내 모습이 나타나면 나는 재빨리 그 모니터를 피해 다른 코너로 옮겨갔다. 도대체가 싫었다. 사람이든, 사물이든 내 삶을 기웃거리는 것은 용납할 수 없었다. 하물며 저 기계 따위가 감히 내게 집적대다니. 모니터 화면에 찍힌 시간은 10시 35분이었다. 오늘 하루의 영업을 위해 만반의 준비가 갖추어지는 시간이다. 이제 겨우 시작하고 있는데 벌써부터 시계를 보다니. 도대체가 하루를 견딘다는 것이 죽은 사람 기다리는 것만큼이나 끔찍하게 지루하다.

옅은 땀이 밴 셔츠를 들썩이며 밖으로 나왔다. 울음밑 긴 아이처럼 지분거리던 비가 그친 후의, 햇살 없는 시월 초순 공기의 감촉은 산뜻했다. 하늘을 올려다보니 모슬린처럼 가벼운 안개에 감싸인 해가 흐릿하게 모습을 드러내 도시를 내려다보고 있다. 이런 모습도 잠시일 뿐 조금 있으면 햇귀가 드러나기 시작할 것이다. 그때에야 사람들은 실내에서 나와 거리를 활보하게 된다. 안개나 가랑비로 시야가 제한 될 때의 도시가 훨씬 더 매력적임에도 사람들이 웅크리는 것을 보면 역시 아름다운 것과 산다는 것은 별개인 모양이다.

　한적한 도로에 갑자기 오토바이 한 대가 폭음을 울리며 지나갔다. 오토바이의 뒷자리엔 밀레니엄 다방 아가씨가 배달 커피 세트를 들고 위태롭게 앉아 있다. 위태로움의 정도는 다방 아가씨의 자세보다도 그녀가 입고 있는 스커트의 길이가 훨씬 더 심했다. 커피를 주문한 사람은 이발소의 장사장일 것이다. 그는 이 시간에서 5분도 틀리지 않게 커피 배달을 시켰다. 그리고 그 비슷한 시간에 포토기 앞에는 가끔씩 같은 사람이 첫 손님으로 와 있곤 했다.

　기계를 조작하는 삐용삐용 뽕하는 소리가 경쾌하게 들렸다. 남자는 틀림없이 분할키를 조작하고 있을 것이다. 남자는 몇 분할에 클릭 했을까. 이른 시간에 나와 하릴없이 배회하다 이곳에 머문 거라면 16분할, 아니 32분할에 클릭 했을지도 모른다. 기계에 부착된 좁은 천막 아래로 반바지를 입은 남자의 다리가 보였다. 저 남자의 얼굴이 다리를 배반하지 않는다면 남자는 분명 야성적일 것이다. 야성이라는 단어를 떠올리자 불에 덴 상처를 후려친 것 같은 통증이 가슴 한복판을 관통했다.

　동시에 왼쪽 다리에서도 통증이 느껴졌다. 이제는 내 몸의 일부가 되었으려니 했는데 내 살과 함께 봉합된 쇳덩이는 여전히 거부당하고 있는 모양이다. 나는 그 쇳덩이가 내 몸을 잠식해가서 차라리 고철로 만들어주길 원했다. 인간의 몸뚱이를 하고 있으면서도 인간적인 삶이나 희망을 갖지 못하는데 사람이라고 말할 수 있을까? 아니 차라리 고통을 느낄 수 없는 무생물의 단순성이 훨씬 편안하게 해줄 것이다. 4년 동안이나 내 몸 안에 있었는데도 그것은 여직 나와 동체가 되지 못하였다. 그럼에도 혹사당할 때면 몸 속이 시끄럽다. 쇠와 뼈가, 쇠와 살이 서로 자신의 자리를 찾아 뒤척이는 소리가 들리는 것 같았다.

남자는 비닐 천막 안에서 몸살을 하다가 밖으로 나오며 휘휴 하고 후련한 숨을 내쉬었다. 이마에는 미처 방울이 되지 못한 땀이 돋아 있다. 옆이 트였지만 비닐로 만들어진 작은 천막 안은 공기가 순환되지 못해 시적지근한 냄새가 나기도 했다. 남자의 눈과 마주치자 나는 고개를 약간 숙여 아는 체를 하였다. 뜻밖에도 가까이서 본 남자의 얼굴에는 삼 년은 좋이 내려앉았을 권태가 덕지덕지 눌러 붙어 있어 나는 쓴웃음을 지었다. 일순 남자의 포토사진은 어떨까 하는 호기심이 강하게 일었다. 남자가 매장 안으로 들어가자 나는 시치미를 떼고 따라 들어갔다. 카운터 앞에 선 남자는 포토 손님을 위해 카운터에 준비해둔 둥근 플라스틱 통에 꽂혀 있는 가위를 들고 사진을 자르기 시작했다.

나는 그의 뒤에 서서, 가벼운 비밀거리를 훔쳐내는 것처럼 사진을 넘겨다보았다. 32분 된 사진은 아주 작아서 자세히 들여다보지 않으면 어떤 표정인지 알아챌 수가 없었다. 남자의 얼굴에는 권태기가 좔좔 흐르고 있는데 사진 속에서 그는 어떤 표정을 짓고 있을까. 변화된 그의 표정이 궁금했다. 그러나 남자는 여전히 나른한 표정뿐이었다. 그의 표정이 천의 얼굴로 둔갑하길 바랐던 나는 전율했다. 그에게서 내 모습을 보았기 때문이다. 그런 나와는 상관없이 사진을 들여다보던 남자는 만족한 웃음을 띠며 출입문으로 향했다.

남자가 나가자 가게 안에는 서너 명의 손님밖에 남지 않았다. 따분해진 사장은 잠시 밖으로 나가고 박 양이 카운터에 서 있다. 그녀가 사장 대신 카운터에 선다는 것은 사장에게 신임을 받는다는 의미였다. 그녀는 늘 조용하고 성실해서 사장뿐만 아니라 누구나 신뢰할 만했다. 그러나 그런 품성과는 상관없이 그녀는 정직하지 못했다. 그녀가 카운터에 앉아 있을 때에 가끔씩 바지 호주머니에 손을 넣는다는 것을 나는 알고 있었다. 그녀는 인간에게 진실 따위가 존재하는지에 대해 품고 있던 내 회의를 더욱 강하게 만들었다. 더욱 웃지 못할 일은 사장이 그토록 신뢰하는 인간으로부터 속고 있다는 걸 눈치 채지 못하고 있다는 점이다. 하긴 날고 기어오르는 재주를 가진 사장이라 해도 인간이 지닌 도덕성 따위를 어찌 구분해낼 수 있을까. 그것이 사장의 한계이고 인간의 한계인 것을. 우연히 나와 시선이 부딪치자 그녀는 스물일곱의 나이답지 않게 환하게 웃었다. 나는 재빨리 그녀의 시선을 피했다.

머칠 전에는 진열대에서 무너져 내리는 물품을 받으려고 달려들다 우리는 서로를 끌어안는 꼴이 되었다. 예기치 못한 상황이었고 또 자의적인 행위도 아니었지만 그녀의 풍만한 젖가슴이 내 가슴에 뭉클하게 다가들자 가슴이 쿵쾅거리며 뜨거운 피가 역류했다. 그녀는 놀라기는커녕 기다렸다는 듯이 내게 가슴을 밀착시켜왔다. 오히려 그녀의 반응에 놀라 내가 재빨리 몸을 빼내지 않았으면 우리의 포즈는 사랑하는 남녀의 포옹 장면이 되고 말았을 것이다. 차라리 누구라도, 아니 박 양이라도 좋아진다면 얼마나 다행일까. 그래서 나도 남들처럼 결혼을 하고 가정을 이루고 살게 되면 얼마나 편안할까. 남들처럼 평범하게 말이다. 아직 웃음기가 가시지 않은 그녀를 보며 막막함이 졸음처럼 나른하게 밀려들었다.

　살고 죽는 일은 사람의 마음에 있는 게 아니라 운명에 달려 있는 것이다. 그 날, 윤희가 내게 결별을 선언한 삼일 후, 그녀를 찾아가다가 김 이사의 자가용에서 내리는 윤희를 목격하고 나는 제 정신이 아니었다. 아니 내가 제 정신이었다면 그것이 오히려 비정상일 것이다. 세상에 태어나서 처음 만난 여자였다. 사춘기 시절에도 콤플렉스 때문에 여학생 앞에 나서보지 못하고 성인이 되었다. 그러다가 두 번째 직장인 투자금융에 근무하면서 유일무이하게 만난 여자가 윤희였다. 그녀는 내게 적극적으로 다가왔다. 내 자신에 대한 두려움으로 그녀를 받아들여야 할지 망설이는 나를 그녀는 자비심의 화신과도 같이 따뜻하게 다독여 주었다. 누군가를 사랑한다는 것은 그만큼 슬픔을 많이 안다는 의미일 거라는 자위적인 끌림이 나를 파국으로 몰아갔다.

　그녀를 만나 반년이라는 시간이 흘렀을 때 윤희는 임신을 했고 나는 문득 결혼해서 가정을 갖고 싶었다. 아버지 같은 남자가 아닌 아내를 사랑하고 책임감을 가진 남자이고 싶었다. 그러나 내가 결혼이라는 말을 꺼내자마자 윤희의 태도는 돌변해서 우리의 관계는 금세 불편해지고 말았다. 윤희와 내가 느끼는 사랑에 대한 의미는 그렇게 각기 달랐다. 내가 윤희를 향해 기울인 사랑의 질량과 그것을 재는 윤희의 저울추는 판이하게 달랐던 것이다. 그녀는 평범하지 않은 한 남자를 만나며 다른 남자와는 구분되는 간극을 엿보는 재미를 느끼고 있었는지도 모른다. 그녀에게 진실한 사랑 따위는 애초부터 존재하지 않았는지도. 그녀에게 나는 그녀가 만난 다른 남자들 중에서 좀 특이한 사례에 불과했을 뿐이었다.

　나는 그 날 밤 죽을 결심을 하고 소주 한 병을 마시고는 시속 140㎞를 밟았다. 사고는 이미 예비된 일이었다. 논두렁으로 굴러 상대 없는 사고를 냈다. 지금 와서 생각하면 천만다행한 일이었다. 내 인생 주체도 못하면서 다른 인생까지 망쳐 놓았다면 그 심적 부담을 어찌 감당하겠는가. 그랬다면 나는 이미 예전에 스스로 생을 놓아버렸을 것이다. 다리뼈가 심하게 손상되어 쇠붙이를 넣어 다리의 골격을 만들 수밖에 없었다. 수술 후 반 년 동안 병원에 있으면서 나는 자동으로 실직을 당했고 살아 있음을 저주했다. 그때 꼬이고 꼬인 내 성정은 어머니에게로 향해 모자 간의 인연의 업보는 더 커지고 그녀의 불공은 그만큼 더 간절해졌다.

　내가 아는 여자란 어머니와 윤희의 모습뿐이다. 그래서 나는 사랑을 고질적인 질병쯤으로 생각했다. 여자들은 변신에 능한 히드라 같아서 좀처럼 그 속성을 짐작할 수가 없었다. 나는 사랑을 눈 깜짝할 사이의 우행(愚行)이라고 말한 짜라투스트라를 존경한다. 그 후 4년이 지났으니 수술을 해서 쇠붙이의 상태를 점검해야 하지만 나는 차라리 감각은 물론 감정까지 느낄 수 없는 철인(鐵人)이 되기를 원하고 있었다.

　느낌이 없는 것처럼 편한 게 또 있을까. 다리의 통증을 느낄 때마다 나는 줄곧 무감각한 인간을 꿈꾸었다. 가끔 병원에 가야 한다는 생각과 그깟 다리쯤이야 절든 아프든 무슨 대수랴 하는 자학 사이에서 갈팡질팡했다. 가끔씩 꾸는 꿈에서처럼 이대로 살다보면 쇠붙이가 점점 내 몸뚱어리를 잠식해 갈지도 모를 일이잖은가.

　매장의 주 손님은 학생들이다. 그래서 아이들이 학교에 가서 졸고 있는 동안에는 이 가게 안도 한가롭다. 여직원들은 이따금씩 따분한 시간을 죽이려 매니큐어도 발라보고 가발을 쓰고 거울 앞에서 쇼를 하기도 했다. 그런 그들을 물끄러미 바라보고 있으면 삐에로가 되지 못해 안달하는 것만 같았다. 어쩌면 그들도 권태로운 일상에서 탈출하고자 삐에로가 되고 싶은지도 모른다. 처음엔 사장을 눈속임하며 은근히 즐기던 행동을 이제는 대담해져 아예 드러내놓고 하였다. 한 치도 다르지 않는 매일 매일의 익숙해진 일상에 모두들 진저리를 치면서.

그네들이 자신의 놀이에 빠져 있는 동안에도 나는 진열대를 눈으로 훑어가고 있었다. 한낮의 가을 햇빛이 출입문 밖에 머무르고 있다. 그 빛살에 먼지가 반사되면서 황금가루처럼 반짝였다. 내가 담당하는 것은 음반과 문구 코너지만 이 가게에서 사장을 제외하면 남자는 나밖에 없다는 생각이 가끔 책임감을 느끼게 했다. 그보다도 나는 의도적으로 내가 남자임을 그들에게 환기시키려 했다. 또 한 가지 이유는 이곳에서 오래 버티려면 남들보다 신경을 더 써야 한다는 것을 경험한 때문이다.

전문대를 졸업하고 서너 군데의 직장을 거쳐 다니면서 나름대로 세상사는 이치를 터득한 것은 살아남기 위해서는 남과 다른 면모를 지녀야 한다는 것이다. 가진 것 많고 잘난 사람들도 그러한데 하물며 내세울 것이라고는 눈곱만큼도 없는 나로서는 더욱 그럴 것이다. 이곳에 온 지 아홉 달이 지났다. 네 번째 직장을 옮기면서 어른들 상대보다는 아이들 손님이 더 많은 잡화류를 취급하는 이런 직업을 구한 것도 이유가 있다. 아직은 사람들과 부닥치며 산다는 것에 자신이 없다. 어머니가 자신의 길을 떠나고 또 유일한 여자였던 윤희마저 현실적인 행복을 찾아 떠나버렸을 때 내 삶을 포기하려 했었다. 소중한 사람을 떠나보냈을 때 내 몸의 일부를 도려내는 것처럼 저린 통증을 오래도록 느끼며 나는 생에 대한 권리나 의무감을 상실해갔다. 내게 있어 그들을 잃는다는 것은 내 삶에서 절대적인 것을 놓는 일이었다.

"장승일 씨! CD 하나 찾아 주세요."

코너 중에서 가장 구석진 곳에 테잎과 CD 류가 진열돼 있다. 통로 사이로 남자가 서 있다. 나는 한 눈에 그 남자를 알아보았다. 32분할의 표정이 한결같았던 남자, 그리고 '파리넬리'. 몇 주 전에 그가 구입한 파리넬리의 '울게 하소서'를 매출 품목 명세란에 적으면서 나는 손끝이 떨리는 것을 느꼈다. 원작자인 헨델도 아니고 왜 하필 파리넬리인가. 그의 절절한 목소리가 가슴을 후벼파는 것 같았다. 고개를 들어 그 남자를 정면으로 바라보고 싶었지만 자꾸 파리넬리의 영상이 살아나 그러지 못했었다.

윤희는 결별을 선언하면서 나와 함께 영화 '파리넬리'를 보자고 하였다. 말하자면 그녀는 내게서 떠나가는 이유를 그렇게 넌지시 보여주고 간 것이다. 아무리 내가 남성답지 않다는 것을 알고 시작한 사랑 놀음이라 해도, 설령 연민으로 다가왔다고 해도 한 지붕 아래서 일생을 함께 살고 싶지는 않았을 것이다. 처음에 나는 윤희의 의도를 받아들이지 못해 순간일망정 그녀를 저주하였다. 그녀를 진심으로 사랑한 그 무게만큼. 그러나 지금은 그녀를 이해한다. 어느 여잔들 그러지 않았으랴.

그가 내 앞에 서서 하얗고 투명한 손가락들을 모아 비비며 말했다.

"지난번에 가져간 CD를 클럽에 두었다가 갈취당했죠. 여기 가서 구하라고 해보았지만 막무가내지 뭐에요."

그는 스스로 같은 CD를 두 번 구하는 것에 대해 계면쩍어했다. 처음으로 듣는 남자의 목소리가 독특했다.

"어쩌죠, 손님이 가져가신 이후로 아직 들여놓질 못했는데요. 아시다시피 여긴 시골이라서 손님 같은 취향이 그리 많지 않거든요. 사장님도 더 이상 주문하지 말라 하셨구요. 연락처를 남겨 주시면 주문을 하고 연락드리겠습니다."

나는 부러 목소리에 힘을 실어 말했지만, 그를 똑바로 바라보지 못하고 불안정하게 시선을 분산시키는 자신을 보았다. 그가 그래요, 하며 잠깐 침묵했다. 나는 고개를 숙여 뭔가를 찾는 시늉을 하면서도 그의 반응에 오감을 곤두세웠다. 그는 분명 아쉬운 표정을 짓고 서 있을 것이다. 그가 내게서 등을 돌려 출입문 쪽으로 향했다. 그가 뚜벅뚜벅 걸어가는 소리를 듣고서야 나는 그의 뒷모습을 바라보았다. 검정색 셔츠를 통해 드러난 어깨선이 아름다웠다.

"빨리 나가지 못해!"

사장의 고함 소리에 놀란 사람들의 시선이 한 곳으로 몰렸다. 신기하게도 날 궂은 날이면 어김없이 나타나는 미친 여자다. 어디 곡마단에 있다 쫓겨온 여자인지 난쟁이보다 조금 큰 키에 안감으로나 쓰일 화섬으로 지은 삼색의 한복을 입고 있다. 여자는 매장 안에 들어와서 여기저기 삿대질을 하며 알 수 없는 말들을 지껄였다. 횡설수설하는 것 같지만 잘 들어보면 지독한 욕설이거나 자신이 아는 사람에 대한 불평이어서 전혀 말이 안 되는 소리는 아니었다. 이를테면 그녀 나름대로 자신이 속해 있는 세상에 대한 불평을 토해내고 있는 것이다. 직원들은 사장이 없는 날엔 그녀를 심심풀이로 데리고 놀았다. 말을 시키면 동문서답이거나 질펀한 육담을 쏟아내다가도 어느 순간 자신을 놀린다는 걸 깨닫게 되면 아무에게나 달려들어 주먹질을 해댔다. 한 번은 그녀를 놀리는 여직원들의 태도가 좀 지나치다 싶어 여자를 밖으로 쫓아 보냈더니 그녀들은 나를 조롱 섞인 눈초리로 쳐다보았다. 아무리 답답한 공간에 갇혀 질식할 지경이라 해도 어머니 같은 여자를, 미친 여자를 장난감 취급하는 데에 화가 나지 않을 수가 없었다.

누군들 자신이 살아가는 하루하루가 늘 정상이라고 장담할 수 있겠는가. 삶이라는 레일 위에서 조금만 엇나가도 추락할 수밖에 없는 약한 존재들 아니던가. 여자는 입을 삐죽거리며 사장을 피해 슬금슬금 입구 쪽으로 걸어나갔다. 나는 여자의 뒷모습에서 아이러니하게도 어머니를 떠올렸다. 여자와는 비교할 수 없을 정도로 정갈하게 사신 어머니를.

어머니는 아침마다 아버지의 양복을 마당으로 들고 나와 밤새 내려앉은 먼지를 털어냈다.

"입지도 않은 양복을 왜 자꾸 털고 그러세요."

아버지 없이 홀로 밤을 새우는 날이면 어머니의 행동은 어김없이 되풀이되었다. 어린 나는 어머니의 마음을 헤아리는 것보다는 선잠 깬 것만 아쉬워하며 어머니에게 궁시렁거렸다.

"아야, 어젯밤에 바람이 많이 불더니 느그 아버지 어깨 위에 흙먼지가 내려앉았지 뭐냐."

그러는 어머니의 모습은 어떤 의식을 행하는 것처럼 경건했다. 그 경건함 속에 숨어있는 고독하고 허전한 마음이나 원망 같은 것을 그 어린 나이에 어떻게 알아챘겠는가. 그랬다면 그런 어머니 곁에 좀더 오래 머물렀을지도 모를 일이다. 입지도 않은 옷을 들고 날마다 먼지를 터는 어머니의 마음은 낡은 헝겊 쪼가리처럼 헛되게 헛되게 펄럭였을 것이다. 아버지 양복에 붙은 먼지를 털어내며 행여 어머니는 아버지의 여자들을 그렇게 털어내고 싶었을 거라는 생각이 든 것은 윤희를 떠나보내고 난 후였다. 때늦은 자각이 한동안 나를 우울하게 했었다.

무엇인가가 회오리바람을 타고 빙글빙글 돌며 몰려드는 소리가 들려왔다. 벌써 가게 안은 보이지 않는 생동감으로 살아 움직이는 듯하다. 참을 수 없는 권태로움에서 벗어나려고 트집거리를 찾던 사장의 눈에도 촉기가 살아났다. 어떤 아이들은 하루의 일과 중 이곳을 빠뜨리면 안 될 정도로 그들에게 이 장소는 중요했다. 눈치 빠른 박양이 아이들이 좋아하는 가수의 노래로 바꾸고는 볼륨을 한껏 높였다.

아이들은 서로 몸을 포개듯이 밀착시켜 좁은 출입문를 통과했다. 여기저기서 핸드폰 울리는 소리가 들리기 시작했다. 딱히 갈 곳이 없는 그들은 주로 이 가게 안에서 만나 미팅까지 한다. 물건을 같이 고르거나 두 사람이 만난 기념일을 축하하기 위해 조화를 주문하고 값이 싼 커플링 반지를 구해서 끼고는 어깨를 나란히 맞대고 밖으로 나갔다. 어느 날인가는 그런 그들을 보며 부럽다는 생각이 들어 혼자 객쩍은 웃음을 웃기도 하였다.

돌아오지 않는 아버지를 기다리며 가슴이 시꺼멓게 타버린 어머니는 내 장래를 앞질러갔다. 아버지를 닮아 미소년같이 곱기만 한 내게도 아버지의 피가 흐르고 있음을 미리 걱정한 어머니는 나를 여자로 키우려 했다. 초등학교 6년 내내 남자아이보다는 여자아이 차림의 옷을 입었다. 그런 것이 무얼 의미하는지도 모른 채 나는 어머니의 의도대로 길들여졌다. 심지어는 말하는 투나 목소리도 예쁘고 상냥하게 했다. 중학생이 되고 변성기를 거쳐서도 나는 여전히 남자다운 목소리를 찾지 못하였다. 나는 그 원인을 선천적인 것이라기보다는 이중삼중으로 억눌린 심리적인 것으로 믿고 싶었다.

고등학생이 되던 그 해 봄, 같은 반 녀석이 내게 보내는 이상한 시선을 의식하던 날 나는 성난 짐승처럼 포효하며 어머니에게 대들었다. 비역질하는 인간으로 살게 할 거냐고, 내 인생을 망치고 싶은 거냐고. 그 순간에는 끓는 피를 참지 못해 어머니의 양어깨를 붙잡고 격렬하게 흔들어대다가 문득 갈기를 일으키는 물결처럼 일어서는 살의를 느꼈다. 섬광처럼 스친 찰나의 의식이었지만 나는 자신을 다스리지 못해 머리를 쥐어뜯으며 문을 박차고 나와 미친놈처럼 소리를 지르며 끝없이 내달렸다.

시간이 흐르고 어머니의 자식으로 돌아온 순간 그런 스스로가 혐오스러워 나는 자살이라도 하고 싶은 심정이었다. 그러나 그때는 이미 많은 것들이 돌이킬 수 없을 정도로 변화돼 있었다. 네가 딸이었으면 얼마나 좋겠니. 어머니는 입버릇처럼 내가 결혼하지 않고 살길 바란다고 하셨다. 네 아버지처럼 여자의 인생까지 망쳐 놓으려면 차라리 네 인생 망치는 것으로 족하라고 모지락스럽게 말씀하셨다. 나는 소년 시절을 그런 문제에서 헤어날 수가 없었기 때문에 여자 친구를 가질 수도 없었고 설령 내가 원한다고 해도 그런 나를 상대해 줄 여자애가 있었을지도 모를 일이었다. 그렇게 오랜 시간을 두고 보편적인 규범 밖에서 길들여진 내가 그 규범 속으로 섞여들기란 쉬운 일이 아니었다. 그 시도조차도 내 겐 버거운 현실이었다.

조금 전부터 내 눈길을 끄는 여학생 둘이 있다. 악세사리 코너에서 이 십 분 이상 맴도는 걸로 보아 뭔가 슬쩍할 모양이다. 한동안 더 꾸물거 리더니 한 여학생이 큐빅 머리핀을 호주머니에 집어넣었다. 값이 좀 나 가는 것이었지만 나는 그들을 못 본 척하고 내 코너로 돌아와 버렸다. 조금 후에 출입문 쪽의 경보음이 삐-하고 길게 울렸다. 짜아식들 들키 지 않게 제대로 좀 할 일이지. 내키지 않지만 출입문으로 나가보니 그 여학생들이 아니라 콧수염이 곰실곰실 돋기 시작하는 남학생이다. 나는 녀석에게 눈을 찡긋하며 문밖으로 내몰았다. 카운터의 사장이 무슨 일 이냐고 소리쳤다. 나는 아이의 가방 속에 있는 만화의 바코드 때문이라 고 큰소리로 대답했다. 그리고는 위악적인 내 행동에 흠집이 생기지 않 도록 짐짓 위엄 있는 표정을 지어 매장 안을 다시 순시하듯 휘둘러보았 다. 사장이 나를 의심할리는 만무하지만 조금의 의혹도 남기지 않는 게 서로를 위해 좋을 것이다.

좀 전의 여학생들은 감쪽같이 사라지고 없다. 방관자였던 나 역시 한 시름 놓는다. 특별한 놀이 공간이 없는 그들에게 이곳은 만만한 장소가 되었다. 그러나 그들은 낙원에 들어올 때의 허락은 쉽게 받았지만 그 안 에 들어와서는 온갖 유혹거리에 흔들려서는 안 되는 가혹한 형벌을 감 내해야 했다. 이곳에서 일하면서 나는 습관처럼 들락거리는 아이들의 심리나 도둑질하는 아이들의 심리를 이해했다. 물건을 훔친 그들은 이곳을 빠져나가며 스릴과 쾌감을 동시에 느낄 것이다. 그들은 그런 재미로 이곳을 찾고 그런 것들에서 오는 미묘한 긴장감을 만끽하는지도 모른다. 아니, 어쩌면 그런 그들을 보면서 삶을 지탱해 가는 것은 나인지도 모른다. 지금까지 늘, 행복은 필사적으로 달려들면 달려들수록 오히려 멀리 달아나곤 하지 않았던가. 인생이 내게 약속해준 것은 슬픔뿐이었다. 나는 슬픔 같은 것들에서 기쁨을 찾아야 했다. 그런 의미에서 슬픔은, 인생의 매 순간은, 그리고 어려운 상황은 늘 내게 새로운 가능성을 주는 셈이다.

북적대던 사람들이 다 빠져나가고 매장 안에는 서너 명의 중고생들만 남아 있다. 십오분 후면 열 시가 될 것이고 문을 닫고 나면 지루한 내 하루도 끝나게 된다. 이렇게 지겨워하면서 서른 두 해 동안이나 살았다니 끔찍했다. 시선을 출입문 쪽에 두고 있는데 중년의 남자와 여자가 들어왔다. 여자가 남자의 겨드랑이에 손을 넣어 팔짱을 끼고 있다. 그들은 넥타이 코너로 다가와서 진열대를 이리저리 돌려보았다. 담당 여직원이 먼저 퇴근했기 때문에 나는 그들에게로 다가갔다.

역한 술 냄새가 스쳐갔다. 여자나 남자 모두 얼굴이 벌겋게 달아올라 있다. 터미널 근처에서 식당을 하는 여자다. 남자는 한사코 싫다고 밀어내는데 여자는 내가 골라주는 타이를 일일이 남자에게 매주고 싶어 안달이었다. 여자는 아예 남자에게 매달려 있다. 돼지 목처럼 두텁고 잘록한 남자의 목에 타이를 대보면서 여자의 입엔 함박웃음이 피어났다. 여자는 남자에게 라이터를 권했다가 남자가 고개를 흔들면 또 다른 것을 찾아 눈동자를 굴렸다. 여자는 뭔가를 사주고 싶어 안달이고 남자는 매번 손을 홰홰 내젓는다. 저런 것이 여자의 행복이라면 어머니는 단 한 순간도 행복해본 적이 없었다.

가진 것 다 내주어도 성이 차지 않는 순간을 행복이라고 표현하지 않으면 뭐라 하겠는가. 결국엔 아무것도 사지 않고 나갔지만 두 사람은 오늘 밤 행복할 것이다. 그들이 나가고 나자 퇴근준비를 끝내고 온 박양이 내게 다가와 귀엣말을 했다. 방금 여자와 나간 저 남자는 우리 동네 파출소에 근무하는 경찰이에요 라고. 그 말을 듣는 순간 아버지에 대한 분노가 불끈 치솟아 그에 대한 기억이 전혀 퇴색되지 않았다는 걸 느꼈다.

그렇지만 저 남자도 죽을 때쯤에는 아내에게로 돌아가겠지. 황량해진 가슴 앞자락에 소금이 될 만큼 많은 눈물을 흘렸던 어머니. 꽃이 어린 왕자를 길들이듯, 젊은 시절 내내 아버지는 어머니에게 서러움만 길들였다. 그런 아버지도 쉰 넷에 위암으로 고생하다가 결국 어머니를 찾아와서야 생을 다하였다. 육신에 마지막 고통이 엉켜 감당 못할 상태가 되었을 때 어머니는 아버지를 끌어안고 아픔의 잔해를 혼자서 도맡았다. 그렇게라도 당신 옆으로 돌아와 준 남편이 고마웠던가. 아버지의 장지를 다녀온 친지들이 녹음기를 틀어놓은 것처럼 한결같은 위로의 말을 하고 돌아가고 난 그 날 밤에 어머니는 숨이 넘어갈 듯한 오열을 터트리고는 다음날부터 말간 얼굴로 나를 대했다. 어머니의 그런 표정을 보는 것이 얼마만인가 싶어 쉽게 믿기지 않을 지경이었다.

내가 군대에 갔다가 첫 휴가를 나와 보니 어머니는 집에 계시지 않았다. 이미 출가한 후였다. 이모들에게 수소문해 어머니가 계시는 절에 가 보았더니 그녀는 극락전에 앉아 백팔배를 올리고 있었다. 아버지를 천도하는 어머니의 간절한 뒷모습을 보니 아직도 부부의 연이 끊기지 않은 모양이었다. 그런 어머니에게 화가 나 나는 거칠게 돌아서 버렸다. 그 후 직장 근처로 찾아온 어머니를 나는 만나지 않았다.

11시가 되어서야 완벽하게 점검을 끝냈고, 퇴근할 수 있었다. 매장 안에 있을 때에는 늘 밖으로 뛰쳐나가고 싶은 욕망을 주체할 수 없지만 막상 거리에 서면 갈 곳이 없다. 설령 거리를 배회하더라도 사람 냄새가 아닌 곰팡이 냄새가 나는 방으로 들어가고 싶지 않았다. 낡은 벽지에서 묻어나는 쓸쓸한 냄새가 견딜 수 없게 했다. 이런 날의 밤은 너무 어둡고 길다. 퇴근길에 문을 밀고 나오며 마주친 박 양이 눈짓을 보냈지만 나는 못 본 척 외면해 버렸다. 차라리 그녀라도 만나 시간을 메꾸는 게 나았을 거라는 후회가 스쳐갔다.

가슴속에서 싸아하니 바람이 지나갔다. 누구든 좋으니 사람의 살 냄새가 맡고 싶다. 사람의 체온처럼 따스하고 정겨운 게 또 있을까. 이제 거리를 지나다니는 사람조차 눈에 띄지 않았다. 집 쪽으로 방향을 바꾸었다. 차라리 집으로 돌아가 인터넷에 들어가 보자. 채팅을 하다보면 누구든 오늘 밤 대화의 상대가 생기겠지. 나를 드러내지 않으며 상대를 만날 수 있다는 생각에 마음이 한결 안정되었다. 지친 그림자를 떨어뜨리며 삼거리의 굽어진 길을 도는데 환하게 불을 밝힌 포장마차가 눈에 들어왔다. 잠시 머뭇거리다 포장에 어리는 사람의 그림자에 끌려 안으로 들어갔다.

주인남자는 어서옵쇼 라고 소리쳤지만 연탄불에 꼼장어를 굽느라 내게 시선은 주지 않았다. 의자에 앉아 예닐곱 명의 사람들을 훑어보다 낯익은 뒷모습을 찾아냈다. 예의 그 파리넬리였다. 나는 온 신경이 팽팽히 긴장되는 것을 느꼈다. 주인이 와서 주문을 받아가는 동안 나는 파리넬리에게 집중했다. 소주가 왔고 잔이 넘치도록 따라 한 입에 털어넣었다. 파리넬리도 동석한 남자와 잔을 부딪혔다. 나는 재빨리 두 번째 잔을 들어 그들과 속도를 맞췄다. 파리넬리가 마주앉은 남자에게 눈웃음을 보냈다. 남자가 파리넬리의 볼을 집게손가락으로 가볍게 쳤다. 나는 빠른 속도로 술병을 비우고 자리에서 일어섰다. 거스름돈을 받아 뒤돌아서는 순간, 파리넬리와 시선이 마주쳤다. 그가 하얀 이를 드러내 웃으며 나를 향해 손을 번쩍 들었다. 그에게 가고 싶었다. 사람이 그리운 이 시간에 그가 누구이면 어떠랴. 그러나 돌아섰다. 그가 나를 붙잡을까 두려워 빠른 걸음으로 그곳을 나왔다.

밖으로 나와서야 나는 얼굴이 화끈 달아오르고 있다는 것을 느꼈다. 어느 땐가 어머니에게 비역질이라도 해야겠느냐고 가슴을 쥐어뜯으며 대들었던 적이 있다. 상처 입은 짐승처럼 피를 흘리며 몸부림치던 기억이 새삼스레 떠올랐다. 그러자 뒤통수에 느껴지는 부끄러움이 전신으로 퍼져갔다. 스스로가 몹시 혐오스러웠다. 내 몸의 마디마디에 는지렁이처럼 달라붙은 혐오를 털어 버리고 싶었다. 몸을 탈탈 털어 제 몸에 달라붙은 이물질을 제거하는 짐승처럼 나는 전신이 흔들리는 심한 진저리를 쳐보았다.

나는 누구에겐가 불같은 화를 내고 있었다. 나는 아버지와 어머니의 희생자일 뿐인데, 왜 스스로 자신의 길을 만들려 하지 않았을까. 내면 깊숙한 곳으로부터 터져 올라오는 무겁고 비장한 슬픔이 목을 타고 넘어와 참아지지 않았다. 꺼억꺽 올라오는 목울음을 참으며 집을 향해 걸었다. 내 삶에 끼어드는 불온한 것들, 그렇게 살고 싶지 않은데 생은 매번 내 의도와는 판이하게 전개된다.

골목길에 접어들자 가로등이 고장 났는지 사위가 칠흑 같다. 환한 곳에 있다가 갑자기 어두운 골목으로 뛰어들었더니 동공이 쉽게 적응하지 못해 방향 감각을 잃었다. 눈을 감았다. 애초부터 내 삶에 어둠뿐이었다면 눈을 뜨나 감으나 길이 어두운 건 마찬가지리라. 과거처럼, 내 미래도 포화된 어둠으로 갇혀 있을까. 온 몸에 덧씌워진, 나를 완전히 가두어 놓은 어둠에서 탈출할 수 없는 것일까.

뉘 집 뜰에선가 차르르차르르 풀벌레가 울고 있다. 늘 다니던 길이었지만 어둠 속에서 미로 같은 좁은 길을 지나기란 여간 고역스럽지 않았다. 발의 보폭을 제대로 조절하지 못하거나 방향을 잘못 짚으면 벽돌 담장에 어깨를 부딪히기 십상이었다. 동네가 좀 외지긴 하지만 이런 불편함은 처음이었다. 더구나 술에 취한 걸음걸이가 자유롭지 못해 나는 자꾸 비틀거렸다.

평소에는 올려다보지도 않던 그믐 칠야의 하늘이 야속하기만 했다. 한 발짝씩 조심스레 옮기다가 한순간 돌부리에 채여 넘어지고 말았다. 발목뼈를 다쳤는지 머리끝이 설만큼 심한 통증으로 숨이 막힐 지경이었다. 하필이면 왼쪽 다리를 또 다칠 게 뭐람. 이러다가 회저(壞疽)라도 생기면 나는 꼼짝없이 병원에 가서 다리를 절단해야 할 것이다. 그놈의 쇠

붙이가 어떻게 되었는지 몰라. 이틀 후면 병원에 가게 될 텐데. 상태가
좋으면 철근 제거 수술을 할 수도 있는데 이 무슨 불운이람. 통증은 쉽
게 멈출 것 같지 않았다. 차가운 밤이슬이 내려앉아 한속기까지 겹쳤다.
나는 이를 앙다물고 참아내다가 담장을 의지해 일어서 보지만 매 번 주
저앉고 말았다.

한때는 그토록 원했던 죽음이었는데 왜 이 순간 이렇게 두려워지는
가. 어쩌면 죽음이 눈앞에 다가와 있을지도 모른다는 생각이 들자 공포
감이 땅거미처럼 스름스름 다가들었다. 밤새 이대로 있게 되면 정말 죽
을지도 모른다. 내 삶을 버리고자 죽음을 비웃었던 시간들이 아득한 옛
일처럼 느껴지면서 극도의 불안감이 몰려왔다. 두려움을 떨쳐보려고 어
둠을 뚫어지게 응시해 보았지만 허사였다. 가만히 있는 것보다는 움직
이는 게 나을 것 같아 다친 다리를 끌면서 네 발 달린 짐승처럼 엎드려
기기 시작했다. 그것도 몇 번이었을 뿐 손을 휘저어 장애물이 없는지 확
인하며 긴다는 것은 힘든 일이었다. 이럴 때 누군가가 부축해주면 일어
설 수 있을 텐데. 내게 누가 있었던가. 아, 불빛이라도 있다면. 한 줄기
의 빛이 삶과 죽음의 갈림길이 될 수도 있다고 절감하는 순간 따스한 불
빛이 간절하게 그리워졌다.

꿈일까, 생시일까. 자꾸만 몽롱해지는 시야에 희미한 빛이 보이기 시
작했다. 등불 같기도 하고 랜턴에서 쏟아져 나오는 불빛 같기도 했다.
그것은 점점 가까이 다가오는 것 같았다. 아하, 저것은 어렸을 때 어머
니 따라 절에 가서 보았던 연등 같기도 하다. 유년의 기억 속에서 나는
불공을 드리는 어머니를 보았다. 아이와 어머니 사이를 가로질러 한바

탕 회오리바람이 휘몰아 지나가고 꽃등 위로 어머니의 얼굴이 헝클어져 나타났다. 어머니는 내게 손을 내밀고 간절한 눈빛으로 뭔가를 말하려 하셨다. 그녀의 손을 잡으려 팔을 이리저리 휘저어보았으나 마음대로 되지 않았다. 가물거리는 의식 때문에 현실과 비현실의 경계가 무너져 혼돈스러워지기 시작했다.

살고 싶다. 아니 살아야 한다. 이렇게 생을 끝낼 수 없어. 이틀 후면 수술을 하게 될 텐데. 철근을 들어내면 나는 가벼워진 무게만큼 한결 세상을 가볍게 대할 수 있을 텐데. 어머니를 만나고 나도 남들처럼 평범한 삶을 한 번쯤은 살아보고 싶다. 환한 빛이 고압전류처럼 내 얼굴을 몇 차례 핥고 지나가는 순간 거, 누구요 하는 소리가 아스라이 들려왔다. 나는 자꾸 감기려는 눈을 홉뜨려 안간힘을 다했다. 별빛 같던 인기척이 점점 가까이 다가오고 있었다.

고해를 위한 이중창

고해를 위한 이중창

나는 오늘 한 여자를 떠나보냈습니다. 누군가를 가슴속에 키운다거나 내치는 과정이 그리 단순하지 않다는 것을 알면서도, 마음속에서 완벽하게 지울 수 있다면 정말 그러고 싶었습니다. 예전에, 썼다가 지우며 간신히 메꿔진 너 덧 장의 편지를 붙이려 우체국을 찾아가다가 그 편지의 수신자가 다른 여자와 행복한 표정으로 내 앞을 지나쳤을 때, 밤을 세운 억울함보다는 내 자신이 초라해져서 편지를 불살랐을 때의 심정처럼 말끔히 지우고 싶었습니다. 그래도 성이 차지 않아 키 하나만 누르면 흔적도 없이 지워지는 컴퓨터의 파일처럼 그렇게 지워 버리고 싶었지요. 할 수만 있다면 어떤 여운도 남지 않게 잊어버릴 수 있기를 원한 것입니다. 하지만 그렇게 되지 않는다는 것을 나는 누구보다도 잘 알고 있습니다. 내가 말한 것처럼, 인간의 크고 작은 행위의 흔적들이 마음먹은 대로 쉽게 지워지거나 필름 잘라내듯 기억에서 가위질 할 수 있다면 나는 구태여 이런 구차한 글을 쓰지 않아도 될 것이겠기에 말입니다. 기억이 그렇듯 쉽게 지워지는 것이라면 인간의 고통 또한 그만큼 단순해지고 짧아질 테지요.

찻집 1

내가 한 실수 중에 첫 번째가 그 꽃집 앞에 찻집을 낸 것입니다. 물론 내 의도는 아니었지만 말입니다. 실내장식을 하던 남편이 우연한 기회에 목이 좋은 이 '화이트'를 인계받게 되었습니다. 내부 수리를 마치고 개점을 한 날에야 비로소 나는 카운터에 앉아 앞 가게를 바라보았습니다. 꽃집이었어요. 꽃가게 앞에 진열되어 있는 꽃과 화분을 보며 나는 좋은 예감을 가졌습니다. 그러나 개업 첫 날은 손님이 많아 정신없이 바빴기 때문에 꽃집에 대한 생각을 할 수가 없었습니다. 이 소도시의 사람들은 모두 한가롭게 사는 모양입니다. '신장개업'이라고 써 붙였더니 그날 하루 동안 서너 번은 들락거린 사람도 있는 걸 보면 말예요. 사람들이 많이 다니는 본정통이라고는 하지만 그보다는 절반의 찻값과 과일이며 떡을 내놓는 서비스가 더 그들을 유혹했을 겁니다.

다음날, 꽃가게를 다시 보았을 때, 나는 앞집을 바라보며 좋은 이웃을 두었다는 기쁨에 조금 들떠 있었습니다. 꽃을 파는 사람의 마음은 최소한 차를 파는 사람의 마음보다는 예쁠 거라는 생각을 한 때문이지요. 누구든 그럴 거예요. 자신이 경험해 보지 않은 세계에 대해서는 호기심이나 동경으로 정확한 판단을 할 수 없을 거예요. 다른 것도 아닌 꽃집에 대해 어떻게 추한 생각을 할 수 있겠어요? 보들레르는 '악의 꽃'이라는 시를 썼지만 나는 꽃집을 추한 집이라고 말할 수 없습니다. 세상이 아무리 혼탁하고 올바른 가치 기준이 전도되었다 해도 꽃이 아름답다는 사실은 변하지 않을 것이기 때문입니다. 그래서 나는 유행가 가사를 들먹이지 않고도 꽃집의 아가씨는 예쁠 거라고 단정 지은 것입니다. 그러자 궁금해지기 시작하더군요. 그녀를 꽃으로 친다면 어떤 꽃으로 볼 수 있을까. 순결하게 피어나는 흰 백합처럼 고아할까, 작고 앙증맞은 채송화를 닮았을까. 가을 들녘에 피어나는 들꽃 같은 이미지를 가졌을까, 찬란한 오월의 햇살 속에 피어나는 장미를 연상시킬까. 혹여 내 예상이 빗나간다 해도 화사한 꽃에 둘러싸여 있는 그녀는 얼마나 행복할까요. 인간은 환경의 지배를 받는 동물이라는 것을 나는 긍정하는 사람이니까요. 내가 세상 물정에 둔한 사람이라고요? 그럴까요?

경황없는 이틀을 보내고 셋째 날이 되자 좀 한가해지기 시작했지요. 선천적으로 남의 비위를 맞추며 장사할 체질은 못 타고나서 나는 주변 사람들과 인사를 해야 한다는 것까지 부담을 느끼고 있었어요. 더구나 아는 사람이 없는 곳이다 보니 모든 것이 어설프기만 했고요. 오전 10시에 문을 열었지만 아직 손님이 없어 하릴없이 창밖을 바라보고 있었지요. 사람들의 걸음걸이와 표정을 바라보며 그들의 심리와 성격을 꿰맞춰 보느라 머리가 피곤해질 무렵이었습니다. 보통의 키에 살집이 넉넉해 보이는 여자가 좀 느릿하게 길을 건너더니 문을 열고 들어섰습니다. 그녀였어요, 꽃집의 아가씨 말예요. 어제는 바쁘신 거 같아서…… 개업을 축하해요. 가게에 있는 걸 하나 들고 왔어요. 카운터 앞에 두면 딱 어울릴 것 같네요. 내게는 대답할 틈을 주지 않고 그렇게 말하더니 그녀는 자그마한 벤자민 화분을 카운터에 내려놓으며 씨익 웃었습니다. 분명 그녀의 웃음은 환했는데, 내게는 퍽이나 낯설게 느껴졌어요. 나는 그녀에 대한 선입견을 갖고 있지 않은데 그녀의 웃음이 왜 투명해 보이지 않았을까요? 내가 상상한 꽃집 아가씨의 이미지를 닮지 않아서, 실망한 걸까요? 차라리 그랬음 다행이구요.

그렇게 폭을 대보아도 나는 그녀의 웃음에 대해서 석연치 않은 무엇인가가 끼어 있음을 인정하지 않을 수 없었어요. 그래서 더 이상 자신을 함정에 빠뜨리지 않게 하기 위하여 그녀에게 자리를 권하고는 주방으로 향했지요. 하지만 준비되어 있던 찻잔에 커피를 따르면서도 여전히 첫인상에 대한 떨떠름한 느낌을 떨쳐 낼 수가 없었어요. 나는 흘러내린 앞머리를 쓸어 넘기며 커피 두 잔을 따라 들고 그녀에게로 향했습니다. 차를 마시면서도 그녀는 살가운 말투로 이것저것 자꾸 묻고 또 자신의 생각을 말하기도 했답니다. 새로 이사 온 자신의 이웃에 대해서 적극적으로 가까워지려는 그녀의 의도를 이해했지만 그녀가 그럴수록 내 내부에서는 자꾸 거부 반응이 생겼습니다. 그녀와 마주앉아서도 나는 그녀를 똑바로 볼 수 없었어요. 사람의 눈을 들여다보면 편안해지는 사람이 있는가 하면 이렇듯 불편해지는 사람도 있나 봅니다. 그녀는 나와 얘기를 하면서도 쉼 없이 실내를 살펴보았기 때문에 조금 불쾌해졌습니다. 그녀가 아무리 내게 호의를 갖고 있다고 해도 지나치게 관찰 당하고 있는 내 입장은 그리 기분 좋은 건 아니니까요. 나는 통유리창을 통해 그녀의 가게를 살피다가 손님이 기웃거리는 것을 보고 조금 큰소리로 말했답니다. 꽃집에 손님이 왔어요. 그리고는 스스로도 멋쩍어서 아무렇지 않은 목을 만지며 몇 번 캑캑거렸습니다. 그녀가 문을 열고 나갔을 때 왠지 나는 홀가분해지는 것을 느꼈습니다.

그녀는 서른다섯의 미혼녀였고 남동생이 도와주어 꽃가게를 운영해 갑니다. 예쁘지는 않지만 그다지 흠 잡을만한 곳도 없는 얼굴이에요. 꼭 말해야 한다면, 내 가게에 올 때마다 이리저리 주위를 살피는 눈빛이 불안정해서 같이 있는 사람도 편안하지 않다는 정도이지요. 그녀는 짧은 머리카락에 무스를 발라 마치 고슴도치 같은 머리 모양을 하고 있는데 그것도 상대에게 안정감을 주지 못하는 이유가 될지 모르겠어요. 어느 것을 보아도 내가 상상하던 꽃집의 아가씨는 아닙니다. 하긴 사람을 눈빛이나 체격, 그런 외형을 보고 쉽사리 판단해서는 안 되겠지요. 그러다가 종종 후회하는 경우가 있거든요. 그렇게 접어서 그녀를 이해한다 해도 그녀를 좋아하게 될 것 같지는 않습니다. 여러분들은 그런 나를 좀 같잖다고 생각할지도 모르지만 내 예감이 그런 걸 어쩌겠어요. 때로 직감은 논리적 사고보다 더 정직하니까요.

꽃집 1

건너편 '화이트'의 주인이 다섯 번째 바뀌었다. 개업 첫날이긴 하지만 제법 손님이 많은 걸로 보아 주인의 수완이 좋은가 보다. 통유리창 너머로는 주인을 제대로 볼 수 없기에 뭐라고 단정 지을 수는 없지만 찻집 주인을 하기에는 좀 어울리지 않는 여자인 것 같다. 그런 여자들이란 현모양처로는 적격이겠지만 사람을 상대해서 먹고살아야 하는 이런 직업하고는 거리가 멀다. 이는 내가 이곳에서 10년을 보내며 터득한 경험이다. 하긴 찻집도 예전의 다방하고는 많이 달라서 마담 스타일의 여자보다는 깔끔하고 단정한 요조숙녀 타입의 여자가 손님을 끄는 데 더 유리할 수도 있을 것이다. 요새는 무슨 일이든 예측불허의 결론을 만들어내는 시대이니 내가 미리 설칠 건 없지 싶다. 어쨌든 전 주인보다는 수월해 보이지만 아직은 장담할 수 없다. 전 주인은 어찌나 성격이 칼칼하던지 커피 한 잔을 마음 편하게 마셔보지 못했다. 하긴 마흔도 중반을 넘긴 여자가 세상사에 호락호락 넘어가는 게 있다면 거짓말일 것이다. 그녀 속에는 꼬리가 두엇 달린 여우가 그 꼬리를 착 휘감고 들앉아 점잖을 빼고 있었을 것이다. 차 값을 계산하는, 나도 엄연히 손님인데도 그 여자는 내 꼴을 보지 못해 안달을 했다. 행여 내가 낯이 익은 손님들에게 말이라도 걸면 내 앞에 꼿꼿이 서서 손가락으로 나가달라는 시늉을 하곤 했으니 성미가 고약한 정도를 짐작할 것이다.

셋째 날 벤자민 화분을 들고 찻집을 찾아갔다. 내가 생각했던 대로 세상사에 그을린 여자는 아니지만 뭔가 만만찮은 힘이 숨어있는 여자였다. 그렇잖으면 물장사 하겠다고 나섰겠는가. 키는 평균 신장을 조금 넘어 보였지만 목이 길어서인지 가을들판에 피어 있는 해바라기를 연상시켰다. 사랑하는 아폴로에게 아홉 날 아홉 밤을 선 채로 사랑을 구걸하지만 뜻을 이루지 못하고 발이 땅에 뿌리를 내려 한 그루 해바라기로 변해버린 그리디처럼, 그녀를 보고 있으면 그리움이 울컥 치솟을 것만 같다.

유감스럽게도 여자는, 좋아하는 꽃이 무엇이냐고 물었더니 서슴없이 들국화라고 대답했다.

그런 사소한 이야기를 하면서도 자꾸만 나를 피하려는 기색을 보였다. 아무래도 나는 이 집 주인들하고는 잘 안 되려나 보다. 내가 아끼던 화분을 들고 가서 내키지 않는 호들갑을 좀 떨어 보았지만 그녀는 커피를 내놓고는 나와 눈을 맞추지 않고 내내 바깥만 쳐다보았다. 그리고는 기다렸다는 듯이 꽃집에 손님이 왔다고 환호하듯 말했다. 문을 열고 나오며 등 뒤로 그녀의 후유, 하는 안도의 한숨소리를 들었다. 가만히 생각해보니 그녀는 움직여도 소리를 내지 않았다. 말이나 행동이 하도 조용해서 나는 주눅이 들 것 같았다. 어쩌면 그녀는 전 주인보다 대하기가 더 힘들지 모른다. 전 주인은 그래도 자신의 감정에 솔직해서 그녀의 생각을 읽어낼 수 있었으니 말이다. 말이 없는 사람들은 심리전을 펼칠 가능성이 많다. 그런 사람은 싫다. 그런 사람의 마음속을 들여다보면 신경코드가 거미줄처럼 복잡하게 얽혀 있어 그걸 읽어내느라 내 머리는 용량초과가 되어버릴 것이다. 그렇다면 앞으로 나는 그녀가 표현하지 않는 것까지 읽어내느라 가슴이 답답해서 타버릴지도 모른다. 그녀의 표정이나 행동이 떠오르자 화가 치밀었다. 그렇다고 미리 뒷걸음치지는 말자. 어쩌면 내가 선수를 칠 수 있을지도 모른다.

찻집의 주인이 바뀐 지 반 년 후, 그 근처에 개축하던 건물이 완성되었다. 찻집에서 오른쪽으로 이십여 미터쯤의 거리에 은행 건물이 들어서 얼마 전에 개점되었다. 그 때문에 분주해진 것은 찻집이었다. 은행 직원들은 물론이고 은행에 오는 손님들까지도 '화이트'에서 상대를 만나기 때문이다. 주인 여자는 다소곳이 걷던 걸음을 종종 걸음으로 바꾼 듯하다. 짙은 녹색 통유리를 통해 그녀의 몸짓이 다 보인다. 바깥쪽에 놓인 테이블에 앉은 손님은 본의 아니게 웃거나 찌푸리는 표정까지도 지나가는 사람들에게 노출시키게 된다. 지금도 한 남자가 그 테이블에 앉아 차를 들고 온 주인 여자를 올려다보며 웃고 있다. 그러고 보니 낯이 익다. 언젠가 두어 번 서울에 있는 부인을 데려와 장미 서른 일곱 송이를 사들고 간 남자다. 저 은행의 차장이었던가. 부인의 차림새나 얼굴 표정이 너무 화사해서 나는 정면으로 보지 못하고 옆 눈길로 훔쳐보았던 것 같다. 차마 마주 볼 수가 없었다, 눈이 부셔서. 그 부인에 어울리게 남자도 핸섬하다. 좋은 풍채에 적당한 관록이 몸에 배어 고급 관료티가 난다. 오래도록 같은 자리에 앉아 있어도 지루하지 않을 남자다.

전화를 받고 나서 찻집을 보았더니 그 남자와 주인 여자가 마주 앉아 있다. 뭐가 그리 재미있는지 환하게 이를 드러내 웃고 있다. 남자가 허공에 손가락으로 뭔가를 그리자 여자는 같은 동작을 되풀이한다. 어찌나 친숙한 분위기인지 나도 모르게 일어서서 문을 밀고 나가다가 내가 그곳에 가는 명분이 없어 다시 돌아왔다. 까닭 없이 내가 갈피를 잡지 못하겠다. 장미 한 송이씩 포장해 놓은 것들 중에서 가장 싱싱하고 탐스러운 것으로 뽑아 들다가 자신을 다잡아 본다. 그때 소나기 몰려오는 소리처럼 손님들이 소란스레 들어왔다. 은행의 여직원들이다. 무슨 꽃을 고를까 망설이기에 꽃의 용도를 물었더니 차장님의 생일이란다. 나도 모르게 찻집을 가리켰다.

"저어기, 저 차장님 말인가요?"

"어머, 차장님이 저기 계시네. 옆의 여자는 누구지?"

"누구긴, 화이트의 주인 여자지."

나는 그 말을 뱉으며 어찌나 속이 후련하던지 짜릿한 쾌감까지 느꼈다. 은행의 여직원들은 지들끼리 한참을 속닥거렸다. 나는 그 내용을 짐작했지만 그들 틈에 끼어들지는 않았다.

그때부터 나는 은행을 자주 들락거렸다. 잔돈을 바꾸기도 하고 오후에는 송금을 하기도 하면서 몰아 두었다가 한 번에 해결할 수 있는 일을 들고도 그때그때 쫓아 다녔다. 이제는 그 차장이 어느 시간대에 자리에 있고 어느 시간대에 자리를 비운다는 것까지 대충은 알게 되었다. 은행에 들어설 때마다 나는 가슴을 두 손으로 꼬옥 감싼다. 손바닥을 통해 자꾸만 빨리 뛰는 심장을 지그시 누른다. 호흡을 조절하며 미스 리 앞에 가서 서면 그의 자리가 대각선으로 보인다. 내가 서 있는 창구 앞에는 개점 때 우리 집에서 보낸 난초가 있다. 그 난초 뒤에 숨어서 나는 그를 관찰한다. 그에게 몰두하다 보면 그가 일하면서 무심코 쉬는 한숨 소리가 내게까지 들리는 듯하다. 무슨, 보증 자격이 미달된 대출을 해줘야 하는 걸까. 아이들이 아팠을까, 그의 아내가 짜증스런 전화라도 한 걸까, 가정에 무슨 문제가 생긴 걸까. 주말 부부로 살면서도 그는 늘 깔끔하다. 푸른빛 도는 그의 흰 와이셔츠는 그의 아내의 하얀 얼굴색 같다. 여기에 서서 거리를 두고 바라보면 그의 주변이 환하게 빛날 지경이다. 그가 서류에 도장을 찍는 것 같더니 무심코 고개를 든다. 나는 그의 눈에 띄지 않게 화분 사이로 몸을 숨긴다. 그때 코앞에 통장이 디밀어졌다. 이럴 땐 아가씨들의 행동이 좀 굼떠도 좋으련만.

찻집 2

　내가 그녀를 어떻게 생각하든 그런 것쯤은 아무 일도 아니라는 듯이 시간은 잘도 흘러갔습니다. 벌써 1년 반이 지나 그녀는 이 찻집을 자신의 집 드나들 듯 하거든요. 그녀를 좋아하지 않으면서도 나는 그녀의 출입을 제재할 수 없었고 어느샌가 나도 그녀에게 익숙해지지 않았나 싶을 정도로 그녀의 행동에 대해서 무감해졌지요. 습성이란 이렇게 무서운 건가 봐요. 흉보면서 배운다더니 사실이지 뭐예요. 그녀를 매일 만나다보니 그녀의 행위에 대한 내 판단력이 흐려진 겁니다. 매주 월요일이면 홀 안의 테이블 위에 꽂아야 하는 꽃들을 그녀가 바꿔 꽂았고 그녀의 가게에 손님이 없을 때에는 이곳에서 지내는 시간이 많아졌습니다. 그녀는 이곳에 앉아 내게 걸려오는 전화의 상대까지 대부분 짐작해낼 정도가 되었습니다. 내 아이들에게도 이모라 부르게 하며 정말 이모처럼 행세하려 들었지요. 둘째 아이의 유치원 버스가 도착하면 그녀는 옷매무새를 가다듬고 나가서 전혀 어색하지 않게 아이를 안아 옵니다. 나는 아이들을 그렇게 키우지 않았기 때문에 처음엔 당혹스러웠지요. 내가 그러지 말아 달라고 하니까 그녀는 아이가 예뻐서 하는 일이니 너무 신경 쓰지 말라는 것입니다. 내 아이를 예뻐하는 사람에게 부득불 우길 수도 없어서 그 문제는 슬그머니 넘겨 줄 수밖에 없었어요. 점심때면 김이 모락모락 나는 순대나 떡볶이를 사들고 들어와 펼쳐놓으며 나를 잡아끌 때에는 나는 이러지도 저러지도 못하는 자신에게 화가 납니다. 그런 음식을 좋아하지도 않을 뿐더러 손님들이 드나드는 가게에서 고추장이나 돼지 내장 냄새를 나게 하고 싶지 않다는 것을 말해야 한다고 생각하지만, 그것을 입 밖으로 내보내지를 못하고 있습니다. 그녀 스스로 판단해서 해주기를 바랄 뿐 차마 말하지 못하는 것이지요. 그러는 자신이 참 답답하지만 그런 걸 어떻게 상대에게 말할 수 있겠어요? 더 견딜 수 없는 건 그녀가 내 집에 와서 차를 마시다가 단골손님들에게 자신의 꽃집을 소개할 때입니다. 그럴 때면 그녀를 내쫓고 싶은 충동에 나 자신도 놀라곤 하지요. 나는 가슴속에서 들끓는 어떤 소리를 잠재우려 주방으로 갑니다. 수돗물을 세게 틀어놓고 몇 번이고 손을 씻어대지요. 그렇게 유약한 자신을 잘 알면서도 달리 무슨 방법이 없었어요.

개축한 은행 건물의 상주인구가 많은 까닭으로 손님들이 한꺼번에 몰려들 때면 혼자 손으로는 벅찼습니다. 그래서 아르바이트생을 둔 첫 날이었어요. 꽃집의 여자가 허겁지겁 달려와서는 세상에 그럴 수가 있느냐는 것입니다. 네 것 내 것 없이 절친하게 지내면서 자신에게는 한 마디 귀띔도 하지 않았다는 이유였어요. 자신은 내가 어떤 도움을 청해와도 모두 들어 줄 마음인데 나는 그런 일조차도 알리지 않았다는 것입니다. 화를 내는 까닭은 알겠지만 나는 그녀에게 내 집 종업원을 선택하는 문제까지 나서게 하고 싶지는 않았습니다. 보나마나 그녀가 알게 되면 말이 많았을 테고 나는 그런 간섭이 싫었거든요. 그녀가 흥분하는 또 다른 이유는 나에게 자신의 존재는 어떤 의미를 갖느냐는 것입니다. 그러니까 그녀는 수퍼 아줌마보다는 자신이 나와 훨씬 더 가까운 사이로 믿고 있었다는 것이지요. 그래서 배신감을 느꼈다나요. 그런 일로 배신감 느끼면 이 세상에 배신당해 자살할 사람들 천지게요. 가장 가깝다는 부부간에도 서로 등 돌릴 때가 있는데 내가 한 행동에 대해서 배신감을 느낀다면 그녀는 자신의 삶을 다시 생각해 봐야 합니다. 내가 그 여자와 피를 나눈 자매에요, 아니면 동업자라도 된단 말예요. 하긴 그 여자의 입장에서 생각해보면 좀 서운하긴 했을 거예요. 하지만 내가 왜 말하지 않았는지 그녀도 스스로 생각해 봐야할 거예요.

수퍼 아줌마가 그러더군요. 화이트네가 이해해야지 어쩌겠어? 혼자 사는 여자들의 생각은 아무래도 자기 본위잖아. 여태까지 그래왔어. 아니, 같이 살던 남자가 떠난 후론 늘 그랬지. 누구든지 이 동네에 새로 들어온 사람들에게는 헌신적일 만큼 잘해 주지. 그렇지만 오래 가는 걸 보지 못했어. 그네가 상대에게 잘한 만큼 상대도 똑같이 관심 가져 주어야 하잖아. 그런데 인간관계가 어디 그렇게 간단하나? 되려 지나친 관심을 귀찮아하지 않으면 다행이게? 좀 특별한 성격을 갖고 있어서 집요한 게 흠이긴 하지만 나쁜 사람은 아니잖아? 사실은 그런 것보다도 꽃집 여자의 여동생이 있어. 스물 셋인데 올해 전문대를 졸업해서 집에서 놀고 있다나 봐. 그러니 더 서운했을 거야.

나는 차라리 이참에 그녀가 내 집에 발길을 끊어주길 바랐습니다. 이렇게 신경을 써야 하는 인간관계라면 사양하고 싶었거든요. 어떤 사람을 만나면 시간의 흐름을 잊고 있을 정도로 유쾌하고 행복한데, 그래서 헤어져야 하는 시간을 안타깝게 여기는데 어떤 사람을 만나면 짜증스럽고 불편하여 어서 이 자리를 떠나야지 하는 사람이 있지요. 지나친 관심은, 집착이 되고 상대로 하여금 진저리를 치게 하잖아요? 결국 좋은 관계를 유지할 수 없게 되죠. 사람과 사람이 어우러져 조화롭게 살아가는

것은 분명 아름다운 일이지만 사생활이 침해받고 서로의 영역이 모호해
지는 건 위험 신호입니다. 나는 여태 남편이 출장 가서 묵는 호텔의 이
름을 물어본 적이 없습니다. 그가 먼저 말하지 않는다면 그의 의도는 이
미 드러난 거 아녜요? 그의 마음을 읽었는데 내가 궁금하다고 상대를
불편하게 하고 싶지는 않거든요. 그런 내게 꽃집 여자의 관심은 점점 불
편함을 야기시켜 마음속에서 감정을 만들어내고 있었습니다.

그녀를 만나고 싶지 않은 내 바람은 너무 쉽게 무너지고 말았군요. 점
심시간에 그녀가 전지가위를 든 손으로 들국화를 한 아름 안고 찻집에
들어섰거든요. 그리고 보니 오늘이 새 꽃을 받아오는 월요일이네요. 작
은 화병들에 꽂혀있던 시든 장미들을 뽑아 버리고 물을 바꿔 넣더니 그
녀는 가지가 많은 노란 들국화를 골라 꽂더군요. 수줍은 듯 화사한 들국
화를 보며 나를 배려한 그녀의 마음을 읽을 수 있었습니다. 그래서 나는
가만히 있을 수가 없어서 행주를 가져다 그녀가 꽃을 꽂으며 흘려놓은
물을 닦고 화병을 제 위치에 놓았습니다.

그때 은행의 직원들이 들어 왔지요. 남자 직원 두 사람과 여직원 셋이
서 말예요. 그 중에는 박차장도 함께 있었답니다.

"허브꽃집 사모님이시군요. 지난 번 제 생일에 보내주신 시클라멘 화
분 잘 받았습니다. 그 붉은빛이 얼마나 화려하던지 하루 종일 제 마음도
들떠 있었습니다. 덕분에 우리 직원들에게 놀림을 받았지만 감사했습니
다. 아, 그리고 우리 미스 리를 시켜 CD를 답례로 전해 드리라고 했는
데 받으셨나요?"

"아니요, 아직…… 그리고 저 사모님이 아닌데요."

조금 퉁명스럽게 대답한 그녀가 갑자기 허둥대기 시작했어요. 화병을 쓰러트리고 물을 쏟아 붓더니 겨우겨우 마지막 테이블의 화병에 꽃을 꽂고는 화장실로 달려가더군요. 나는 커피 잔을 그들 앞에 놓으며 박차장과 눈이 마주쳤습니다. 그와 동시에 우리는 미소를 지었는데 그건 아마 비슷한 의미를 가진 것이었을 겁니다. 카운터에 가 앉는 나에게 그가 말했지요.

"화이트 사모님도 차 한 잔 하시죠?"

"저더러 가장 주책없는 찻집 주인이 되라구요? 일행이 많은 손님 옆에 앉아 수다를 떠는 주인은 되고 싶지 않은 걸요."

"그런가요, 제 생각만 했군요."

폭소를 몇 번 터트리던 그들은 잠시 후 짧은 점심시간을 아쉬워하며 일어서더군요. 그들이 돌아간 뒤에야 그녀는 침착을 가장하며 나왔습니다. 그리고는 심통이 난 표정으로 박차장은 너무 깔끔해서 복이 붙지 않을 것이라느니, 그렇게 할 일이 없어 여직원들하고 노닥거리냐는 둥 실컷 궁시렁거리다가는 슬그머니 돌아가더군요. 그녀가 왜 그리 좌불안석이었는지 눈치를 챈 나는 슬그머니 웃음이 나왔지요. 그리고 그녀를 이해했답니다. 누군들 한때 그런 경험을 해보지 않은 사람이 있었겠어요? 그러고 보니 그녀가 하루에도 두어 번씩 은행 쪽으로 달음질치는 것을 본 기억이 나요. 그랬었군요. 그녀가 근래에 들어 안 하던 화장까지 하는 이유를 확실히 알겠군요.

나는 은근히 걱정이 되기 시작했지요. 누구를 사랑한다는 것은 아름다운 일이지만 사랑이란 가슴속에서 키우다 결국 상대를 소유하고 싶어

하겠기에 말입니다. 사랑하는 사람들에게 있어 그때처럼 행복한 시간은 없을 거예요. 하지만 사랑은 풀꽃 한 송이를 피워내듯 아련한 아픔을 동반하거나 열정적인 격랑을 통과해야 하기에 내 마음조차 아릿해졌어요. 더구나 혼자만의 사랑은 언젠가는 지쳐 깊은 상처를 남기게 되기 마련이지요. 소녀도 아닌 중년의 여자가 저토록 자신의 감정을 숨기지 못하고 드러내 보일 정도라면 단순한 호기심만은 아닐 것입니다. 그녀는 사랑하는 사람의 반응을 기다리고 있는지도 모르겠어요. 그래서 그토록 예민해져 있는지도 모르겠고요. 자신의 사랑이 받아들여질지 불확실한 상태에서 얼마나 초조하겠어요? 그녀 혼자의 내밀함에서 오는 서툰 거동의 원인을 알아채고 나니 내 맘이 불편해지는군요. 자꾸 불길해지는 게 뭔가 일이 터질 것만 같거든요.

그럭저럭 연말이 되었습니다. 남편은 좀 한가해졌는지 아침이면 게으름을 피우고 출근 시간도 늦어졌습니다. 그 날은 일찍 문을 닫고 방학 동안 할머니 댁에 있던 두 아이들을 데려와 조촐한 파티를 하고 있는데 수퍼 아저씨로부터 전화가 왔습니다. 그 전화를 받고 나간 남편은 12시가 다 되어 고주망태가 되어 돌아왔습니다. 문을 열자 그는 온 신경을 모으듯 눈을 홉떠서 나를 보더니 다짜고짜 따귀를 때리는 것이었어요. 그와 함께 10년을 살았지만 이런 일은 처음입니다. 영문을 몰랐지만 나는 분명히 수퍼 아저씨에게 원인이 있을 거라고 확신했습니다. 그러자 감정은 냉정해지는데 이상스레 눈물이 흐르데요. 코트를 걸치고 밖으로 나와 보니 수퍼 아주머니가 진열대를 정리하고 있었어요. 나는 눈물을 닦고 말끔한 표정으로 그녀에게 다가갔지요.

"혹시 아저씨 들어 오셨어요? 뭐 좀 여쭤 볼 게 있는데……."

"한밤중에 남의 남정네는 왜 찾소? 아까부터 코 고는 소리가 들립디다. 볼일 있으면 밝을 때 찾아오소."

아주머니는 나를 보더니 찬바람 이는 목소리로 말했습니다. 평소에 나를 대하던 태도는 아니었어요. 나는 민망하여 더는 물어보지 못하고 집으로 돌아왔습니다.

그녀의 사랑이 거부당하자 어찌하여 그 분노의 화살이 내게 와서 꽂혔는지 알 수가 없었습니다. 나는 하수구의 수챗물을 뒤집어쓴 것 같은 느낌으로 날이 새길 기다렸습니다. 내게 잘못이 있다면 그녀를 내 안으로 받아들이지 못하고 주변을 맴돌게 한 것뿐인데요. 어쩌면 마음을 열지 못하는 것은 그녀나 나나 마찬가지였을 텐데요. 그래서 가장 가까운 사람들처럼 늘 부대끼며 살았으면서도 진정 상대에게 보이고, 또 상대를 알아줘야 하는 것들에 대해서는 아무것도 해준 게 없는데요. 그녀가 내 집을 제집 드나들 듯 하면서도 나는 그녀가 지금까지 왜 혼자 사는지도 모르고 겨우 시골에 어머니가 계시고 동생이 있다는 것 이외에는 아는 바가 없거든요. 여직 그래왔듯이 그녀에 대해 관심이 없었기 때문에 사랑에 대해서도 훼방꾼이 되고 싶지는 않았습니다. 그런데 그녀는 왜 내 탓이라고 했을까요? 알 수 없는 일입니다. 내 마음을 봉선화 꽃씨처럼 탁 터트려서 속을 보여줄 수 없어 안타깝습니다.

남편은 아침이 되자 내 이야기를 들어 주었습니다. 그리고는 어젯밤에 만난 사람은 수퍼 아저씨가 아니라 꽃집 여자였다고 말했습니다. 그녀가 뭐라고 말했겠어요? 뻔하지 않아요? 덕분에 나는 남편으로부터 생전 처음 따귀까지 맞게 되었고요. 나는 허탈해서 큰소리로 웃었어요, 눈물이 나도록 말예요. 나만 모르고 있는 사이, 이미 이 좁은 시내에 내 소문은 날개를 달아 신나게 날아 다녔더군요. 그래서 어젯밤 수퍼 아주머니의 말투가 그렇게 살얼음처럼 차가웠던 게지요. 내가 염려했던 것처럼 상처받는 건 그녀가 아니라 바로 나라는 것을 그제서야 깨달았습니다. 나는 바보같이 그녀의 사랑을 걱정스레 지켜봤을 뿐인데요. 상처를 받는 것도 이렇게 사람에 따라 다르더군요. 자신이 받게 될 아픔을 탁구공 밀어내듯 타인에게 전가시킴으로써 자신은 상대가 허우적거리는 동안에 그 상황에서 빠져나와 버리는 것입니다. 그렇다고 아픔으로부터 완벽하게 벗어날 수는 없지만 최소한 그 무게를 덜 수는 있지 않았겠어요?

꽃집 2

내가 찻집의 여자에게 자주 다니는 것은 우선 손님이 없는 시간의 무료함을 달래기 위해서다. 그 여자는 내가 좋아서 다니는 걸로 착각하겠지만 천만의 말씀이다. 희망 없는 지루한 내 생의 절망감을 메우기 위해서이다. 그녀와 내가 소통되지 않는다 해도 누군가 옆에 사람이 있으면 한결 시간이 빨리 흐른다. 뿐만 아니라 그녀를 바라보고 있으면 어렵게 쌓아올린 블록을 흩어 버리고 싶을 때의 그런 욕망이 솟구쳐 내가 살아 있음을 느끼게 된다. 생에 대한 질투. 그것이 나를 견디게 해준다. 그 뿐인가. 누군가와 통화를 하다가 손님이 들어오면 잦아들 듯 목소리를 바꿔 인사를 하는 그녀의 가증스러움도 재미있는 볼거리이다. 인간은 누구든 그 후미진 곳을 뒤져보면 약점을 갖고 있기 마련이다.

그래도 가끔은 혼자 산다는 사실이 두려워질 때가 있다. 예전엔, 여자의 삶은 결혼해 버리면 장마철의 빨래처럼 구질구질해지는 거란 생각이 지배적이어서 그 남자와 같이 살기는 했지만 결혼은 하지 않았다. 결혼했더라면 그는 월부책값 수금을 핑계로 내게서 도망치지는 않았을 것이다. 월부책장사였던 그는 나조차도 월부로 대했는지 1년이 지나자 만기 해제된 수금장부에 빨간 줄을 긋듯, 내게 후끈거리는 상처를 남기고 떠났다.

해가 지고 사람들이 제 집 찾아 돌아가는 것을 보면 내게도 찻집 여자처럼 성실한 남편과 예쁜 아이들이 있었음하고 상상할 때가 있다. 자존심이 상해 세차게 부정하지만 그런 생각은 갈수록 자주 떠오른다. 그런 날은 가게 문을 닫고 길거리를 배회하다 누구든 만나는 사람에게 그 쓸쓸함에 대하여 얘기하고 싶었다. 그러나 한 번도 내 얘기를 들어줄 사람은 나타나지 않았고 지친 걸음으로 돌아와 방안에 들어서면 그 썰렁함이 유난해서 오싹 소름이 돋았다. 그런 쓸쓸함이나 삭막함이 계속된다면 나는 숨이 막혀 죽을지도 모른다.

내가 오늘 화이트 주인에게 화를 낸 것은 도대체가 나를 받아주지 않는 그녀의 태도 때문이었다. 처음엔 그녀의 여린 이미지로 보아서 내가 잘하면 그만큼 가까워지리라는 것을 자신했다. 지성이면 감천이라 하지 않았던가. 그러나 아니었다. 그녀는 언제나 제 자리를 지키고 있고 그 주변을 맴돌며 안타까워하는 것은 나였다. 사람에게 집착하는 이 병을 고쳐야겠다는 생각은 하지만 그럴 수가 없다. 8년 전에 그가 내게서 도망치고부터는 나는 늘 누군가에게 나를 꽁꽁 동여매야만 심리적 안정이 되었다. 내가 아끼는 이들이 자꾸 내게서 떠나버릴 것만 같아 나는 불안했다. 한 때는 고양이나 개를 키워 보았지만 그것도 잠시의 위안이 되었을 뿐 나를 끝까지 안정시켜 주지는 못했다.

아르바이트생 문제로 내 감정을 드러내고는 며칠 동안 찻집에 가지 않았다. 그러나 도매시장에서 싱싱한 꽃을 받아오자 내 생각은 달라졌다. 아니, 정확히 말하면 나는 내가 가져가야 할 꽃을 선별하면서 찻집 주인이 좋아하는 들국화를 집어 들고 있었다. 들국화는 찻집의 분위기에도 어울리는 꽃이었다. 꽃을 사들고 집으로 돌아올 때의 생각과는 달리, 막상 꽃을 안고 찻집으로 들어서려니 좀 계면쩍긴 했다. 찻집 주인은 주방에서 설거지를 하고 있기에 그런 내 마음을 가장하고 평소처럼 자연스럽게 꽃을 꽂을 수 있었다. 시든 장미를 뽑으며 가시에 손이 찔렸지만 나는 소리를 삼키고 내색하지 않았다. 이 세상에 꽃이 많다고 해도 장미만큼 많은 사람들의 사랑을 받아온 꽃은 없다. 내가 파는 꽃 중에서도 장미의 양이 제일 많을 것이다. 그렇게 아름다운 장미라 해도 나는 결코 좋아하지 않는다. 장미의 가시로 내 손은 상처투성이가 되어버렸기 때문이다. 내가 자신을 좋아하지 않는다는 것을 알고 있었는지, 그곳에 꽂힐 들국화를 질투했는지 장미는 제 자리를 물러가면서 기어이 내 손을 한 번 더 할퀴고 말았다.

박 차장은 하필이면 찻집에서 그런 인사를 할 게 뭐람. 화분을 받았으면 전화 한 통 걸어주면 어디가 덧나나. 나는 그걸 보내 놓고 삼일 동안은 아무 것도 하지 못했다. 전화를 해줄지 아니면 직접 와서 고맙다는 말을 해 줄지도 몰라서 찻집에도 안 가고 내내 기다렸는데 싱겁게 그 집에서 만나 별스럽지 않게 말해 버리다니. 더구나 시클라멘의 꽃말이 '그대 앞에만 서면 얼굴이 붉어져요' 라는 것을 그들이 안다면 얼마나 나를 비웃을 것인가. 안 그래도 찻집 여자가 내 마음을 읽어내는 것 같아 자존심이 상해 죽겠는데 그 여자 앞에서 꼭 그렇게 말해야 했는지 납득이 안 간다. 박 차장은 남편이 있는 여자에게 그렇게 친절해도 되는 건가? 그 날은 정말 수치스럽기도 하고 그가 원망스럽기도 했다. 내 기분은 넉살좋게 빌붙다가 떠밀린 느낌이었다. 더구나 여직원들까지 있었으니 은행에 가는 것도 이제 삼가야 할 거 아닌가.

그날 밤은 나도 자신을 주체할 수 없었다. 예전에 떠난 남자가 그랬고, 찻집의 여자와 박 차장이 그랬듯이 나는 거부당함으로써 존재하는 여자라는 자학적인 상상에 빠져, 삶의 모든 가능성이 거세된 막다른 골목에 서 있는 기분이 들었다. 독한 화학물질을 가슴에 쏟아 부은 것 같아 나는 그 불길을 끄기가 어느 순간보다도 벅찼다. 확신 없는 기다림은 이렇게 사람을 상하게 했다. 나는 더 이상 기다릴 수 없었다. 기다리는 건 많이 가진 사람들이나 하는 짓이지, 가진 것이 없는 나 같은 사람에게는 견딜 수 없는 치욕이었다. 아무리 기다려도 내게는 올 것이 없기 때문이다. 8년 동안이나 나는 이곳에 요지부동인 상태로 기다렸지만 아무도 오지 않았다.

그날 공중전화로 가서 생각 없이 번호를 눌렀다. 모르는 이일지라도 사람의 따뜻한 음성을 듣고 싶었다. 그 때 찻집 여자가 군고구마를 사들고 공중전화 부스 옆을 지나쳤다. 그녀가 찻집 문을 열고 들어가자 공주 같은 그녀의 아이가 그녀의 목을 껴안고 입을 맞췄다. 이렇듯 하루가 저물 늦은 밤에 보면, 삶은 가족들이 모여 낮은 하늘에 머무는 먹구름 같이 웅크리고 앉아서 하루의 일과를 토닥거리는 광경으로 떠올려진다. 불현듯 흐르는 눈물을 훔칠 때 술 취한 남자가 공중전화 부스 안으로 들어섰다. 나는 재빠르게 찻집의 전화를 누르고는 그 남자의 손에 수화기를 쥐어주며 찻집 남자를 불러 달라고 일렀다. 바보 같은 남자는 충복처럼 내가 시키는 대로 잘도 해주었다. 그렇게 찻집의 남자를 만나 말했다. 그렇지만 단정 지어 말 한 것은 아무것도 없다. 아마 그럴지도 모른다는 말을 했을 뿐이다. 다른 가게의 사람들에게도 그랬다. 어쩌면 그럴지도 모른다고. 그런데도 모두들 내가 그랬다고 말한 것처럼 눈을 화등잔 만하게 뜨고서는 얌전한 척 하더니 부뚜막에 먼저 올라간다고 흥분을 하는 것이었다. 수퍼 아줌마는 한 술 더 떠서 그랬다. 그 여자 속눈썹 예쁜 거 좀 봐, 바람기가 그 속에 꽉 차 있더라니까. 나는 너무나 들떠 있었기에 뒷수습 같은 것은 안중에도 없었고 오히려 물러나기보다는 슬그머니 부추기기까지 하고 말았다. 하지만 지금 이 순간 나에게 있어서 삶은 감당하지 못할 만큼 끔찍하게 무거울 뿐이다. 지우고 싶은 것들, 참으로 지워지지 않는 것들이 왜 이리 많은지 모르겠다.

　어느덧 한 계절이 지났습니다. 내가 그녀를 떠나보냈다고 하는 것은 내 마음에서 내보냈다는 의미입니다. 늘 마주보고 있는 사람들이 어떻게 만나지 않고 살 수 있겠어요? 이제 나는 그녀를 만나면 조용히 미소

230

지을 수 있을 만큼 마음의 평정을 찾았습니다. 처음엔 그녀의 얼굴을 도저히 볼 수 없을 것 같았는데 여러 날이 지나자 조금씩 이해할 수 있을 것 같았어요. 구태여 그녀에게 이러쿵저러쿵 말하고 싶지도 않았습니다. 인간의 기억은 덧없어서, 사건들의 원인을 이해할 새도 없이 다른 사건에 빠져들곤 하잖아요. 또 누군가의 공감을 얻는다는 게 뭐 그리 대수겠어요. 공감이란 것도 결국 시간이 흐르면 변화하는 건데요. 시간의 흐름에 맡기고 보면 진실은 어느 땐가는 밝혀지리라는 믿음이 생겼습니다. 사람을 믿느니 차라리 그 진리를 믿는 게 자신을 위해서도 바람직할 것이겠기에 말예요. 사람이 사람을 싫어하는 것만큼 슬픈 일도 드물 것입니다. 내 안에 존재하던 그녀의 영역이 아무리 협소했다 해도 한 인간에 대한 신뢰가 무너졌을 때는 누구나 고통스러울 거예요. 나 역시 평범한 인간일 뿐인걸요.

이제 나는 그녀가 어떤 말을, 행동을 하든 대수롭지 않게 받아넘길 수 있어요. 그녀를 나와 같이 생각하지 않고 그녀 자체로 받아들이면 될 것입니다. 그 방법이 그녀와 나를 위한 최선의 길이라면 좀 비애스럽더라도 나는 그렇게 할 겁니다. 그런데 참 이상하죠. 이렇게 고백하는 동안에 나는 그녀를 다 이해한 것 같은 느낌이 드니 말예요. 의도적으로 바라보지 않으려 딴전을 부리다가도 시선은 자꾸 꽃집으로 향하는군요.

헌화가(獻花歌)

헌화가(獻花歌)

예전처럼, 산모퉁이를 돌 때마다 버스는 거북이처럼 엎드려 기었다. 버스 안의 승객들은 한결같이 담담한 표정이다. 모두들 스쳐가는 창 밖만을 주시한 채 유령처럼 앉아 있다. 진종일 섬세하고 유연하게 세상을 잠식해 가던 눈발이 조금씩 잦아들고 있다. 그 눈발처럼 이미 쇠잔해졌지만 자신의 감정을 보이지 않으려 말을 끊던 어머니를 떠올린다. 어머니를 생각하자 나는 마음이 조급해진다. 답답하리만치 느릿하게 달리던 버스는 가끔씩 자신이 달리고 있다는 걸 확인이라도 하듯 삐,하는 벨소리가 나면 멈추고, 밭은기침 소리를 내는 자동문을 열어 한 사람씩 토해낸다. 오르고 내리는 사람들의 동작이, 마치 말을 하지 못하는 사람들의 세계에 온 것 같은 느낌을 갖게 한다. 이물감을 느끼는 아주 낯선 세계에. 어머니와 내가 처음 이 마을에 찾아들 때의 느낌처럼 오늘도 그랬다.

그 때도 버스는 자갈길을 2시간이나 달려 작은 항구에 도착했다. 그리고는 헉헉거리던 숨을 잠시 돌리더니 해안선을 따라 십 리를 더 지나

서야 이 마을에 당도했다. 모내기가 끝난 6월의 들녘은 연두색 물결로
넘실거렸다. 미풍이 살랑일 때마다 한 방향으로 기대는 벼포기의 화목
이 아름다워 보이는 마을이었다. 버스에서 내려 동네 초입에 서 있는 당
산나무에 이르렀을 때였다. 이모할머니는 그 곳에서 쉬고 있는 마을 어
른들에게 마지못해 우리를 인사시키고는 바쁜 일이라도 있다는 듯이 내
달렸다.

"이 동네는 도시 같지 않아서 사소한 입씨름거리라도 생긴다치면 시
궁창에 쇠파리 끓듯 소문이 무성해진다이. 그렇게 설혹 네들 야기가 사
람들의 입방아에 오르내린다 혀도 너무 속상해 하지 말거라이?"

이모할머니는 집에 도착하자 윗도리를 훌러덩 벗어 윗목에 던지며
어머니에게 그런 당부를 했다. 어머니는 희미하게 웃었다. 그 날 밤 낯
선 곳에서의 잠자리가 불편했을까. 뒤척이다가 눈을 뜨면 달빛 스며드
는 장지문에 어머니의 그림자가 앉아 있곤 하였다.

버스가 염전을 지나고 있다. 가슴을 활짝 연 바다가 반나체의 몸을 드
러내 쉬고 있다. 처음 이 곳을 지나며 본 소금밭의 인상이 너무 강해서
나는 접시 위의 소금을 보면서도 늘 눈부셔 했다. 어디 그 뿐인가. 나는
어머니의 사랑도 혹독한 태양열에 자신을 말려 가감 없는 본질만을 변
함없이 지키고 있는 소금 같다는 생각을 하기도 했다. 그녀의 사랑은 정
말 금이 반듯하지 못한 저 염전처럼 서툴기만 했던 것일까.

승객은 나를 포함해서 다섯 사람이 남았다. 그 오랜 세월동안 들락거
린 동네건만 이곳에 올 때마다 나는 늘 서먹하다. 아는 사람을 만나도
까닭 없이 뒤통수를 보이는 것 같은 어색함이 생기곤 한다. 내가 마음을

열지 못한 까닭일까. 저 멀리 운계산 자락이 보이고 아슥한 하늘을 향해 흐릿한 연기가 피어오르고 있다. 아직도 군불을 지피는 집이 있는 걸까 의아해 하다가 어쩜 초상집 마당의 연기일지도 모른다는 생각이 든다. 버스는 주막 앞에서 멈췄다. 예전엔 땅속 깊이 묻은 큰 항아리에서 되로 떠주던 막걸리가, 지금은 패트병에 담겨 팔릴 순서를 기다리고 있다. 친정으로 향하는 골목 입구에 다다른다. 마을회관 마당과 이어진 밭은 여름이면 뽕나무가 새까만 오디를 달고 있던 곳이다. 그곳을 지나서 나는 운계산에 곧잘 올라 다녔다. 옅은 어둠이 사위를 감싸자 가까스로 참고 있었다는 듯 다시 진눈깨비가 날리기 시작한다.

친정 마루에는 불이 켜져 있다. 낮은 담을 돌아 대문을 들어서는데 어머니가 방문을 열었다. 바깥에 귀 기울이고 있었던 어머니의 마음이 그랬지 싶다. 마루를 지나 방안에 들어서니 어머니는 끼고 있던 골무를 벗어 바느질 그릇에 담아 윗목으로 밀어낸다. 내가 자투리 이불이 펴있는 아랫목으로 발을 넣자 어머니가 말한다.

"몸이 좀 녹으면, 더 어두워지기 전에 다녀와야잖겠냐."

어머니의 표정에 균열이 인다. 그런 어머니를 보면서 나는 생각을 바꾼다.

"어머니, 출상 때까지는 시간이 많은데, 너무 서둘러 가는 것도 볼썽사납지 않을까요?"

"뭐라, 볼썽사납다 했냐? 그게 어째서 ……."

어머니는 그녀답게 격해지는 감정을 재빨리 수습한다. 나는 그녀의 심정을 헤아리면서도 이불을 더 잡아당겨 온 몸을 감싼다. 차를 타고 오면서, 이번 일은 어머니가 원하는대로 돕기만 하겠다는 결심을 했는데도 자꾸 뒤틀리는 결기를 느낀다. 그녀는 뭐라고 더 하려다가 불편한 심기를 보이기 싫은 듯 저녁 준비를 핑계삼아 부엌으로 나간다.

밤이 되자 눈발은 더 극성을 부렸다. 어머니는 내가 결혼한 지 열 두 해가 지났어도 나와 같이 살던 때의 세간살이를 그대로 간직하고 있다. 달라진 것이 있다면 해가 거듭할수록 낡아가는 가구와 어머니의 쇠잔해져가는 모습일 것이다. 서른도 채 안 된 청상과부가 딸 하나를 데리고 독립하겠다는 말을 할 때의 어머니는 당차 보였었는데.

그때 남편과 사별한 어머니는 여러 도시를 전전했다. 외할머니의 재혼 권유를 외면하기 위해서였다. 그래서 나는 어머니의 방랑을 남편과의 각별한 금슬이나 한 남자에 대한 정절, 그런 것 때문이라고 생각했었다. 그러나 어머니의 사랑은 오로지 한 남자였다는 내 생각은 빗나갔다. 어머니의 사랑이 내 아버지만은 아니었다는, 그 기대감의 상실로 한동안 나는 어머니에게 서먹하게 대했다. 그러면서도 내 무분별한 기대가 그런 오해를 하게 되었다고 자학했다.

어머니는 아저씨를 추억하고 있는 걸까. 벽에 기대어 눈 쌓이는 소리를 들으며, 아저씨가 뒤척이는 홑이불 소리 같다는 생각을 하고 있던 내게 말을 건다.

"에미야, 네게 전화를 해야쓸지, 많이 생각했니라."

부어있는 듯한 그 목소리는 아득한 곳으로부터 흘러드는 절규 같다.

"잘 하셨어요. 참, 엄마, 옛날에 엄마는 귀머거리에 벙어리로 살았지?"

나는 화제를 돌리기 위해 그 예전, 아이스께끼 하나 사달라고 조르던 그런 말투로 말한다.

"그 성질 괄괄한 느이 이모 할매가 소매 걷어붙이고 댕김서 따독였어도 자고나면 무성해지는 게 소문이었다. 냇가에 빨래라도 이고 나간다 치면 그 눈빛에 소름이 오싹했니라."

"처음 이곳에 왔을 때 엄마는 하루 종일 밭에서만 살았어. 일도 잘 하지 못했으면서. 어쩔 때 보면 엄마는 호미질을 하면서도 하늘을 올려다 볼 때가 있었다우."

어머니가 희미하게, 아주 희미하게 어설픈 웃음을 짓는다.

"그때, 엄마는 지금의 나보다 더 예뻤었는데."

"못하는 소리가 없구나."

망측하다며 어머니는 눈을 흘기더니 고개를 돌린다. 험한 산령의 고비를 다 넘기고 살았지만 아직도 그녀는 소녀 같은 데가 있다.

우리가 이 마을에 이사 온 그 해 여름엔 비가 많이 내렸다. 사흘 장마가 진 뒤 하루는 하늘이 빼꼼히 열렸다. 검은 비구름이 간간이 떠다니긴 했지만 곧 개일 것 같은 하늘빛이어서 어머니는 잿간에서 호미와 구럭을 꺼내더니 나를 앞세워 집을 나섰다. 마루에서 바라보면 정면으로 눈에 띄는 운계산 등성이에 있는 밭으로 향했다. 중간쯤 가다보니 제법 큰 냇가가 있었는데 사흘 동안 내린 비로 물이 많이 불어 있었다. 하지만 물의 흐름은 완만해 보였다. 어머니는 물 속으로 들어가 몇 걸음 떼어보더니 내 손을 잡고 천천히 내를 건넜다. 어머니 손에 이끌려 종종걸음치다 가쁜 숨이 턱까지 차오를 무렵, 밭에 이르러 보니 한 뼘쯤 자란 콩은 엉망이 되어 있었다.

어머니는 혀를 끌끌 차더니 허연 뿌리를 드러내고 쓰러져 있는 콩대를 다잡아 세우고 호미로 흙을 모아 덮어주었다. 그 일이 마무리되자 물고랑을 만들어 산골짜기로부터 흘러내려오는 여러 갈래의 물줄기를 한 고랑으로 모아 흐르게 했다. 시간이 꽤 지난 뒤, 그 물줄기를 구경하던 나는 거품을 내며 부산하게 내달리는 산(山)게를 보았다.

"엄마! 게가 거품을 물고 달려요."

서툰 호미질에 열중해 있던 어머니가 하늘을 올려다보았다. 그때는 이미 새까만 비구름이 구렁이 떼가 몰려들 듯 소란한 쇳소리를 내며 우리 눈앞까지 와 있었다.

소나기 속을 달려 냇가에 이르렀지만 물이 불어 속수무책으로 주저앉아 있던 우리는 어렴풋한 인기척 소리를 들었다. 반가움에, 그것의 정체를 알아낼 여유를 갖지 못하고 나는 큰 소리로 외치며 손을 흔들었다. 그러자 나뭇단을 뒤집어쓴 것 같은 물체가 우리 쪽으로 천천히 다가왔다. 차츰 흐릿하게 남자의 형체가 드러났다. 지게를 진 남자였다. 마침내 그가 우리 앞에 섰다. 그가 등에 지고 있던, 나뭇단을 수북히 얹은 지게를 땅에 부리고 고개를 들었다. 그리고 우리를 정면으로 보며 씨익 웃었다. 그는 우리에게 미소를 지었지만 빗속에서 그의 웃음은 한층 괴기함을 더해줄 뿐이었다. 그가 다리를 심하게 전다는 것은 걷는 모습을 보며 이미 짐작한 바였지만 가까이서 보는 그의 몰골은 우리를 충분히 공포스럽게 했다. 머리는 덥수룩하게 길어 산발했고 수염 또한 제멋대로였다. 단지 눈만은 부드러움 속에 단단한 힘을 함께 담고 있었다.

어머니와 내가 처음 보는 그를 살피느라 경황이 없는 동안 그는 나뭇단을 땅에 내려놓고 지게에 부실한 부분이 없는지 확인을 했다. 그리고는 나더러 지게에 오르라 말했다. 발음이 정확하지 않아 그의 손짓으로 알아차렸다. 나는 두려워 떨면서 어머니를 보았다. 어머니가 내게 고개를 끄덕였다. 나는 지게 위에 올라가 양손에 힘을 주었다. 그가 나를 짊어지고 물살 속으로 걸어 들어갔다. 그가 물 속에서 절룩거리는 걸음을 옮길 때마다 지게가 기우뚱거려 나는 눈을 감고 이를 물지 않을 수 없었다. 그의 발걸음이 조심스러운 만큼 동작이 더뎌서 두려움에 떠는 시간은 길어졌다. 마침내 지게가 땅에 닿는 느낌이 들자 나는 눈을 번쩍 떴다. 그리고 어머니를 먼저 바라봤다. 어머니가 환히 웃고 있었다.

이번엔 지게를 내려놓은 그가 다시 빨려들 듯한 냇물을 건너갔다. 그가 오른손으로 어머니의 손목을 잡겠다는 시늉을 하자 어머니는 자신이 먼저 손을 내밀었다. 그리 폭이 넓지 않은 내를 절반쯤 건넜을 때였다. 한 걸음 한 걸음 조심스레 발을 떼던 어머니가 손에 쥐고 있던 고무신을 놓쳐버렸다. 떠내려오던 뱀을 밀어내다가 그만 고무신까지 놓아버린 것이다. 고무신은 마치 굶주린 짐승에게 채이듯 냇물의 소용돌이 속으로 사라졌다. 눈 깜짝할 새도 없이.

그 때의 홍수로 인하여 우리는 아저씨와 처음 만났다. 그런데 우연찮게도 그가 마지막 가던 날엔 대설경보가 내려졌으니 어머니에겐 그것도 슬픔이 되리라. 하루 종일 함박눈이 내렸다. 지독한 졸음에 녹아드는 삶처럼 사르륵거리는 이 연약한 입자들의 어디에 이런 힘이 숨어 있을까.

꼭 그래야 한다는 것처럼 탐스런 눈송이는 이틀 동안 쉼 없이 내려앉았다. 아저씨는 아직도 감추고 싶은 것이 있는 걸까, 사는 동안 내내 자신을 드러내 보이지 않았으면서도, 그 육신까지 자연 속에 감춰 버리고 싶었을까.

"어머니, 헌화가라는 신라 향가를 기억하세요?"

"그래, 어렴풋이 기억하고 있다만은. 수로(水路)부인이 나오는 그 노래 말이다."

"맞아요. 소를 몰고 가던 노인이 철쭉꽃을 갖고 싶다는 수로 부인을 위해 위험을 무릅쓰고 절벽 위에 피어있는 꽃을 꺾어 주었다는 내용이었지요. 내, 당신을 위해 기꺼이 저 꽃을 꺾어 바치오리다 라는."

"……"

"어머니, 내가 어렸을 때 아저씨가 진달래꽃을 가끔 꺾어다 주셨잖아요?"

"……"

어머니는 또 다시 침묵한다.

"소를 몰던 그 노인이 수로 부인에 대한 애정이 없었던들 천길 낭떠러지의 꽃을 꺾어 주었겠어요. 혹여 아저씨도……"

에두른 내 말의 의중을 일찌감치 알아챈 어머니는 추억의 잔영에 대한 아픔을 드러내지 않으려는 듯 반짇고리를 챙겨든다. 그렇다고 내 기억에서 잘라낼 수 있는 것도 아니었다.

봄기운이 짙어진 어느 날 저녁 무렵이었다. 마루에 올라서서 너무 멀리 있어 손바닥만하게 보이는 바다를 바라보고 있는데 저만치서 아저씨의 연둣빛 지게가 보였다. 우리집 앞을 지나 강 부잣집으로 가는 길이었다. 나는 장난기가 발동해서 마루를 내려가 잿간으로 숨었다. 아저씨의 지게에 진달래가 한아름 얹어 있었기 때문이었다. 어머니는 부엌에서 서툰 솜씨로 불을 지피다가 연기 탓에 눈물을 훔쳐내고 있을 때였다. 아저씨는 마당에 들어서더니 지게를 받쳐놓고 진달래꽃을 안아들고 나를 찾는지 집안을 기웃거렸다. 인기척을 느낀 어머니가 부엌에서 나왔다.

"우리 승주 주실라고 꺾어오셨군요. 방금까지 있었는데 야가 어디를 갔지."

"아아니여유, 승주 엄니 드리일려고오요."

나는 살금살금 다가가 아저씨를 놀래키려다가 주춤했다. 아저씨가 안고 있던 진달래꽃을 어머니에게 내밀었다. 아저씨의 아름에서 꽃가지가 하나씩 떨어져 나가고 있었다. 어머니가 그 꽃가지까지 받아 안는다는 것이 아저씨의 불편한 팔까지 끌어안게 되었다. 한쪽 팔을 어머니에게 안긴 아저씨는 다른 팔로 어머니를 감싸안았다. 그 순간에 나는 가슴 두근거리는 소리가 마당으로 새어 나갈 것만 같아 조바심 쳤다. 어설픈 포옹에서 풀려난 어머니는 떨어진 꽃가지를 주울 새도 없이 허둥지둥 부엌으로 들어갔고 아저씨는 그 자리에 한참동안 서 있었다. 아저씨의 얼굴이 젖어 있었다.

오늘 밤 쉽게 잠을 이루지 못하리라는 걸 알면서도 나는 이부자리를 편다. 그녀의 홑이불은 여전히 빳빳하게 풀이 먹여져 있다. 그 예전 긴 겨울밤이면 어머니가 뒤척일 때마다 사각거리던 그 소리를 다시 듣는 것 같다. 어머니의 베개 높이가 전보다 낮아졌다. 내 아이들 베개의 높이와 비슷하다. 나는 베개의 높이로 행, 불행을 가늠하기라도 하듯 어머니의 베개가 낮아진 것에 신경이 모아진다. 작아지는 것, 소멸되어 가는 것에의 서글픔이 강하게 밀려들었다. 어머니가 향유하는 낙(樂)의 크기도 이렇게 낮아진 건 아닐까. 사람이 꼭 의미가 있어서 생명을 부지하는 건 아니지만 어머니의 생의 의미나 살아야 할 날의 수도 이렇게 줄어든 건 아닐까. 어머니는 세월에 발목을 잡혀 어쩔 수 없이 살아온 건 아닐는지. 가슴이 싸아하니 저려온다. 어머니와 눈을 마주치지 않으려고 손톱을 내려다본다. 초생달 모양의 봉숭아 물 든 손톱이 아직 남아 있다.

언젠가 처음으로 사랑하는 남자 이야기를 어머니에게 했었다.

"양친이 다 계시는 집안이냐?"

어머니의 첫 물음이었다.

"그렇긴 하지만 가난해서 고학을 한 사람이에요."

"나는 네가 그늘이 없는 사람을 만나 밝게 살았으면 좋겠다. 가진 게 너무 없으면 사람이 좀 강퍅해지기도 하잖겠냐?"

"어머니, 건강한 남자면 됐지 뭘 더 바라세요."

나는 내 감정보다도 더 격하게 대답했다. 결혼하겠다고 말하지 않았는데도 어머니는 절교하라 하였다. 어머니에 대한 내 자긍심은 과부 딸인 주제에, 라는 손가락질도 무시해 버릴 수 있을 만큼이었지만 결혼에 있어서는 어머니의 뜻에 따르지 않았다. 나는 그때 처음으로 어머니를 거역했다. 그런 내 결혼은 어머니의 가슴애피를 키우게 하는 원인이 되었다.

뭐라고 좀 튀는 이야기로 웃을 거리를 찾으려다 그러는 자신이 더 싫어 돌아눕는다. 가슴이 답답해서 볼 일을 핑계로 나는 밖으로 빠져나온다. 말 그대로의 측간은 어둡다. 물기가 있던 땅이 얼어 하마터면 미끄러질 뻔했다. 이제 어머니를 모셔 가야겠다는 생각을 다시 굳힌다. 아직 사위에게 미안한 감정을 정리하지 못한 그녀는 한사코 거절하겠지만 이제는 나도 물러서선 안 될 것 같다. 비록 어머니가 반대한 결혼을 하긴 했지만 결혼을 앞두고 그녀 문제로 나는 여러 밤을 새워야 했다. 그녀가 사위를 받아들이지 못했던 문제보다 그녀를 홀로 남겨둬야 하는 아픔이 더 컸기 때문에. 지금은 어떤가. 모시고 안 모시고의 문제는 아무것도 아니다. 한 여자로서의 어머니를 볼 때마다 나는 망연해질 뿐이다.

어디선가 희미하게 개 짖는 소리가 들린다. 열 하루의 상현 달빛은 눈빛과 더불어 제법 휘황하다. 측간에서 나오는데 사슴 뿔 모양의 그림자가 보인다. 무엇인지 뻔히 알면서도 소름이 오싹 돋는다. 이 나이에도 무섬증은 여전하다며 방으로 들어선다. 어머니가 나를 등지며 돌아눕는 것이 아직 잠이 들지 않았지 싶다.

"여직 지게를 치우지 않으셨어요? 어머니가 지게 쓰실 일이 뭐 있다고."

"쓰지 않는 거라고 다 버려야 하냐? 낡은 것이라도 두고 보니 참 좋구나. 어떨 때는 사람이 옆에 있는 것처럼 든든하기도 하고……."

"참, 어머니도."

몇 마디 더 하려다가 입을 다문다. 어머니의 마음을 읽어서다. 그 지게는 아저씨가 만들어 주었고 어머니가 이곳에서 산 세월이 모두 담겨 있다. 내 마음에 심한 파도가 인다. 나는 그녀를 잘 안다. 그러면서도 어떤 사물에 갖는 애정이 집착에 가까워서 그것을 경계할 수밖에 없다.

다음 날 아침, 창호지 문살을 통해 들어오는 햇빛 때문에 눈을 뜬다. 하얀 스웨터를 걸친 어머니가 바느질을 하고 있다. 미색의 낡은 한복을 꺼내 동정을 달고 있다. 어머니가 지니고 있는 몇 벌의 한복 중에 가장 즐겨 입던 것이다. 아니, 즐겨 입는다기보다 어머니 스스로 의미를 부여하고 싶을 때 그 옷을 입곤 했다. 어머니가 그 옷을 입고 토방에 내려서면 마당이 환해졌다. 좁은 어깨선을 타고 흐르는 저고리의 선은 앞태나 뒷태가 흐르는 물처럼 자연스러웠다. 어머니는 예전에도 당신이 그러고 싶을 땐 이 한복을 꺼내 입고 좁은 집안을 한 바퀴 비잉 돌았다. 그럴 때 어머니는 영락없이 사랑가 한 대목을 낮은 목소리로 부르곤 했다. '사랑 사랑 내 사랑이야, 동정칠백 월하초에 무산같이 높은 사랑, 목단 무변수에 여천창해같이 깊은 사랑, …… 연평 바다 그물같이 얽히고 맺힌 사랑, 은하 직녀 직금같이 올올이 이는 사랑, 청루미녀 침금같이 혼솔마다 감친 사랑 …… 어화둥둥 내 사랑아, 어화 내 간간 내 사랑이로구나.' 꿈꾸지 못할 곳까지 뻗어간 숨 닳은 소리였다. 헐벗은 시간을 부둥켜안고 어머니는 저 소리에 실밥 타는 그리움을 담아내는가, 뒷곁을 돌아나오는 어머니의 노래 소리가 애닯은 굴렁쇠를 굴리곤 하였다.

내가 자라면서 어머니는 그런 시간을 줄여갔고, 그런 어머니를 보며 곱다는 느낌보다는 아픔 이는 시간들이 많아질 무렵이었다. 하루는 어머니의 목소리가 불안정하게 이어졌다 끊어지곤 했다. 까닭 없이 걱정이 된 나는 방문을 열다가 사립문 앞에 서서 귀 기울이고 있는 아저씨를 보게 되었다. 그 날을 끝으로 어머니는 내 앞에서는 그 옷을 입지 않았다. 나는 그 때를 떠올리며 묻는다.

"어머니, 그건, 뭐하시게요?"

나는 그렇게 물으면서도 행여 어머니가 아저씨를 뵈러 갈 때 입겠다고 하는 건 아닌지 조바심이 생긴다.

"이제 그만 입을란다."

"진즉 그러시잖구요. 내가 해드린 그 한복을 입으면 훨씬 젊어 보이실 거에요. 그런데 왜 동정은 달고 그러세요?"

"없애드라도 온전하게 해서 태울란다."

나는 안도하며 내 속됨을 자책한다. 어머니는 소멸하는 것의 소중함을 알고 있었다. 나는 어머니의 의중을 알았지만 아무런 내색을 하지 않는다.

아침을 뜨는 둥 마는 둥 하고서 나는 마당의 눈을 당그레로 긁어모은다. 대문 밖엔 아직 눈이 쌓여 있다.

"눈이 많이 쌓인 날은 아저씨가 치워 주곤 하셨는데."

"넌 전에 없이 왜 이리 수다스러워졌냐?"

어머니는 못 마땅한 얼굴로 내게 핀잔을 주었지만 화가 난 건 아니었다. 아저씨는 눈이 많이 내린 날 아침엔 우리 집 대문 앞까지 말끔히 치워놓았다. 아저씨의 기척에 잠이 깬 어머니는 그가 지나가길 기다려 우리 집 마당의 눈을 재빨리 치워야 했다. 뒤늦게 보리쌀을 씻으러 우물가로 나온 아낙들은 겨울밤의 포만감을 털어내며 야시랑을 떨어댔다.

"혼자 사는 여자가 뭐 그리 바쁜 일이 있다고 부지런을 떨었당가?"

"아따 이 사람아, 혼자 상께 부지런허지. 서방 있는 여자가 일찍 일어
나겄는가?"

그 말이 칭찬인지 빈정거림인지 나는 알아듣지 못했다. 다만 강아지
가 꼬리치며 내 종아리를 핥는, 그런 불쾌감만은 확실히 느껴졌다. 만일
내가 오지 않았다면 어머니는 이렇게 씩씩하게 지내지 못했을 것이다.

강 부잣집으로 가는 동안 어머니는 아무 말도 하지 않는다. 그녀는 내
색을 하지 않으려고 안간힘을 썼지만 나는 느낀다. 나 역시 그런 어머니
만큼이나 생각이 많다. 어머니에게 묻고 싶은 것도 많고 그걸 확인해 보
고 싶은 욕구를 느끼면서도 차마 그러질 못한다. 어머니를 배려 해서라
고는 하지만 내가 지닌 어머니라는 굳건한 성채가 무너질까봐 두려운
것이다.

"오메, 이게 누구당가?"

"그럼 그렇지 네가 안오면 쓰겠냐?"

대문 앞에 이르러 어머니 기색을 살피는 나를 알아본 아주머니가 달
려나온다. 아주머니에게 이끌려 가면서 나는 어머니에게 고개를 끄덕여
보인다. 예전에 비하면 많이 좁아진 강 부잣집 마당으로 들어선다. 내
어렸을 적에는 함부로 드나들지 못하던 집이었다. 장작불이 톡톡 튀는
소리와 질펀하게 어우러진 화투패들이 내지르는 소리가 상주 없는 초상
집의 썰렁함을 덜고 있다. 눈치 빠른 아주머니가 아저씨가 너를 기다렸
을 거라며 흔연스럽게 방으로 잡아 끌어준다. 나는 어머니와 시신을 안
치해 둔 방으로 들어가며 동네 노인들이 눈살을 찌푸리는 걸 놓치지 않

는다. 그 많은 눈빛을 견뎌내야 했던 지난날들. 아직도 그런 것들을 무시하지 못하는 어머니와 나였다.

둘러친 병풍을 지나쳐 나는 아저씨 옆으로 간다. 어머니는 차마 그러질 못하고 저만치에 앉는다. 아저씨는 평온한 모습이다. 누군가가 수족을 거둔 듯, 칠성판 위에 홑이불을 덮고 누워 있다. 나는 어머니를 흘끔 돌아보고는 아저씨 옆으로 조심스레 다가앉는다. 아저씨를 보고 있자니 유년의 기억들이 차례로 줄을 선다. 나는 내 감정에 빠지지 않으려 머리를 흔들며 어머니를 돌아본다. 어머니는 내가 물러앉으면, 어머니 조금 다가 앉으세요 한다면 금방이라도 아저씨 가까이 올 것만 같다. 그러나 나는 어머니에게 틈을 주지 않고 그녀를 부축해 일어선다. 그녀는 차마 떼어지지 않는 무릎을 일으켜 내가 이끄는 대로 뒷걸음질 친다. 방바닥으로 뚜두둑 눈물방울이 떨어진다. 어머니의 처진 어깨가 격렬하게 흔들렸지만 소리는 삼켜지고 만다. 그런 어머니 앞에서 나는 슬픔을 내색할 수 없다. 나는 소리 내어 울어도 되었지만 그녀는 그럴 수 없다. 슬픔 앞에서 누구는 울 수 있고 누구는 그래서는 안 된다는 게 정해진 것도 아니건만 우리는 아직 그런 굴레에서 자유스럽지 못한 채였다.

한 번 휘어진 나무는 바로 서지 못한다 했던가? 그들에게 한 번 붙박힌 어머니에의 시선이 변하지 않았음을 느껴서인지 나는 밖에 있는 사람들을 의식한다. 어머니는 갯민숭이 달팽이처럼 적으로부터 받은 독을 자신의 무기로 순치 시킬 만큼 적응력이 뛰어나지 못했다. 갯민숭이 달팽이는 따뜻하고 아름다운 바다에 살면서도 그런 힘을 키웠는데 그녀는 썰렁하고 우호적이지 못한 사람들 틈에서도 보호막을 형성하지 못해 늘 상처 치료에 급급했다.

나야 내가 사는 곳으로 떠나면 그만이지만 어머니는 혼자 이곳에 남아 모든 것들을 감당해야 하기에 나는 그만큼 조심스럽다. 그런 의미에서는 우리 모녀가 이 마을에 첫 발을 내딛던 그 때나 지금이나 별반 달라진 게 없다. 지금 어머니는 그때처럼 당당하지도 않고 보이지 않는 곳에 숨겨 둔 정열이 있는 것도 아니다. 만지면 바스라질 것만 같이 애처로워 보일 뿐이다. 그런 어머니를 부축해서 토방을 내려선다. 토방에서 마당으로 발을 내려딛는 감촉이 왜 그리도 아득하던지. 어디선가 끌끌끌 혀 차는 소리가, 수근대는 소리가 귓바퀴를 돌고 있다.

다음 날, 열 시가 조금 지나서 초상집 마당으로 들어서자 낮은 곡소리가 들린다. 왠지 이 마을 사람이 아닐 것만 같다. 불길한 예감이 들어 어머니를 못 오게 한 걸 다행이라 생각한다. 예전에 비해 줄어든 재산만큼이나 쇠잔해진 강 영감의 며느리가 아주머니와 상을 차리고 있었다.

"손님이 오셨나봐요?"

나는 목소리에 생기를 넣어 물었다. 동네 아주머니가 묘한 표정을 지으며 말했다.

"아 글씨, 한기 영감에게 가족이 있었다네. 기골이 장대한 신사들 셋이 들어서니 방안이 꽉 차더랑게."

"그렇께 지금 저 방안에 있는 사람들이 영감의 형제들이란 말이여?"

어느 틈에 들어왔는지 이모할머니가 터질 듯이 팽팽한 부엌의 기운을 분산시키며 끼어들었다.

"동생 두 사람과 장조카랍디다. 꺼억꺽 소리 죽여 우는 몬양이 어찌나 한스러워 보이던지 차마 눈뜨고는 못보겠습디다. 그라고 본께 한기 영감이 운계산에 묻히기는 어렵겄는디."

믿기지 않았다. 아저씨가 밭에서 소를 몰 때마다 그 목소리에 실린 외로움이 얼마나 처절했는지를 알고 있었기에 아저씨에게 가족이 있으리란 생각은 추호도 할 수 없었다. 불행 중 다행이라 생각되면서도 우리만의 소중한 사람을 빼앗기는 것 같은, 형언할 수 없는 감정이 밀려왔다.

"근데, 할머니! 아저씨에게 가족이 있다는 건 어떻게 알았대요?"

정작 궁금한 것은 묻지도 못하고 나는 에둘러서라도 답답함을 덜려 했다.

"글씨 말이다. 이 영감이 숨을 거두기 전에 유언을 냉겼다지 뭐냐? 그 것도 무식헌 사람은 읽지도 못하는 한문으로 말이다."

"네에? 뭐라고 씌여 있었는데요?"

"이집 주인이 어디 조근조근 말하는 사람이다냐? 이 동네에 묻히고 싶다는 것하고 고향집의 주소가 써 있더라고만 하더라."

"아, 그래서 연락이 되었군요. 할머니, 저 아저씨 한번 더 뵐 수 있을까요?"

"아까 동생들이 오고 난 다음에 입관이 끝났다. 그리고 죽은 사람 보면 뭣헌다냐? 속만 상허지."

오늘은 눈이 내리지 않아 다행이다. 장지에 간 사람들이 곧 도착할 거라는 생각에 마음이 다급했다. 입관을 마친 아저씨는 관속에 계셨다. 살았을 땐 그리도 커 보이던 아저씨가 어찌나 작아 보이는지 애처롭다. 보이지 않는 아저씨의 모습을 관을 통해 더듬으면서 아저씨의 마음을 헤아려 보았다. 어머니를 두고 눈이 감기셨을까. 두 사람은 입과 귀를 닫고 살았는데 마지막 가는 길에 할 이야기는 오죽이나 많으셨을까. 어머니 때문에 울지 못했던 어제 하룻내 내 가슴은 퉁퉁 부어올랐다. 지금은 아저씨와 나 뿐이다. 가슴이 후련하도록 울어도 괜찮은 시간이다. 아저씨, 한기 아저씨.

아저씨 이름은 한기였다. 성이 무엇인지는 아무도 몰랐다. 어느 누가 물어도 성에 대해선 입을 다물었다.

"그는 강 부잣집의 머슴이니라."

이모할머니가 그 아저씨는 강 부잣집의 머슴이란다 하셨을 때 나는 침을 꼴깍 삼켰다. 아이답지 않게 조신하게 살아야 하는 환경에서 절로 밴 습관이었다. 어머니와 나는 아저씨가 저 건너에 산다고 했을 때 고래 등 같은 기와집의 아들인 줄 알았다. 그래서 가엾은 마음이 조금 덜 했었는데. 강 부잣집의 외아들은 한기 아저씨와 나이가 비슷했으며 이모할머니의 말대로라면 굉장히 똑똑한 사람이었다. 강 부자의 며느리 역시 도시에서 대학교까지 다닌, 많이 배운 여자라는 말을 하실 때 이모할머니는 입가에 비웃음을 흘렸다.

"아, 글씨 지가 많이 배웠으면 뭐 한다냐. 이 촌구석에 살면 지도 촌 여편네제잉."

이모할머니가 강부잣집 며느리를 못 마땅해 하는 이유는 그랬다. 아무리 배웠어도 여자는 여잔데 할 일을 밀쳐놓고 게으름 피우는 것도 그렇지만 못 배운 동네 아낙들을 발뒤꿈치 때만큼도 알아주지 않는다는 사실에 대단한 분노를 나타냈다. 그리고 또 한가지 당연한 일이겠지만 그런 여자가 어디 머슴을 사람 취급이라도 하겠느냐는 것이었다. 호랑이 같은 강 영감이 집을 비우기라도 하면, 큰소리도 아닌 점잖은 목소리로, 오장에 쿡쿡 박히는 어려운 말로 사람을 말라죽게 한다고 분해 하셨다. 그 여자는 한기 아저씨를 한시도 쉬지 못하게 했으며 대부분의 자식 낳지 못한 여자들이 그렇듯이 아저씨에게 대단한 신경질을 부린다고 하였다.

점잖지 못한 말투나 흥분하는 모습의 이모할머니는 내게 친근감을 주었다. 어머니에게 근엄한 표정으로 훈계를 하던 우스꽝스러운 모습보다는 훨씬 맘에 들었다. 아저씨가 처해 있는 불쌍한 상황보다 할머니가 그렇게 아저씨를 감싸고 있다는 사실이 나는 더 고맙고 신기했다. 그래서 그 날은 이모할머니를 존경스럽게 바라보았다.

"어서 나오거라. 네 에미가 없다고 네 속을 다 보일래? 행여라도 네 에미 앞에선 눈물 보이지 말거래이."

어느 틈에 방안으로 들어온 이모할머니는 화가 난 듯 내 팔을 거칠게 잡아당겼다. 매무새를 고치며 마루로 나오니 강 영감의 아들이 돌아와 있었다. 아저씨의 동생들과 인사를 나누는 중이었다. 눈이 좀 녹으면 출상하자던 동네 사람들도 모여들기 시작했다. 다행히 상주가 나타나 장례식은 그런대로 모양새가 갖춰질 것 같았다. 오전에는 조용하더니 이제야 초상집 같다는 누군가의 말이 아득하게 들렸다. 상여가 도착하고 아저씨의 관이 실릴 때에야 아저씨가 아주 가시는구나 하고 죽음이 실감되었다.

상여는 우연인지 필연인지 친정 집 앞을 지나쳤다. 어머니는 모습을 드러내지 않았다. 방안에서 아무런 의미도 없는 바느질을 하고 있었다. 속소그레한 천을 꺼내놓고 기운 솔기를 뜯어내고 또 기웠다 뜯어내는……. 어머니를 두고 아저씨의 발걸음이 제대로 떨어지셨을까. 바깥세상이 온통 눈빛이어서인지 불을 켜지 않은 방안은 좀 어두웠다. 그런데도 어머니는 내게 당신의 얼굴을 보이고 싶지 않은 듯 등을 돌리고 앉아있다. 아아, 저 등허리. 정말 얄궂게도 이 순간에 그런 기억을 떠올리다니. 예전엔 살내음이 뭉클하게 느껴질 것 같던 눈부시게 희고 곱던 어머니의 등.

잠결에 눈이 부셔 깨어나 보니 밝은 달빛이 방안으로 기어들고 있었다. 옆에 있어야 할 어머니가 보이지 않아 마루로 나오는데 찰랑거리는 물소리가 들렸다. 어머니가 뒤안에서 물을 끼얹는 소리였다. 옹달샘에 바가지가 부딪는 소리, 바가지와 물이 부딪는 소리, 조심스레 들이부으며 한기에 으스스 떠는 어머니의 숨소리가 고즈넉한 밤하늘로 퍼져나갔다. 그윽한 그 소리들을 따라가다 나는 어머니의 목욕 장면을 훔쳐보고 말았다. 살금살금 뒤곁으로 돌아가 처마 밑에 쭈그리고 앉아 달빛에 드러난 어머니의 등을 황홀하게 바라보았다. 어머니의 등을 보며 선녀가 저렇게 아름다울까 하는 생각을 할 때였다. 나 아닌 누군가가 어머니를 훔쳐보고 있다는 느낌이 섬뜩하게 스쳐갔다. 어머니로부터 눈을 떼서 오른쪽으로 고개를 돌려보니 담 너머로 반짝이는 두 눈이 보였다. 형형한 그 눈은 어머니를 향해 빛을 뿜고 있었다. 마침내 목욕을 마치고 옷을 주워드는 어머니의 한숨 소리가 밤 공기를 따라 허공으로 맴돌았다.

옷을 입는 동작은 더욱 조심스러워져서 나는 어머니와 그 눈을 지켜보다가 그 자리에 붙박히고 말 것만 같았다.

지금에 와서 그런 것들이 무슨 문제가 되는가, 늘 부질없는 거라 회의하면서도 돌아서면 눈앞의 회화처럼 선명하게 드러나던 기억들이다. 어머니의 야윈 등을 보면서 차라리 그 시절이 좋았다는 생각을 한다. 이른 저녁을 준비하는 내게 어머니가 말한다.

"내일 가면 안 되겠냐? 오늘은 유독 외풍이 더 심하구나."

어머니의 퀭해진 눈을 보며 나는 차마 거절하지 못한다. 밤이 되자 문풍지가 심하게 울어댄다. 초저녁부터 이부자리를 깔아놓았지만 어머니는 뒤척이기만 할 뿐 쉬이 잠들지 못한다. 간간이 들려오는 한숨 사이로 뭔가 할 이야기가 있는 듯하다. 나는 그런 어머니 옆에 누워서 이것저것 수다를 떨었지만 아저씨 이야기만은 애써 비껴가곤 한다.

"아야, 에미야."

"어머니, 눈을 좀 붙여 보세요. 이틀 동안 못 주무셨잖아요."

"너, 이 에미에게 하고 싶은 말이 있지?"

"하고 싶은 말을 어떻게 다 하겠어요? 그리고 이제 와서 새삼스럽게……."

"아저씨에 대해서 말이다. 네가 뭔가 석연찮아 하는 거 다 알고 있다. 나는 네가 속엣말을 해버리면 마음이 좀 편할 것 같구나."

"아저씨 말예요. 꼭 하필이면 운계산에 묻어달라 유언 하셨대요? 우리 집 마루에 앉아서 보면 훤히 다 보인다는 걸 알고 계실텐데요. 어머니 마음은 헤아리지 않으셨나 봐요."

　나 역시 아저씨의 유언을 전해 들었을 때 아픔이 전신을 훑고 지나갔지만 부러 퉁박스럽게 말했다.

　"……."

　"아저씨를 향해 자꾸 마음이 기울어지는 어머니를 보며 혹시 하는 의혹을 버릴 수가 없었어요. 어머니에 대한 내 욕심이 지나쳐서였을까요?"

　"그랬구나. 내 추측이 맞았어. 이 자식아, 이 속물아, 사랑은 그런 게 아니란다. 부부처럼 같이 잠을 자고 눈앞에 있어 확인해야 하는, 그런 것만은 아니란다."

　그렇게 말하며 돌아눕는 어머니의 표정이 허허로워 보인다. 나는 그런 어머니의 등을 감싸 안으며 그녀가 무너져가고 있다는 걸 느낀다. 어머니의 저 상실감은 쉽게 채워지지 않을 것이다. 그런 그녀를 바라보는 나 또한 고통스럽다. 어머니, 가슴 가득 아픈 이름일 뿐인데.

　아저씨는 유언대로 운계산에서 편안히 잠드셨지만 남은 어머니는 또 얼마나 많은 것들을 견뎌내야 할까. 동네 사람들의 입살에 오르내린 말은 하룻밤 사이에도 아저씨의 성을 쌓았다가 허물곤 할 것이다. 어디 그뿐 만이랴. 아저씨가 운계산에 묻힌 내력을 가지고도 한 달은 입질할 꺼리가 될 것이다. 그런 것들로 어머니가 더께진 상처를 얹게 될까 살얼음을 밟듯 조심스럽다. 높낮이 없는 평강한 세월은 늘 어머니 편이 아니었다. 그래서 너무 많은 것을 잃어버린 어머니가 가슴에 간직한 윤기마저 말려버릴까 조바심이 인다.

세속의 상처가 풍화되는 시간

세속의 상처가 풍화되는 시간

– 김경희 소설집 『새들 날아오르다』

강지희(문학평론가)

세속의 비극

여기 상처받은 사람들이 있다. 아니, 세속의 삶에 지친 사람들이 있다. 이들을 가만히 살펴보다보면, 산다는 것은 소금에 절여진 야채처럼 풀이 죽은 얼굴들을 한 채 말이 점점 줄어드는 일인 양 느껴진다. 세월은 "자신의 존재를 명확하게 드러내지 않고 슬그머니 다가와 상대를 잠식해"(「윤사월」)버렸다. 태어날 때 보드라운 몸뚱이를 가지고 경쾌한 울음소리를 냈었을 이들은 이제 제각기 겪은 불행으로 마모된 삶 속에서 휘청거리며 서있다.

이들이 서있는 공간은 어디인가. 빛은 공포스럽기에 무엇이든 가려 그늘을 만들어야 하는 여자(「블라인드를 걷다」), 세상과 격리된 채 더 이상 표면적을 줄일 수 없게 될 때까지 웅크리는 여자(「산장의 여자」), 밀걸레로 미는 바닥이 유일한 도피처인 남자(「윤사월」)가 보여주는 이

고독하고 좁고 어두우며 더러운 바닥의 모습은 흡사 한 평짜리 독방 감옥이나 관(棺)을 떠올리게 하지 않는가. 어쩌다 '한 발 재겨 디딜 곳조차 없'는 이곳까지 밀려오게 되었는가. 한 여자는 이렇게 회상한다.

> 단연코 내 삶 속에서 비상을 꿈꾸지 않았다. 그랬어도 나는 어느 틈에, 무엇엔가 휩쓸려 엘리베이터 안에 갇혀 숨을 몰아쉬다가 차가운 땅바닥에 패댕이쳐져 있었다.　　　　　　　　　　－「산장의 여자」

살아가는 데는 이유가 없다. 역사는 '내 사전에 불가능은 없다'고 외치면서 알프스로 돌격했던 한 영웅의 삶에 대해 기록했지만, 대다수 필부필부(匹夫匹婦)의 경우 살다가 문득 뒤돌아봤을 때 어떤 것도 돌이킬 수 없는 '불가능'을 확인하는 순간들이 허다한 것이다. 김경희는 이렇게 사회 중심부에 성공적으로 편입하지 못한 자들에 대해, 깊게 베인 삶의 상처 하나쯤 간직하고 살아가는 변두리 인생들을 껴안고자 한다. 소설 속에서 택시 운전수(「거기 길이 있을까」), 때밀이 아줌마(「블라인드를 걷다」), 장애아를 데리고 산장을 운영하는 여자(「산장의 여자」), 아이 잃은 슬픔에 정신이 나간 여자(「새들 날아오르다」), 세탁소 아줌마(「견딜 수 없네」) 등 어쩐지 낯익은 장삼이사가 펼쳐내는 수다한 사연들은 삶의 페이소스를 관통한다. 이들은 웅장한 운명적 비극 속에 갇혀 있는 대신, 동네 아줌마들의 비밀스런 속닥임이나 흘러나오는 라디오에서 한 번쯤 들었음직한 사연을 가지고 있다. 그러나 아이러니하게도 일상에서 인물들이 견뎌야 하는 존재적 왜소함과 탈성화(脫聖化)된 비극이야말로 폭넓은 공감을 형성하면서 슬픔을 자아낸다. 이들에게 도피처는 없으며, 어떤 일탈도 반항도 없이 그저 놓인 자리에서 수치스런 생을 지속할 뿐이다.

따라서 김경희 소설 속 주인공들이 대부분 관찰자의 자리에 서서 말을 삼키는 대신 집요하게 주변을 관찰하는 모습을 보이는 것은 필연적으로 보인다. 그들이 사는 세상은 인과관계가 명확히 맞아떨어지는 곳이 아니고 상식적으로 이해할 수 없는 사람 투성이기에, 그들은 오해를 양산하는 언어의 생산을 중단하길 원하는 것이다. 그리고 이 판단 중지의 지점에서 소설은 세계 자체를 '흡수' 하며 새로운 체계를 향해 열린다.

상처의 기원

김경희의 소설에서 누군가의 죽음 혹은 배신으로 인한 이별은 서사를 이끌어 가는 가장 기본적인 모티프다. 「블라인드를 걷다」, 「누가 보고 있다」는 남편이 다른 여자를 만나고, 「사람이 떠난 자리」에서는 남편의 친구가 아내의 애도 없는 죽음을 맞으며, 「새들 날아오르다」에서는 아이의 죽음과 이로 인해 힘겨워하는 아내에 대한 남편의 외면이 그려지고, 「견딜 수 없네」, 「윤사월」에서는 남자를 버린 채 떠나는 여자들이 나온다. 상실과 분노의 감정이 대개 가장 기본적인 삶의 단위인 가족 관계에서부터 발생한다는 것은 이렇게 열거한 목록에서도 금방 포착된다. 물론 '따뜻하고 화목한', '신성불가침' 의 가치라는 환영을 통해 타자에 대한 배제와 적대적인 차별화를 정당화하는 가족 이데올로기는 역사적으로 구성된 것이고, 김경희의 소설 속에서 이 혈연주의적 배타성을 가진 허위의 정치학을 예리하게 짚어낸다면 그 역시 틀린 말은 아닐 것이다. 하지만 인물들의 상처는 '가족이기에' 상처주고 어긋나는 지점에서 생겨나는 것이 아니라, '가족임에도 불구하고' 상처를 주는 그 지점에서 비롯하는 것처럼 보인다.

「블라인드를 걷다」에서 남편에 대한 보복 심리로 자신을 추락시키기 위해 때밀이 일을 시작한 여자는 사람들의 벗은 몸을 만지며 "신체의 사용 부위나 감각이 발달한 것으로 직업을 가늠하고, 나를 부리는 행위에서 그들의 귀천을 분별해낼 줄" 아는 예민한 감각의 소유자지만, 정작 남편이 내게 보냈던 일종의 신호들은 모두 놓쳐버리고 만다.

언제부터인지 그는 가정에서의 일상에 조증을 드러냈고 자신만의 생각에 몰두해 있곤 하였다. 그는 꿈을 자주 꾸었으며 소스라쳐 놀라는 그에게 다가가면 왠지 버성긴 태도를 보였다. 그런 시간이 한동안 지속되더니 어느 순간부터는 내게 등을 보이지 않았던가. 그런 것들이 모두 그가 내게 보낸 신호였다는 것을 어리석게도 나는 이제야 깨닫는다. 남편은 내게, 내가 그녀들에게 보내는 신호 같은 방법으로 자신의 의사소통을 하고 싶어했다. 그걸 해독해내지 못한 나 자신만 날벼락을 맞았다고 생각할 뿐.　　　　　－「블라인드를 걷다」

남편이 다른 여자와 함께 떠난 배신감에 몸을 떨면서도, 남편의 서랍 깊숙한 곳에서 예전 연애 편지를 발견한 직후 맡게 되는 만리향 나무의 꽃향기는 그녀가 여전히 "지독한 그리움"에 빠져있음을 암시하는 장치다. 괴로움 끝에 '개천의 용'이었던 남편에 대한 기대가 터무니없는 '환상'이었다고 단정지어 보아도, 그 환상이 안겨주던 '엑스타시'와 끝내 읽어낼 수 없는 기호로 남은 남편의 '타자성' 사이의 괴리는 끝내 아물려지지 않는다.

이 소설집에서 가장 빛나는 수작이라고 할 수 있는 「새들 날아오르다」에서도 가족은 아파트의 이웃만도 못한 존재로 그려진다. 화자인 '나'가 기르던 금정조 한마리가 무관심으로 인해 죽은 날 만난 '5층 여자'는 아이를 잃은 슬픔으로 인해 정신을 놓은 상태다. 타인의 삶에 대해 늘 방관적이었던 남자는 의도치 않게 그녀를 돌보아주게 되는데, 그 과정에서 그녀가 남편과 전처 소생 아이로부터 완전히 배제되어있는 가족 내 '방외인'이라는 사실이 드러난다.

> "고마워요. 내게 관심 가져주는 사람이 아무도 없어요." (…)
>
> "가족이 있잖아요? 준일이 아빠도 있고 형도 있는 것 같던데……."
>
> "있으면 뭐 하겠어요. 그들은 준일이를 아예 잊어버렸는데요. 준일이 방에 걸려있는 별 그림을 봐도 무감각하고 식탁 의자가 비어있어도 그들은 아무렇지도 않아요. 나는 가슴에 멍이 들어 손 댈 수가 없을 지경인데. 두 사람의 웃음소리가 거실 안을 흘러다닐 때면 그들을 죽여버리고 싶을 만큼 미워요."　　　　　　－ 「새들 날아오르다」

그 여자가 가진 "새끼 잃은 어미의 간절한 눈빛"은 가족 안에서는 마치 거대한 벽에 마주한 것처럼 튕겨져 나왔지만, 남자에게는 고아원에 버려지기 전에 어머니가 아팠던 자신을 등에 업고 울며 뛰어갔던 소중한 기억 하나를 상기시켜주는 매개체로 작용한다. 이를 통해 '아이를 잃은 어머니'로서의 여자와 '어머니로부터 버림받은 아이'로서의 남자의 결핍은 마치 퍼즐 조각처럼 정교하게 맞추어지며, 일시적이지만 유사가족으로서 깊은 교감이 가능해지는 아름다운 순간을 만들어낸다. 그러나 이런 교감을 가능하게 하는 이면에는 가족들 간의 참을 수 없는 난폭한 신호, 이물감 혹은 타자성이 도사리고 있다. 아무리 노력해도 절대 마음을 다 주지 않는 남편과 전처 자식 사이의 독특한 유대감과 대비되어, 서로의 삶을 전혀 이해할 생각이 없는 부부 사이의 단절은 가족이라는 관계의 불완전성을 지시한다.

이것은 가장 근접한 공간에서 경험하는 타자성이기에 더욱 예리하게 우리의 폐부를 찌른다. '삭막한 세상으로부터의 절대적인 안식처'라는 가족에 대한 공고한 믿음이 깨지는 순간, 이는 인물들의 깊은 트라우마가 된다.

말(言)과 시선의 무게

이 이야기들이 너무 무겁게 느껴지는가? 가족에게서 따뜻함과 포근한 위안을 얻을 수 없다는 것이 절망적으로 느껴지는가? 영화 〈가족의 탄생〉이나 〈마요네즈〉에서 엄마와 딸의 날선 대치를 떠올려보자. "엄만

도대체 왜 그러는데?” “넌 대체 나한테 왜 그러는데?” 사랑 대신 투정만
늘어나는 것, 그러나 결국 어쩔 수 없는 ‘내 엄마’ ‘내 딸’ 이라는 것을
재확인 하는 것 그것이 가족이다. ‘가족임에도 불구하고’ 이렇게 깊이
서로를 찌를 수 있음에 분노했던 이들은 ‘가족이기에’ 더욱 예민하게
아파할 수밖에 없었음을 깨닫는다.

가족들 사이에서 발생한 상처를 더 아프게 만드는 것은, 오히려 그 모
습을 수상쩍게 바라보며 재단하는 세상 사람들의 말과 시선이다. 호기심
이 고양이를 죽이듯, 세속에서의 천박한 호기심과 추측의 남발은 그들의
상처를 더 쓰라리게 벌리고 덧나게 하고야 만다. 김경희의 이 소설집을
관통하는 커다란 주제이자 독자를 고민에 빠뜨리는 윤리성은 바로 이런
가벼운 말과 시선에 대한 문제의식으로부터 비롯된다. 세치 혀로 세상을
움직이는 무지한 힘에 대한 경계가 소설들 곳곳에 도사리고 있다.

여기 “남편의 빈소에서 청바지를 입고 있는 여자”를 보며 망자에 대한
여자의 애정이 진작에 달아났음을 짐작하는 한 여자가 있다. 「사람이 떠
난 자리」는 남편 친구의 장례식에서 그 아내를 바라보며 생겨나는 오묘
한 감정의 교차를 잘 잡아낸 소설이다. 화자의 냉랭해진 마음은 소리 죽
여 우는 여자의 뒷모습 앞에서도 “어쩌면 떠나보내는 슬픔보다도 남아
있는 자신의 처지가 더 슬퍼서 우는 것일지도 모르겠다”는 얄궂은 생각
을 그칠 수가 없다. 사실상 우리는 칸트가 말했던 것처럼 ‘타인의 더 큰
이익을 위해 우리 자신의 이익을 포기’ 하는 도덕적 인간이기보다는 리
처드 도킨스의 말마따나 ‘이기적 유전자’ 를 가진 생존 기계들이니, 저런
의심이 슬며시 고개를 드는 것을 두고 화자를 비난할 여지는 없다. 게다

가 화자는 여자가 남편이 다 죽어가고 있는데도 화장을 하고 생기 넘치는 얼굴로 갈비와 칵테일을 탐식하는 모습을 고작 일주일 전에 보았던 '목격자'가 아닌가. 그런데 소설은 작은 반전을 마련해 놓는다.

> "이럴 줄 알았으면 몇 달 미뤄보는 건데 그랬어요. 환이네를 돕는다고 무리해서 큰 적금을 들어주었거든요. 나는 계를 해서 빨리 못 돈을 타려고 했는데……. 회사를 믿는 거니까 상관없지만 환이 엄마가 친정인 서울로 가버리면 어쩌나 하는 불안감이 생겨서요. (…) 환이 엄마가 보험회사에 다니면서부터 환이 아빠의 병이 심해졌다고 하던데 혹시 따로 들은 말 없나요?"
>
> "환이 아빠는 이미 치료가 불가능 했었잖아요? 그걸 모르는 사람이 없었는데 그런 말을 하세요?"
>
> 내 목소리에 격앙된 감정이 묻어 있다는 걸 알아챈 여자가 재빨리 일어서서 종이컵에 뜨거운 물을 따라왔다. 약은 여자 같으니라고. 속이 훤히 들여다보이는 소리를 해놓고는, 자신의 본심을 들키자 그걸 무마시키기 위해 두 사람에 대한 험담이나 늘어놓다니.
>
> — 「사람이 떠난 자리」

주인공 여자는 장례식에서 자신의 돈이나 걱정하고 있는 다른 여자에게 더 큰 역겨움과 경멸을 느끼고, 이는 생각의 변화를 가져온다. "어쩌면 그녀는 주변 사람들에게 일찌감치 자신의 감정의 보호막을 한꺼풀 벗어버리고 솔직한 모습으로 나섰을지도 모를 일"이라고. 진실이란 우리가 오감으로 느낄 수 있는 경계 너머에 짐작했던 것과는 다른 형태로 놓여있는 것임을 깨닫는 것은 포스트 모더니즘의 기본 기제이자, '윤리적인 너무나 윤리적인' 순간이다. 여기서 작가의 세계인식은 "그러므로 진실은 없다."는 냉소나 허무주의가 되는 것이 아니라, "진실이라는 것으로 타인을 재단하지 말자"는 윤리적인 길로 향한다.

「견딜 수 없네」에서도 남편과 아이들을 버리고 떠난 '한양 세탁소 댁'의 무성한 소문에 대해 묻는 여자에게 자신이 아는 이야기를 풀어놓는 화자는 그 이면의 진실이 무엇인지 홀로 탐문하다 결국 우리는 제대로 아는 것이 없다는 깨달음에 이른다. 세간의 입들은 세탁소 댁을 술수로 꼬여낸 한 남자에 대해 말하고, 세탁소 댁 남편이었던 김씨가 위자료를 받아 횡재했다고 쉽게 말하지만 주인공만큼은 김씨가 아내를 보낸 후 많이 아파했었다는 걸 알고 있는 것이다. 그래서 남는 것은 사람들의 가벼운 입에 대한 불신과 함께 "한 개인의 역사의 뒤안길에는 말로는 다 못할 피눈물의 사연들이 있다는 것을 헤아려 달라"는 부탁이다. 이것이 많은 소설에서 등장하는 흔해빠진 감상의 발로로 읽을 수 없는 이유는 다음과 같은 뼈아픈 자기 반성과 함께 하기 때문이 아닐까.

그때 나도 그랬을까. 결혼하기 전, 이십대가 갖는 나름의 자신감과 톡톡 튀는 재기발랄함으로 타인의 가슴에 얼마나 많은 못질을 했을까. 막 임관한 소위의 치기, 그것만큼이나 나는 삶에 대한 자신감을 가지고 있었다. 그래서 나도 어느 땐가는 힘없는 퇴역 군인이 된다는 사실 따위는 염두에도 없었다. 내가 장애아이를 데리고 산장을 운영하며 살 줄 어떻게 알았겠는가.　　　　　　　　　－「산장의 여자」

　　살다 보면 타인의 혀로 인해 내가 상처받는 순간이 찾아오는데, 그때 그 상처가 주는 아픔에만 절절매는 이들에게 찾아오는 것은 환멸과 회의뿐이다. 타인에 대한 원망에 그치는 것이 아니라, 한때 나 역시 못과 망치를 들었던 가해자임을 인지할 때 자책과 함께 찾아오는 깨달음이야말로 김경희 소설에서 빛나는 지점을 구성하는 어떤 것이다. 너무나 가벼운 말과 시선이 모든 상황을 오해로 채우는 이 참을 수 없는 무게의 어둠 속에서 자신을 문득 되돌아봤을 때 탄생하는 잔혹하고 쓸쓸한 깨달음이 이 소설집을 보름달처럼 밝고 둥근 노란빛으로 물들인다.

　　이 또한 지나가리라(This too shall pass)

　　이제 이 소설을 덮을 때가 되었다. 세속의 삶 속에서 우리가 가족이나 타인의 말에 얼마나 많이 아플 수 있는지 예민하게 감지하는 이 작가가 기어코 향하는 곳은 어디인지 짚을 때가 되었다. 이를 위해 작은 이야기 하나를 옮겨놓는다.

　　전쟁에서 연전연승 기세를 떨치던 다윗왕이 어느날 보석 세공사를 불러 명했다. "반지를 하나 만들라. 내가 큰 승리로 인해 기쁨을 억제하지 못할 때는 오만해지지 않게 하는, 내가 절망에 빠졌을 때에는 기운을 북돋아주는 글귀를 새겨넣어라." 고민하던 보석 세공인은 궁궐에서 솔로몬 왕자를 만나 마침내 다음과 같은 글귀를 얻는다. '이 또한 지나가

리라'

어떤 기쁨도 슬픔도 세월에 의해 풍화시켜버리는 이 문장은 쓸쓸하
면서도 벅찬 위안의 힘을 가지고 있다. 우리는 그것이 모두 '시간' 때문
임을 안다. 어떤 치명적인 상처도 시간이 스쳐지나가고 나면 결국 무뎌
지고, 이해하려 애쓰지 않아도 저절로 그 모든 정황과 사람들이 이해되
어지는 순간이 오게 마련이다. 어쩌면 마모되어가는 삶의 모습이며, 생
위에 내려앉는 먼지일 수도 있는 이 흐릿해짐은 용서의 가능성, 그 희망
을 남긴다.

앞에서 '수작'이라 언급했으나 충분히 설명하지 못했던 「새들 날아
오르다」를 다시 데려와야 하겠다. 이 소설의 첫 장면은 주인공 남자의
유일한 가족이었던 금정조 한 마리가 죽는 것으로 시작한다. 그는 둥지
를 마련해주지 않고, 물이 마른 것도 몰랐던 자신을 자책한다. 날아다니
는 새의 추락이 환기하는 비애감과 죽음으로부터 기인하는 상실감은 죽
은 아이를 잊지 못하는 여자와 어머니로부터 버림받았다는 사실을 마음
에 품고 사는 남자의 이야기와 겹쳐지며 작품 전체를 장악한다. 그런데
마지막 장면에서 남자는 처음으로 그의 방안 침대에 여자가 잘 잠자리
를 마련하며, 자신의 치부를 털어놓는다. 그가 누군가를 위해 처음으로
'둥지'와 같은 쉴 곳을 만들어 주었을 때, 그는 마침내 자신이 잊고 살
아왔던 사랑과 가족의 의미를 깨닫는다. 그리고 그것은 어머니를 찾고
싶은 욕망, 그리움으로 이어진다. 작가는 이 지점에서 서술을 그치고 있
지만 독자의 귀에는 새들이 날아오르는 소리가 들린다. 새의 추락으로
부터 시작한 이 소설은 유사 가족의 탄생과 함께 상처를 주었던 가족을

용서함으로써, 추락한 두 마리 새와 같던 남녀가 어떻게 땅을 박차고 하늘로 날아오르는지를 그려내고 있는 것이다.

가라타니 고진은 언어와 비극은 반복될 수 없는 일회성의 성격을 지녔다는 점에서, 즉 구조로 회수될 수 없는 다수성과 사건성이라는 점에서 서로 관련된다고 보았다. 비극적 인식이란 바로 그러한 언어 안에 놓인 무력하고 왜소한 인간 조건을 발견하는 일이 되는 것이다. 김경희의 소설들은 이런 비극적인 인간들의 깊은 심연과 곤궁, 이로부터 기인하는 절실한 마음들이 결국 시간이 흐르고 나면 용서와 이해로 이어짐을 굳게 믿는 것처럼 보인다. 세속의 그물 속에서 출렁이던 신산한 마음들은 소설 속에서 시간이 흘러감에 따라 잔잔하게 가라앉는다. 이제 인물들은 어둠을 벗어나 두려웠던 "빛살의 세례를 맞받고"서며, 허무를 극복하고 "짐을 내려놓는 일"을 준비하고, "남들처럼 평범한 삶을 한 번쯤은 살아보고 싶다"며 욕망하기 시작한다. 그들의 극복은 시간에 기대 있으며, 그것은 천천히 바람에 상처를 맡겨 풍화되기를 기다리는 것이다. 이런 김경희의 소설을 두고 우리는 '세속의 상처가 풍화되는 시간'을 그려내는 소설이라고 명명할 수 있지 않을까. 세속에서 입는 상처의 깊이를 충분히 짐작하면서도 장구한 시간이 치유해내는 힘 또한 굳게 믿는 이 작가가 앞으로도 아주 오랫동안 웅숭깊은 글을 써나갈 것을 의심치 않는다.

불감증을 앓던 시기가 있었다. 그것은 내 운명이었다. 눈앞의 현실에 무감해져 감정을 두지 않고 지내야 하던 시간들이었다. 본 것을 보았다고, 들은 것을 들었다고 마음에 각인시키지 않았다. 생의 부조리함. 운명이었으니, 나는 그 모순을 받아들이지 않으려 발버둥친 게 아니라 매우 자연스럽게 흘려보냈다. 그래서일까. 성인이 되었으나 내면의 어느 한 귀퉁이는 여전히 어린아이로 남아 있었다.

작품을 정리하며, 비로소 어른이 되어가는 자신의 모습을 보았다. 소설 속에서 보았다고, 혹은 들었던 것에 대해 말하고 있었다. 마침내 결핍을 드러내는 자기 발견 통로를 찾았으나 나는 여전히 내가 속한 세계에 대해 말하는 방식이 서투름을 알았다. 그래도 나는 부끄럼을 무릅쓰고 말해야 했다. 운명처럼 잠재워둔 불감의 시간을 저 깊은 곳으로부터 끌어올려 두려움없이 더 큰 세계로 나아가야 하니까.

내가 속한 세상에서 사랑을 나누어 주지 못한, 사랑을 나누어 받아

보지 못한 사람들의 이야기를 하고 싶었지만, 사랑은 내게도 허공에 존재하는 신기루였다. 이 소설집을 계기로 그 신기루에서 착지하여 우리 생의 결핍까지 끌어안는 그런 소설로 나아가는 길이 보이게 되리라 믿는다.

이 작품집이 소설을 쓰는 일에서 쫓기듯 들어선 비상구가 아닌, 세상으로 독자에게로 나아가는 조심스럽고도 소중한 통로이기를 꿈꾼다.

내 생을 통해, 혹은 이글을 쓰고 있는 동안 떠오르는 많은 분들께 감사한 마음 전해드린다. 사랑하는 남편과 세 아이들 예진, 예림, 영원, 책을 묶어주시는 문학들, 그리고 내 소설의 길을 열어주신 채희윤 선생님께 깊은 감사 올린다.

새들 날아오르다

초판1쇄 찍은 날 | 2010년 2월 8일
초판1쇄 펴낸 날 | 2010년 2월 12일

지은이 | 김경희
펴낸이 | 송광룡
펴낸곳 | 문학들
등록 | 2005년 8월 24일 제2005 1-2호
주소 | 503-821 광주광역시 남구 양림동 24-18번지 2층
전화 | 062-651-6968
팩스 | 062-651-9690
전자우편 | munhakdle@hanmail.net

ISBN 978-89-92680-36-3 03810

• 잘못된 책은 바꿔드립니다.
• 이 책은 광주문화예술진흥위원회의 지원을 받았습니다.